Kadokawa Fantastic Novels
傑羅斯
阿爾菲雅
克莉絲汀

瑟雷絲緹娜
杏

卡洛絲緹
烏爾娜
蜜絲卡

好色村
嘉內
伊莉絲
亞特
迪歐
薩加斯
路賽莉絲
茨維特

Kadokawa Fantastic Novels

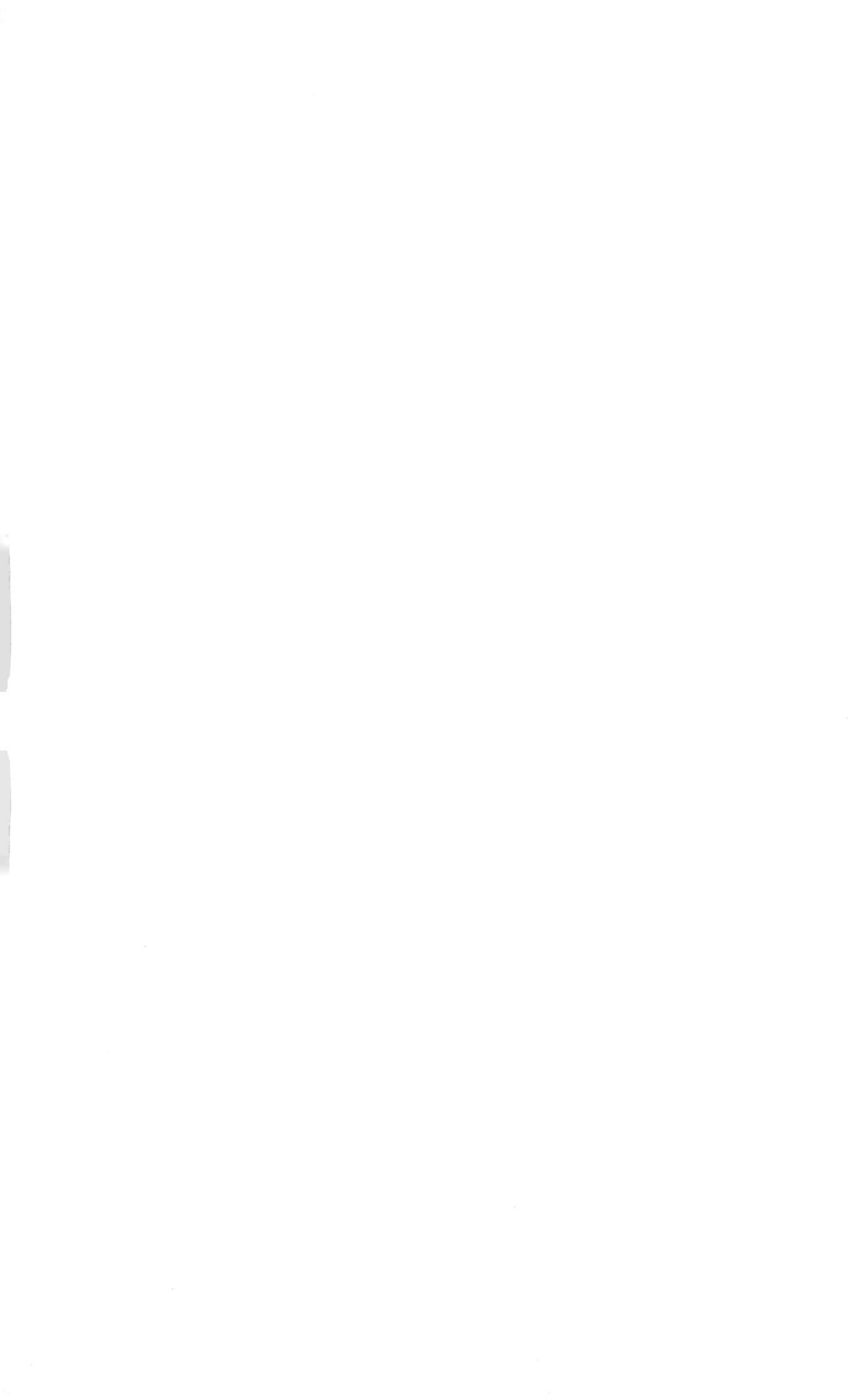

Contents

序章　大叔非常傷腦筋

突然出現在正在大啖烤肉的傑羅斯、亞特、克雷斯頓面前的全裸少女。

長度幾乎及地的烏黑秀髮，宛若陶瓷的雪白肌膚和背上散發出金色光芒的十二片羽翼。

頭上長有兩根白銀尖角，聖邪兼具的美的化身。

「唷，吾好不容易復活了，爾等連打個像樣的招呼都不會嗎？開口第一句話居然還是『妳先穿上衣服』，就算是吾也有些受傷啊……而且又放著吾不管……」

「『現在那些小事都無所謂啦！』」

終於成功復活的前邪神少女，阿爾菲雅．梅加斯現在正不悅地用金色眼睛看著傑羅斯和亞特，然而兩位當事人卻無視她的存在，肩並肩地靠在一起，一臉傷腦筋的開起了緊急會議。說起會議的內容……

「該怎麼辦……要我們兩個去買女孩子的內衣褲，有點困難吧。」

「是啊……衣服只要隨便找個理由就行了，問題就出在內衣褲上。就算是邪神，她好歹也是個女神耶？讓她穿樸素的內衣褲未免太不敬了吧……」

「可是這對我們兩個男人來說難度太高了。如果是兒童內衣，那傑羅斯先生也能買吧，但是換成要買有黑色蕾絲荷葉邊的就……」

「等一下，亞特……你為什麼堅持要黑色的？紅色的也行吧。比起這種事情，問題是出在要拿著內衣褲去結帳的時候。」

「啊……要男人拿著女孩子的內衣褲走去店員面前，這實在是太丟臉了。」

……是要怎樣去買女孩子的內衣褲。

這個世界是沒有所謂的收銀機，不過還是有結帳櫃台，而且站櫃台的大多是女店員。要老大不小的青年和大叔拿著女用內衣褲去櫃台結帳，這難度實在是太高了。所需的勇氣多到他們甚至想乾脆拜託誰來一刀砍死自己。

「唷～爾等啊……打算把吾這樣放著不管到什麼時候？吾是不冷，不過這樣一直等著也有些無聊哪……」

「只是買個女用內衣褲，需要這麼小心嗎？老夫常來往的商人都會到老夫的宅邸來兜售啊。」

「「拜託你別把有錢人和窮人混為一談！沒有商人會到一般人家去兜售商品的！」」

克雷斯頓的發言讓兩人忍不住開口吐槽貴族和一般人之間的落差。雖然有專屬商人的貴族可以向登門拜訪的商人購買商品，可是一般民眾大多都是到店裡去購物的。

「要是唯小姐沒懷孕的話……」

「你去拜託路賽莉絲小姐就好了吧？只要拿錢給她，要她幫忙買個內衣褲這應該不難吧。」

「我要怎麼向她說明？亞特你是想叫我說『因為女神大人想要女性用的內衣褲，我會拿錢給妳，拜託妳去幫忙買一下』嗎？」

「是神這點實在不方便告訴她吧……感覺在說明的階段就會被她懷疑我們的腦袋是不是有問題，假設她相信了，把她牽扯進我們的事情裡也不妥。如果是來日無多的老人，還能把這個祕密帶到墳墓裡頭去……」

「亞特閣下……你是不是在揶揄老夫啊？唉，這確實不是可以隨便說出去的事……」

男性們一臉認真的討論時，一旁的阿爾菲雅百無聊賴地伸了個懶腰。

她同時也徹底地暴露出了那比她還是女童時更有所成長、前凸後翹的身材曲線。儘管如此，她依然表現得毫不在意。

這就是人類和超次元生命體在感性上的落差吧。

對阿爾菲雅來說，外形本來就不具任何意義。

因為她原本是高次元的超能量生命體。只要她想，她就可以自在的變化外形，根本沒必要執著於人類的形體。

只是人類的外形在泛用性上比較方便，而且基礎的人工生命體是人形，所以她不過是維持著現有的外形罷了。

『不過就是買個布製品，有需要煩惱到這種地步嗎……』

她太不尋常了，無法理解男人纖細的心理。

她是具有相關知識，所以多少可以推測得出來，但這不代表她能夠理解，她只覺得人類的感性和常識非常的沒效率，兩個男人爭執的樣子實在可笑至極。

「啊……傑羅斯先生去買的時候說是買給女兒穿的就可以了吧？以年齡上來說，你就算有個那麼大的女兒也不奇怪啊。或是傑羅斯先生你自己做？」

「就算要我去買，在這鎮上也有可能會被熟人撞見啊……而且說要做，如果是加強現成的東西還好說，老實說我沒自信能從零開始製作女性的衣物啊。真要說起來，在量身的時候被人看見，我就會社會性死亡了吧。」

「一把年紀的大叔幫全裸少女量身的景象，確實充滿了犯罪的氣息。以常識來說絕對會被逮捕吧。就算是在『Sword and Sorcery』裡，一旦說起女性裝備，就是『影之六人』小隊的女性們出場的時候了。」

「這種時候要是杏小姐在就好了～她現在還在當茨維特的護衛吧。」

「杏……？咦？她也到這裡來了嗎？真的是還好沒與你為敵啊……光是以傑羅斯先生為對手就贏不了了，再加上那女孩的話，那可不是開玩笑的。」

愈說愈偏離正題了。

「……好閒吶。唷……吾是不懂，不過要買女性的衣物是這麼丟臉的事情嗎？」

「老夫也不懂啊。說穿了，製作女性服飾的裁縫師也大多是男性。老夫不覺得這有什麼好丟臉的啊？」

「那吾就更不懂了。如果衣服是男人縫製的，那去買更沒有什麼好丟臉的了。不過就是衣服啊？」

「就算得去城裡下訂，店家的人也會直接到宅邸來請款啊～老夫實在不懂這過程中到底有什麼問題。」

邪神跟有錢人與一般人在認知和價值觀上有著極大的落差。

就算大多數的裁縫師是男性，在店裡販售時，男女的衣服及內衣褲賣場也是分開的。要男人踏進只有女性衣物的賣場，說是一場大冒險也不為過。

內衣褲的情況就更不用說了，一定會被店員用非常怪異的眼神盯著看吧。

雖然也有男性會買內衣褲送給情婦，不過這種人不是有認識的裁縫師或商人，就是自己是裁縫師或商人。

「既然小杏在，之後拜託她幫忙做唯的內衣褲好了。畢竟她說她穿不慣這個世界的內衣褲。」

「啊，這麼說來……茨維特現在是在伊薩．蘭特嗎？」

「嗯。因為伊斯特魯魔法學院太沒用了，以現場研習為由，把名列前茅的成績優秀學生給趕出了學校。那個……是叫杏嗎？負責護衛的女孩當然也跟著去了。」

「那我現在去買一下。亞特，拜託你看家了。」

從意想不到之處獲得了情報，大叔決定立刻採取行動。

然而被留下來的亞特心裡卻很不安。

「等一下！你叫我跟全裸女孩待在一起？這樣我會社會性死亡吧！」

「又沒關係。反正你也沒打算要對她出手吧？而且就算事情曝光了，也就是唯小姐會拿刀捅你而已。」

「那是最糟糕的狀況吧！光是讓她知道我和全身赤裸的少女在一起，我隔天就會變成被丟在森林裡的悽慘屍體啊！」

「單身中年男性和全裸少女待在一起也是大問題吧？就算有人馬上叫憲兵過來也不是什麼奇怪的事。現在的處境也非常危險喔。」

「換成是我就無所謂嗎！」

「吾是變態還是什麼嗎？爾等對待吾的態度真令吾不悅啊……」

兩人都只顧著自保。

相對的，被當成暴露狂的阿爾菲雅有些不高興。

「真要說起來，她好歹也是神，不能從原子建構物質，自己製造衣服嗎……啊。」

「說得對。為什麼我們剛剛都沒想到這點啊！浪費時間做了無謂的討論呢……」

亞特和傑羅斯的視線集中在阿爾菲雅身上（雖然是無關緊要的事，不過兩個大男人注視著全裸少女的景象，以畫面上來說非常的不妙）。

當然，對阿爾菲雅來說，要從原子建構物質，進而創造出衣服並非難事。

然而——

「建構物質……是可以啊？不過這個情況下算是要無中生有，如果要凝聚周遭的原子建構物體，會在瞬間產生數億度的熱量。要吾這麼做嗎？就算成功了，這個城鎮也會消失喔？用魔力的情況也差不了多少。」

「「比想像中的更要命啊！」」

追根究柢，她的力量根源是高位次元世界的高密度能量。

由於是讓能量從高位次元流入這個物質世界，物質之間的過剩反應會產生核爆級的熱量和衝擊波。

雖然不知道建構衣服會產生多少焦耳的能量，但不僅會造成毀滅性損害，也會產生龐大的輻射量，所以周遭會變成生物無法居住的環境。

神的力量意外的不便——不，比起不便更該說危險。

「……一個沒弄好，這周遭數百公里的範圍內，都有可能會變成生物無法棲息的環境。」

「傑羅斯先生，你那是怎麼計算出來的啊……」

「她說會讓整個桑特魯城消失喔？只要稍微估算一下就知道了。如果有數億度的熱量足以造成隕石坑。那產生的衝擊波會有原子彈爆炸的數百倍威力……」

「嗯。吾剛剛計算了，要是力量沒掌控好，毀滅一個大陸也不奇怪吶。若以產生的輻射量來考量，人類會滅絕吧。怎麼樣？吾很厲害吧♪」

「「為了衣服就要毀滅大陸？而且妳是在得意什麼啦！」」

「那是失敗的情況啊，只要成功就是了。」

「「就算成功了也會讓整個城鎮消失吧！」」

這事情出乎他們兩人想像的危險。

被稱為神的存在顯現於物質世界時便充滿了危機。

他們雖然心想著真虧以前的勇者可以封印她，不過那主要是靠著神器的效果吧。不然她實在不是人類能夠應付的對手。

超乎常理的化身，這也是「神」的一個面向。

「果然還是去買比較妥當吧……要是被路賽莉絲小姐她們撞見這個場面……」

「你口中的那個路賽莉絲，是現在在你們後面僵住的女孩嗎？她先前就一直看著這邊了，你們沒發現啊？」

「「什、什麼！」」

兩人同時回頭後，只見路賽莉絲像尊石像一樣，一動也不動地僵在原地，用宛如死魚般的空虛眼神盯著傑羅斯他們。

「老夫是發現了，不過你們兩個討論得很認真，老夫遲遲找不到時機開口。原來老夫該早點告訴你們嗎？」

「這種事情拜託你早說啊！這根本是最糟的狀況！」

「路賽莉絲小姐，這是誤會！我們絕對不是在做什麼下流的事……路賽莉絲小姐？」

儘管慌張，傑羅斯還是企圖要把事情解釋清楚，可是路賽莉絲仍呆站在原處，面無表情地不停叨唸著什麼。

仔細豎耳傾聽後——

「傑、傑羅斯先生和亞特先生……拖著克雷斯頓大人，在玩弄年幼的少女……亞特先生明明有老婆了……可以做這種事情嗎。至於克雷斯頓大人還有社會上的立場問題……比起那些事，這三個人居然有偏愛少女的性癖好……紳士協定上哪去了？真要說起來，『蘿莉只可遠觀不可褻玩』應該是世間的常識。退一百步來說，就算亞特先生和克雷斯頓大人偏愛年幼少女，但我萬萬沒想到連傑羅斯先生也……早知道是這樣，就應該由我主動……不，現在出擊也還不遲吧？可是大白天的就……不行，不能逃避啊！路賽莉絲！現在應該要挺身而出，將傑羅斯先生導回正途……啊啊……要是我早點拿出勇氣，在他犯下這種罪行之前……」

「『總覺得她好像產生了非常不得了的誤會耶！』」

「好像連老夫都被當成了共犯啊……不想辦法解開這誤會，老夫我們三個怕是要被送去吃牢飯

了。」

路賽莉絲產生了完全沒辦法矇混過去，最糟糕的誤會。

就算他們拚命想解開誤會，路賽莉絲也完全聽不進傑羅斯等人的話，認定他們三個已經犯下了罪行。

然而全裸的少女面前站了三個男人（其中一個是老人），也的確是個無法找藉口辯解的狀況。

在這之後，傑羅斯他們花了將近一個小時才想辦法讓路賽莉絲接受了他們的說明。不用說，這段期間內阿爾菲雅就一直維持著全裸的樣子。

第一話　大叔拚命想矇混過去時，在那個地方……

「是……人工生命體……嗎？」

「對……是我從以前開始暗中進行實驗的研究成果。」

大叔拚命說明到了最後，阿爾菲雅是傑羅斯創造出的人工生命體這個說法終於讓情況穩定下來了。

畢竟傑羅斯是魔導士，這算是可以接受的答案。

可是創造人工生命體是違法行為，這也是不能對外聲張的事。

以結果來看傑羅斯身上仍帶著令人不安的要素。

「我也是魔導士嘛……總是會想要試著創造生命看看啊。結果如妳所見，非常成功，不過做得有點太好了，看起來跟人類沒什麼兩樣呢～這點出乎我的意料啊。」

「真要說起來這是違法行為吧？這豈不是在冒瀆生命嗎……」

「吾是怎樣出生的，對爾等來說有任何意義嗎？無論出生如何，只要擁有意志，就有自由生存的權利。不管過程怎麼樣，難道汝打算抹去吾的存在嗎？那才是對生命的冒瀆吧。妳身為神官，在這方面是否不太可取啊？」

「唔……妳說得沒錯。確實不管出生如何，既然是生命，就該給予祝福……不過我覺得阿爾菲雅小姐好像有點太優秀了。妳真的才剛誕生嗎？還是說妳其實是傑羅斯先生的私生子……」

「嗯。吾確實才剛降生於世。吾的智能之高是源自於魔導之祕術，不可細述。畢竟是禁忌吶。唉，要說吾是此人的女兒，基本上也沒錯。畢竟是此人創造吾的啊。你說是吧？主人。」

「只在自己方便的時候把我當主人嗎？唉，我是無所謂啦……」

阿爾菲雅桀驁不遜的態度，影響了讓傑羅斯好不容易才提昇的可信度。

不過他決定在此時利用當上班族時培養出的詐術，配合神的說詞來矇混過關。

「因為我用了很不得了的東西來當製作素材啊～……雖然出乎預料，不過做出了有趣的結果，我是很滿意啦。哈哈哈。」

「這女孩的模樣簡直像……你到底用了什麼素材啊！」

「妳想說『簡直像惡魔』嗎？哎呀，我只能說不是什麼可以拿來開玩笑的素材……恐怕是沒辦法再弄到手的稀有素材。」

「……所以說你用了無法說出口的素材是吧。那麼，為什麼她會是全裸的？你應該事前就知道她是女孩子了吧？」

很遺憾的是他似乎沒辦法徹底矇混過去。

不過這質問還在他的預料範圍內。

「因為成長得太快了啊。我也沒想到她會成長為有這種自我意志的人工生命體呢～本來應該會是和只會聽從命令的人偶一樣的玩意兒才對啊。」

他準備了藉由混入了部分事實，所以聽起來可信度更高的說詞。

真是個邪惡的大人。

「……全是些預料之外的事呢。」

「所以培養人工生命體一事才會被視為是禁忌啊。畢竟有可能會創造出遠勝過於人類的生物，最慘的情況下還有可能會創造出足以毀滅世界的怪物。唉，反正也做出成果來了，我是不打算再製造人工生命體了啦。」

「你為什麼要觸犯禁忌啊！創造生命這種事，不是違背自然法則的行為嗎！在這個國家也是違法的吧？」

「嗯……這行為在索利斯提亞魔法王國，基本上也被視為禁忌喔？老夫以前也曾看過這方面的學術論文，不過全都是些真偽難辯，完全不可靠的玩意兒吶。」

「我本來只是想做來幫忙除草的啊。不過現在有咕咕和孩子們來幫忙，白費功夫了呢……」

「你觸犯禁忌的理由，居然只是為了解決人手不足的問題？」

路賽莉絲對探求睿智之人所做出的暴行頭痛不已。

可是被創造出來的生命並沒有錯，更何況對方是有著少女樣貌的智能生物，這讓路賽莉絲無法判斷該怎麼做才是對的。

這也包含了倫理道德觀和宗教上的問題，以生命為題的研究很難劃清一個界線。

「所謂的技術就是這麼一回事。因為方便所以創造出來，如果失敗了，就基於經驗加以改良。真要說起來，我根本沒打算創造出具有智能的生命啊。唉，這事要是被人知道了，她多半會被抓去解剖，所以拜託妳別說出去。畢竟若是出於學術目的殺害了新誕生的生命，那才是冒瀆生命啊。」

路賽莉絲是在擔心傑羅斯的人身安全吧。

傑羅斯是很感謝她的好意，不過此時必須說謊瞞過她才行。

儘管良心隱隱作痛，大叔還是不能把事實告訴她。

為此大叔只好刻意裝成瘋狂魔導士，對著她睜眼說瞎話。

「傑羅斯先生還算比較像樣的了喔？我們認識的人裡面還有更不得了的傢伙在……」

「啊～……你是在說凱摩先生吧。那個毛茸茸獸耳後宮地下迷宮，派了強得嚇人的獸人形人工生命體來做下流的接客服務，無情地從進入迷宮的人們身上榨取財物……」

「那個照一般的情況來看算是違法色情產業吧？也有人光是摸了獸人一把就被打個半死，財物全被奪走喔？」

「因為凱摩先生超熱愛獸耳的啊～……我完全不懂他為何要把迷宮改造成斂財酒店就是了。」

「他雖然會盛大地幫攻略了迷宮的人慶祝，可是會像黑道那樣從得意忘形的笨蛋身上奪走他們的裝備和財物。想拿回來就得從頭開始攻略迷宮，而且攻略過一次之後，迷宮的難度就會翻倍，凶狠到不行……我可是不敢恭維啊。」

「我也覺得那實在是太誇張了……布羅斯小弟有時候也會跟他一起做這種事呢～」

「這我倒是第一次聽說耶，傑羅斯先生……」

兩人雖然沉浸在令人懷念的回憶中，內容卻讓旁邊聽見的人們不禁懷疑他們是不是瘋了。

『傑、傑羅斯先生認識的人，全是些連禁忌都不惜觸犯的危險人物嗎？』

『……老夫完全無法想像吶。光是有良知，傑羅斯閣下就算是比較像樣的了嗎？』

統整關於凱摩先生這個人的情報，就是「占據迷宮並創造出大量的獸人形人工生命體，還在迷宮最深處開設酒店，強搶攻略者的裝備」。

而且那些人工生命體還是創造出來開後宮的。

就算那其實是「不存在於這個世界中的迷宮」，不知道事情真相的路賽莉絲和克雷斯頓聽了這段對話後，自然會認為「那個人現在仍占據了某處的迷宮」。

儘管有著虛擬和現實世界的差異，但是凱摩先生做了沒常識的事是事實，傑羅斯他們也不想訂正自己的說詞。不如說騙到這兩人反而幫了他們大忙。

「雖然是無所謂，不過吾要這樣赤身裸體到什麼時候？吾是不覺得傷腦筋，但爾等不這麼想吧？」

「「「……啊？」」」

而成為事情開端的問題完全沒有得到解決。

阿爾菲雅現在依然全裸。

「不介意的話，我是可以拿我的衣服借她穿，可是……感覺尺寸完全不合呢。」

「嗯……沒辦法。瑟雷絲緹娜的舊衣服可以的話，老夫提供給你們吧。老夫記得應該收在宅邸裡的什麼地方才對。」

「那可真是幫了大忙啊。畢竟說實在的，我完全不了解女性的服裝。如果是訂製的衣服，就算是二手品也有一定的價值，我會付錢買下的。」

「不用在意。畢竟衣服沒人穿也是可憐啊，讓有需要的人拿去穿正好。」

「謝謝。那我就不客氣地接受克雷斯頓先生的好意了。」

「稍等一下。那麼亞特閣下，先和老夫回宅邸去一趟吧。」

「那我去找個在等待期間可以暫時讓她披著的衣物過來。」

克雷斯頓有如某部時代劇中登場的隱居老人，帶著亞特走回了宅邸。

幾分鐘後，和克雷斯頓他們同時離開的路賽莉絲拿了像是長袍的布回來，披在阿爾菲雅身上。

阿爾菲雅從窗邊遠眺著在做格鬥訓練的咕咕們打發時間。

傑羅斯一邊看著她，一邊說出了剛剛想到的事情。

「路賽莉絲小姐，謝謝妳。不過……我是不是也該試著練習製作女性用的裝備啊？可是要從零開始製作的話，我對造型設計沒什麼自信呢～如果只是強化現有製品那就簡單多了。」

「這話的意思是你也會做女性用的內衣褲嗎？」

「因為內衣褲也算在裝備的範圍內，所以真要做女性用裝備的話就得做吧……老實說我不想做就是了。一個男人獨自在寬敞的房間裡拚命地製作女性內衣褲的樣子，實在太慘了。」

「既然這樣……你要不要試著做我的內衣褲當作練習？」

「這樣的話得先量身才行呢～」

「也就是說，那女孩得在汝的面前赤身裸體對吧？在兩人共處一室的情況下。」

「「……咦？」」

阿爾菲雅點破後，大叔才發現自己說了很不得了的話。

傑羅斯只是想當成一個副業來試著製作看看，不過路賽莉絲是覺得要提昇這個世界的女性內衣褲品質，請傑羅斯來製作比較好。

然而這件事簡單說起來，就是大叔在量身時必須面對只穿著內衣褲的路賽莉絲，在雙方都對彼此有意的狀況下，這感覺會變成一件非常尷尬的事。

光是出現了「戀愛症候群」帶來的影響，就很有可能演變為不單純只是量身的事態了。

最近僅有他們兩個獨處時，他們變得更是在意對方了，所以他們的理性或許無法撐到戀愛症候群的影響最為明顯的初夏時節。

「「…………」」

不禁想像起那個情境的兩人，害羞地中斷了對話。

雖說是意外，不過大叔其實早就看過一次她的裸體了，但也或許是因為現在彼此都很在意對方吧，兩人的態度反而表現得很生疏。

要是這時伊莉絲在場，一定會吐槽說「你們是國中生嗎！」吧。

「爾等不如索性在一起就好了啊……在旁邊看著的吾才更是尷尬啊。」

從阿卡夏紀錄中讀取了過去事件的阿爾菲雅老實地說出了對兩人這羞澀反應的感想。

她覺得自己現在應該可以製造出大量的砂糖。

◇◇◇◇◇◇

同一時刻，法芙蘭大深綠地帶。

在大量肉食性魔獸互相獵食，反覆進行嚴苛的生存競爭的這座森林裡，有隻外觀特別不尋常的黑色野獸。

以野獸來說牠的身體大得異常，外觀要譬喻的話，比較接近龍。

野獸張開有如鱷魚的大嘴，以旺盛到貪婪的食慾胡亂吃著打倒的魔獸的肉，血淋淋的咀嚼聲逐漸流逝於深綠地帶中。

野獸的身體不斷鼓動著，每當吃下了肉，外觀就會產生變化。

而顯得最異常的，是牠的身體上浮現出了許多的人臉吧。

無論男女老幼，無數的臉在野獸吃下肉時，不是露出詭異的笑容，就是尖叫嚎泣，或是像個笨蛋似地哈哈大笑。

每張臉似乎都擁有獨立的自我意志。

這些無數的臉在意識深處被統合為一，就算嘴上吃著獵物，仍各自在深層意識下持續不斷地對話。

『……差不多可以了吧？』

『也累積不少力量了。現在正是完成復仇的時刻……』

『也吸收了不少怪物呢。現在該去報仇雪恨啦啊啊啊啊啊！』

他們是過去為了打倒邪神，從異世界受召喚前來的人們，這個世界為了擴大其威權而稱之為勇者，然而他們最後的下場卻是遭到利用之後又被殺害。

因為是異世界的魂魄，所以甚至無法回歸輪迴轉生的圓環，只能遊蕩在這世界上，持續地怨恨著召喚自己前來的梅提斯聖法神國。

就連死了也無法安息，所以這份怨念非常強大。

不過他們畢竟只有靈魂，以各自的力量，頂多就只能做出惡作劇程度的復仇行為。真要說起來，怨靈也就只能嚇嚇人，或是對人下詛咒而已。以單一靈魂的力量來說，對手可以輕易地完成除靈。只能造成一些像是在模仿恐怖電影那種程度的影響。

所以他們和自己的同類合作，形成了集合靈，化為了強大的「魔」。

不知道該說是幸還是不幸，由於他們受召喚來時被植入體內的勇者技能——英雄系統的改變，他們可以創造及改變目前所依附的生物的肉體。

受恨意操控的勇者魂魄們欣喜萬分，然而這時他們卻嚴重的失算了。

為了成為更強的存在，需要大量的勇者靈魂，而且靈魂們的意志也得向著同一個目標才行。也就是所謂的「讓心合而為一」。

可是人類各有各的個性，就算在恨這方面是一致的，在如何報仇這點上便出現了相左的意見。在所有的靈魂都同意合作之前，他們經過了非常多次討論，總算通過了所有靈魂都能接受的妥協方案。

雖然除此之外還有一個問題在，但他們並未發現。

『……出發吧。我已經不知道夢見這天多少次了。』

『現在就讓我們去完成復仇吧！』

『『『『『四神必須死！』』』』』

漆黑的龍張開雙翼。

怨靈——他們的恨意極為深沉。

現在他們雖然是為了摧毀梅提斯聖法神國而行動，但這份恨意哪天轉向全世界也不奇怪。

怨靈們齊心協力，醜惡的龍展開雙翼，飛向天空……卻失敗了。

他們凝聚魔力，揮動了好幾次翅膀，卻還是無法飛上天空。看起來有夠丟臉。

『『『『為什麼飛不起來？』』』』

『看來……是吃太胖了……太重……』

『『『『…………』』』』

令人難以忍受的沉重沉默。

『『『『什、什麼——————！』』』』

龍原本是在地上活動的生物，但為了在獵食行動中獲得優勢，才進化成了也能夠自由在天空中翱翔的身體。花了漫長的時間來適應環境。

可是就算外觀看起來像龍，這個魔物原本的肉體卻是老鼠。

為了硬是讓細胞增殖，所以他們只能靠其他的生物來填補不足的細胞，不斷襲擊並捕食獵物的結果，就是這身體以要飛上天空來說，有點——不，是實在吃得太胖了。

如果一般的龍是聰明又帥氣的男演員，他們現在的樣貌就是遠勝過相撲選手的大肥仔。就想像他們是金氏世界紀錄級的過重，胖到沒辦法從床上起來的程度就對了。

為了飛上天空得先瘦下來才行，可是他們吸收的生物因子失控，不受他們的管轄。

他們本來就不可能完全掌控其他生物的因子。

這是他們沒意識到的另一個失算。

『跑起來！跑到瘦下來為止！要減肥！』

『都怪你們像笨蛋一樣吃個沒停……』

『現在說這種話也太遲了吧，什麼都別想了，快跑！』

『大家全是笨蛋…………』

『『『『為什麼事情會變成這樣啊──────！』』』』

就算有無數的意志，身體也只有一個。

漆黑的巨大身軀就這樣搖搖晃晃地在大深綠地帶專心一意地跑了起來。

撞倒樹木、震撼大地，就算不時踢到東西跌倒，仍朝著梅提斯聖法神國前進。

以某方面來看真是相當可笑又努力。

在怨靈們通過「邪神的爪痕」，抵達梅提斯聖法神國前，看來還要花上好一段時間。

第二話 迪歐答應了邀約，蜜絲卡別有用心

克雷斯頓和亞特回了一趟宅邸，拿了瑟雷絲緹娜的舊衣服過來。

由路賽莉絲協助阿爾菲雅更衣，穿好後，在客廳等候的傑羅斯等人被叫進了隔壁房間，然後——看到了意外的景象。

「哦？這還挺不錯的嘛。」

——阿爾菲雅．梅加斯身穿有華麗的公主喇叭袖設計，以黑色和紅色為基調的哥德蘿莉風洋裝，嘴上說著這種話，愉悅地在鏡子前面轉圈圈。

她看著自己倒映在鏡子裡的模樣，非常滿意的樣子。

頭上的銀角仍維持原樣，不過翅膀收起來了，感覺像是非人類種族的大小姐，意外的很適合她。

對於旁觀者而言，這是非常可愛、令人莞爾的景象吧。

「「…………（蘿莉老太婆）」」

「怎麼？吾原則上的主人和那個僕人二號。爾等是有什麼話想跟吾說嗎？」

「「不，沒什麼……」」

不過知道她真實身分的傑羅斯和亞特並未被她的外表所騙，不小心說出了內心真實的感想。

阿爾菲雅清楚地聽見了兩人的低語，用極為不悅的眼神瞪著他們。

如果這是能將視線化為實體的世界，她的視線想必確實地貫穿了那兩個笨蛋的心臟吧。

「不過話說回來，這套衣服很適合妳耶，阿爾菲雅小姐。」

「是嗎？也是。當然是。唔哈哈哈哈哈♪」

『『她的個性好像意外的煩人耶。而且還很容易得意忘形……』』

阿爾菲雅被路賽莉絲一誇就開始沾沾自喜。

這個世界的「前任觀測者」曾把阿爾菲雅當成失敗作給封印起來。

隨著她的個性漸漸變得開朗，「有其父必有其子」這句話閃過兩人的腦海中。同時也閃過了「真想看看她父母長什麼樣子」這句話──

可以的話真希望她別變成像前任觀測者那樣不負責任的神。

兩人真心盼望她往後能夠認真的管理世界。

「宅邸裡居然有這樣的洋裝啊？以個性上來說，我覺得這套衣服感覺並不適合瑟雷絲緹娜小姐穿啊……」

「嗯……那孩子不願穿啊。她比較喜歡白色和藍色的衣服。雖說就算只有一次也好，老夫也想看看她穿上這套洋裝的樣子啊……」

「結果到最後都沒穿過，就這樣塵封在衣櫃深處了是吧？」

「因為整個背都會裸露出來啊……她說這樣太丟臉了，很排斥這套衣服。只要穿一次就好嘛……」

「這個老爺子啊～只要一說到孫女，就會馬上變得很不像樣啊……我之前聽他說了整整三個小時關於孫女的事情，那真是地獄……」

「亞特……這話你可不能說出來啊。不過辛苦你了。」

沒錯，這套洋裝不知道為什麼做了挖背的設計，對阿爾菲雅來說要展開翅膀是很方便，但平常穿就有點問題了。

一言以蔽之就是太可恥了。

「老夫……老夫光是想像那孩子穿上這件洋裝的樣子，老夫就……哈嘶哈嘶。」

「……傑羅斯先生。克雷斯頓先生沒問題嗎？總覺得他很不妙耶……」

「有問題吧，畢竟他是個超疼愛孫女的笨蛋爺爺。現在也為了除掉接近孫女瑟雷絲緹娜的男人，暗地裡策劃著很多事情喔？」

「……是我多心了嗎？感覺他的形象跟凱摩先生重疊了……」

亞特看著克雷斯頓，想起了自己認識的那個因為過剩的愛情失控，而給旁人帶來莫大困擾的人。

「他跟克雷斯頓先生有像嗎？我是覺得凱摩先生比較誇張啊。」

「很像吧。給喜歡的對象穿上奇怪的衣服，充滿強烈的執念……占有慾強過了頭，溺愛到了只讓人覺得他腦袋不正常的程度對吧？他之後絕對會幹出很不得了的事。」

「啊～……我知道有一個感覺會成為犧牲者的人喔。他能跨越這道考驗嗎……」

「誰啊……我只覺得那傢伙命在旦夕啊。」

「某個徹底迷上了他孫女的青少年……」

「那傢伙……死定了。毫無疑問……」

在傑羅斯的記憶中，有一位喜歡上了瑟雷絲緹娜的青少年，迪歐。

對克雷斯頓來說他就是隻害蟲，肯定會想辦法除掉他吧。

這只令人擔憂不已的未來讓傑羅斯嘆了一口氣。

亞特雖然沒見過迪歐，仍從克雷斯頓的態度大致掌握了事情的狀況，就算不想也知道接下來的發展會是怎樣。

「嗯，那麼應該要立刻去鎮上，讓大眾看看吾這可愛的樣子，提昇民眾對吾的信仰之心！」

「阿爾菲雅小姐……妳是打算要當偶像嗎？要是被人拐走我是不會去救妳的喔？反正根本不需要擔心妳。」

「傑羅斯先生，你這樣說太過分了吧……她是女孩子耶？」

路賽莉絲說的是沒錯，但阿爾菲雅本來就不是普通女孩。

不僅有人造身體，還擁有龐大的魔力（理論上來說是無限的），高次元還會供給她無窮盡的能量。光是魔力的容許量就超過傑羅斯等人，要是再加上一些可疑的能量，甚至有可能會毀滅世界。企圖拐走她的犯人還比較值得同情。

這種神祕的超生命體根本不需要人去救她，不過這是知道內情的傑羅斯才會有的想法，對實情一無所知的路賽莉絲會擔心也是理所當然的反應。

「不，先不管外表，她可是最強的喔。她可是有著就算我不做任何事，也能自己搞定對方的實力。不如說想拐走她的傢伙會看見地獄——應該說真的會被送進地獄裡吧……」

「請問……她真的有那麼強嗎？」

「她的體力和魔力都勝過人類喔。就算用鎖鏈把她緊緊捆起來，她也可以輕鬆地扯斷那些鎖鏈逃脫吶。」

在「Sword and Sorcery」中的人工生命體根據製作者的鍊金術手腕，有可能創造出非常強大的生命體。有的甚至比玩家還強，有如開了外掛。

製作素材當然也會影響到人工生命體的強度，而現在的阿爾菲雅身體是加入了從過去的邪神碎片中採取的因子後重獲新生的產物，隨隨便便都比傑羅斯他們強上一大截。

就算要同時對付四神，她也能輕鬆取勝吧。

不過四神幾乎不會離開位於這個世界和拓樸世界狹縫中的聖域，所以可以說她目前沒有機會行使這份凶狠的力量。

有些人心裡或許會冒出「既然能從高次元獲取能量，那應該可以輕鬆前往拓樸世界那樣的地方吧？」這種疑問，但是事情並非如此單純。

首先高次元的能量只要接觸到這個世界的物質，就會引發大規模的對消滅反應。

高次元能量本來就已經很難掌控了，再加上要尋找不同次元的「聖域」，並開出前往聖域的孔洞，反而很有可能會害得本要守護的這個世界提前崩壞。

此外，探尋位於不同相位軸的聖域的過程，也有可能會在探尋中導致空間本身產生扭曲，這也有機會導致世界提前崩壞。

對高次元生命體來說，物質世界就像是易破的肥皂泡泡，所以要想辦法入侵聖域，同時又要維持世界不被破壞是相當困難的事。

「好了，出發吧！爾等還在拖拖拉拉些什麼。吾要親自嚐嚐這鎮上的名產啊。」

然而最重要的當事人阿爾菲雅卻一心想享受自由。

畢竟她好不容易獲得了期盼已久的肉體，而且還跟人類是同尺寸的。比起成為完全體，她似乎更執著於要親自體驗這個世界。

她這興奮的樣子以外表來看是可愛得令人莞爾，但這表示能夠毀滅世界的最強終極生物要在鎮上四處閒逛，老實說這讓傑羅斯很是心驚膽戰。

一個不小心就有可能失手造成大規模的損害。

「傑羅斯先生……她一心想玩耶。」

「頭痛的是我們沒辦法阻止她。在那些垃圾出來之前放她自由行動是很危險沒錯，可是我們不能拿她怎麼辦也是事實。死心吧。」

要是她成了完全體，就沒辦法輕易地下來物質世界了。

傑羅斯他們是認為她也只有現在能玩了，然而他們不知道實際情況並不是這樣的。事實上傑羅斯他們的世界的觀測者就盡情地享受著物質世界。

「是說傑羅斯先生……我看著阿爾菲雅，不知道為什麼會想到手機遊戲耶……」

「啊～把同一個角色的卡片合成或是改造之後，會變身成和原本完全不同的造型那種感覺啊。畢竟跟之前看到的時候相比成長了不少呢～」

「沒錯。像是會分階段覺醒啊，還是突破上限那種的……」

「你們在說什麼啊？」

路賽莉絲完全聽不懂他們兩個在說什麼。

而在他們三人面前，阿爾菲雅心情絕佳的轉圈圈跳著舞，克雷斯頓則是「為什麼妳不願意穿這洋裝呢，緹娜……這明明是我找專人特別訂製的啊……」如此哀嘆著。

光明與黑暗就在他們眼前。

「好了，幫吾帶路吧。」

「不是……妳已經確定要出門了喔？唉，我是無所謂啦……」

「我就不去了。我還不想被刺死……」

「你和唯小姐的關係似乎很不容易耶。她的愛究竟多沉重啊？」

亞特完全不敢得罪太太。

而他最近看得很熱衷的書，是德魯薩西斯的第二本著作《男人就該用背影訴說愛》。亞特也想成為能幹的男人吧。

不過更令人在意的是治理這個地方的領主到底是利用什麼時間寫稿的。

他應該忙得不得了才對。

「這個嘛～我的香菸也抽完了，順便去買一下好了。路賽莉絲小姐要不要一起去？」

「咦？這、這個……反正我現在也沒別的事要忙，好啊。」

「嗯，就這麼決定了。那爾等就跟著吾走吧！」

「為什麼是妳負責發號施令啊？唉，我是沒差啦……等我去關一下門窗。」

「要快點啊？動作快。」

她挺起胸膛的樣子很可愛，但不知為何有點煩人。

那高高在上的態度也令人介意，不過想想她是神，傑羅斯便理所當然的接受了這件事。

接著他們三人便一起前往了鎮上。

地下遺跡都市，伊薩．蘭特。

從伊斯特魯魔法學院被流放——應該說作為分析魔法技術的人員而被派來這裡的學生，迪歐。

他主要負責的不是魔法技術研究，而是和被派遣到新土地上的騎士團一起做防衛訓練或構思防衛方案，也就是所謂的戰術研究。

迪歐正利用每週會有兩天的假日，一個人在伊薩．蘭特城裡閒晃。

「我也差不多習慣這個都市了呢～……」

剛來到伊薩．蘭特城時，這座古代都市帶給他極大的震撼。

在那之後，他因為這個都市在地底下而感到不安，為了忽視這份不安，他一股腦地投入了訓練和戰術理論的討論之中。

畢竟這裡是古代都市。由於內部還是有一些老朽不堪的設施，他擔心自己有可能會被活埋這也是理所當然的。

自從發現了連通到地面上的通路後，訓練就轉移到地面上去進行了，這也讓他的精神穩定了下來。

少了這層擔憂後，他這次又開始在意起其他的事情了。

「最近都沒見到瑟雷絲緹娜小姐……要是她過得不錯那就好了……」

沒錯，就是感情問題。

他的情況是普通的一見鍾情，並不是這個世界獨有的怪病「戀愛症候群」。

戀愛症候群就算有程度上的落差，但基本上是適合彼此的人之間互相吸引的現象。可是迪歐的戀情只是他的單相思，找對時機進攻很重要。

關鍵是怎樣讓對方對他留下好印象，而迪歐到現在還沒踏出那一步。

『至少給我個契機啊～』

雖然茨維特算是有在幫忙迪歐，不過頂多就是讓他們能說上幾句話而已，並沒有做能讓他們彼此之間加深感情的事。

畢竟瑟雷絲緹娜身後有個極度疼愛孫女的危險老人等在那裡。

茨維特也不想看到好友悽慘喪命。這是他夾在祖父和好友之間煩惱不已，遊走在危險邊緣所想出的苦肉計。

然而沉迷於戀愛中的迪歐根本沒發現好友內心的糾結。

「這段時間沒有其他多餘的人在，正是好機會的說……」

「是什麼好機會呢？迪歐少爺。」

「唔哇！呃……蜜、蜜絲卡小姐？」

「是的。總是冷靜地潛藏在您身後的神祕女僕，蜜絲卡就是我。呵……」

「妳一臉得意的在說些什麼啊？」

不知何時出現在他身後的是負責照料瑟雷絲緹娜的女僕，蜜絲卡。

和外表那給人知性又冷靜的印象不同，她總是神出鬼沒，是個以嚇人為樂的人。

她用手指推了推眼鏡，露出得意的表情。

「我從前面的店裡出來時，看您好像有什麼煩惱的樣子，不才在下便出聲叫住您了。畢竟迪歐少爺是茨維特少爺的朋友。」

「不是，那妳為什麼要特地繞到我背後啊？普通的出聲向我搭話就好了吧？」

「您在說什麼啊？一旦發現認識的人，就要立刻繞到對方身後去嚇對方，這才合乎禮儀不是嗎？迪歐少爺您真不懂呢。」

「不不不，這一般來說很失禮吧！是我有問題嗎？這才是世間的常識嗎？」

迪歐在心裡提防著蜜絲卡。

畢竟蜜絲卡是那個極度疼愛孫女的笨蛋爺爺，克雷斯頓手底下的人，換句話說就是會妨礙迪歐實現戀情的人。不知道她會根據公爵家所下的命令採取哪些手段。

根據茨維特的說法，她似乎也兼任瑟雷絲緹娜的護衛。

「真拿您沒辦法呢。您可以不用這麼防範我的。照少爺您這個樣子，不管等多久，茨維特少爺都不會對您說『來打一砲吧？』的喔？」

「我也不希望他說啊！什麼？妳以為我們是那種關係嗎？」

面對不斷激動否認的迪歐，蜜絲卡只冷靜的說了句「我只是開個小玩笑」，便結束了話題。完全是在以調侃他為樂。

「哎呀，對於您不懂得秤秤自己的斤兩，還是愛慕著大小姐這點，我可是有很高的評價喔？就算大小姐是公爵家的么女，總有一天還是得離開宅邸自立。若是外頭有可靠的朋友，我也會比較放心。」

「咦？瑟雷絲緹娜小姐沒有未婚夫嗎？」

「您是說被家族當成策略婚姻的棋子嗎？怎麼會呢。老主人和現任當家德魯薩西斯主人，都不會對大小姐做這種事的。他們完全不打算用貴族的責任來綁住她。」

這是個令人開心的好消息，但迪歐暗自竊喜後，防備心立刻敲響了警鐘。

蜜絲卡這話實在說得太突然了，感覺很可疑。

真要說起來，他完全不覺得溺愛孫女的克雷斯頓前公爵會把自己最愛的瑟雷絲緹娜交給根本不知道是打哪來的，不過是區區一介見習魔導士的迪歐。

「……妳剛剛說的到底有哪些是實話？我是覺得應該不至於，但妳該不會想說些好聽話讓我信任妳，再暗地裡除掉我吧……」

「您的疑心病真重呢。我確實要負責趕走接近大小姐的蒼蠅，可是我並不打算否定個人的愛情喔？愛是要跨越困難才會成長的東西。若您對大小姐的心意屬實，那我認為您更應該挺身奮戰才是。作為證明，請您收下這個。」

「……這、這是！」

那是所謂的「溫泉旅館住宿券」。

穿越伊薩．蘭特這座地下都市，就是鄰國阿爾特姆皇國，而在一穿過地底通道後便會抵達的山間小鎮，正是最近逐漸成了知名溫泉勝地的里沙克爾鎮。

隱居的貴族前去療養身體，在那裡度過一段悠哉的時光成了近期的風潮。

由於駐守在伊薩．蘭特的騎士們在休假時也常去那裡，迪歐在訓練中也曾聽指導他的騎士說過好幾次溫泉的美妙之處。

然而這以蜜絲卡的角度來看，是對敵人雪中送炭的行為。

「妳為什麼要把這個送給我？」

「因為學院很快就要放寒假——不對，已經換季了，所以是春假呢……這是大小姐希望能在回家之前體驗一下溫泉而買的。可是兩天前她在抽獎時抽中了一樣的住宿券，正煩惱著不知道該怎麼用掉。」

「……啊，這麼說來明明已經到了該放假的時候，為什麼我們還在這裡啊？」

「學院那邊已經開始放假嘍？雖然至今還沒有發通知過來，但我想應該差不多要發來了。」

「……」

簡單來說就是學院那裡忘了迪歐他們這些成績優異的學生在這裡的事。

這也表示學院裡的講師陣營正一團混亂吧，不過現在的迪歐只在意手上的溫泉旅館住宿券。

從迪歐的角度來看，蜜絲卡是絕不能大意的人物，會像這樣給他好處，背後一定有什麼原因，然而就算是陷阱，要是他不拾起這個機會，以他的立場來看，他是永遠不可能和瑟雷絲緹娜交往的。

「……我真的可以收下嗎？」

「是的。由我保管著不用也沒有意義，太浪費了。」

「！」

蜜絲卡臉色完全沒變，若無其事地說著。

儘管事情非常可疑，令他懷疑其中別有隱情，可是這對迪歐來說確實是個好機會。

「我會心懷感激地使用的。」

「別這麼說。要是大小姐對異性沒有興趣那我也很傷腦筋，對我而言您是個恰到好處的玩具——應該說作為教育的一環，我希望能順水推舟——不是不是，應該說是活祭品——」

「就算妳一直想換個好聽的說詞，但妳的真心話都說出來了喔！不如說妳還愈說愈過分……簡單來說妳就是想利用我吧。唉，以現況來看我是很感激妳啦……」

「非常抱歉。畢竟我這個人本性很老實。（自信滿滿）」

「所以說妳幹嘛一副得意的樣子啊……」

無論如何，迪歐得到了可以創造契機的手牌。

不過這張住宿券還可以讓四個人入住。讓他自己一個人用也太浪費了。

不如說一個人去溫泉勝地太寂寞了。反而很空虛。

「也約茨維特他們一起去好了。也順便約小杏和好色村……」

「……還請您留意，千萬別對年幼女孩出手喔？」

「我又不是蘿莉控！不過就算我一點都不想，還是該向妳道謝……非常謝謝妳。」

「別在意。畢竟我也很煩惱這派不上用場的住宿券該何去何從。」

得到了住宿券的迪歐，心中滿懷著期待離開了現場。

蜜絲卡目送著他的背影離去，眼鏡上閃過可疑的光芒。

「呵呵……事情的發展正如我預期呢。這下就準備好故事必備的舞台了。大小姐究竟會怎樣寫下這令人既開心又害羞，青春的一頁呢。」

她想讓瑟雷絲緹娜體驗戀愛這件事並不是在說謊。

假設迪歐和瑟雷絲緹娜的關係有所進展，和祖父克雷斯頓對立，最後引發了流血衝突，她也完全不打算干涉。

儘管她是基於教育的一環而採取行動的，不過有很大一部分也是出於好玩，所以受她利用的對象才更無法忍受吧。

而迪歐正是在大人的盤算下，遭人玩弄的不幸犧牲者。

第三話　茨維特被約去泡溫泉

當迪歐回到茨維特他們身邊時，所有學生們正好都收到了放寒假的通知，大家正急急忙忙的開始收拾東西，準備返家。

不，因為已經換季了，該算是春假了吧。

由於伊斯特魯魔法學院早就開始放假了，這些因成績優異而被派來伊薩．蘭特的學生們心中多少有些不滿，但一想到這下就能回家了，還是相當高興。

「我們去泡溫泉吧！」

「「啥？」」

在這種情況下，迪歐忽然沒頭沒腦的冒出了這一句話，讓茨維特和負責擔任他護衛的好色村都搞不清楚狀況的發出了怪聲。

「迪歐……你的意思是，就我們幾個男人去……嗎？」

「男人們一起去泡溫泉……你有那方面的嗜好喔？」

「為什麼啊！為什麼大家都覺得我有那方面的嗜好啊！」

『『還有其他人這樣說過他啊？』』

迪歐徹底否定了茨維特和好色村的疑惑。

他們兩個也沒想到還有其他人曾經這樣懷疑過迪歐吧。

「我從蜜絲卡小姐那裡拿到了里沙克爾的溫泉住宿券……我只是覺得一個人去也怪怪的，所以才來約茨維特你們的！真的啦！」

「我知道了，我知道了。不過是蜜絲卡給你的啊……感覺背後會有什麼陰謀，真可怕。」

「不過啊，同志。回老家前先去旅行一下也不錯吧？我也想去泡溫泉看看。」

「也是……不過里沙克爾是鄰國的城鎮，你可別幹什麼蠢事喔？」

茨維特很介意給迪歐溫泉住宿券的人是蜜絲卡這件事。

根據他的了解，蜜絲卡不是這種樂善好施的人。不如說懷疑她背後別有用意，還比較符合她給人的印象，完全不能期待她會有什麼善意。

應該說她的個性跟善意根本扯不上邊。

「所以說迪歐，蜜斯卡那傢伙說了什麼？」

「嗯？她說抽獎抽中了住宿券，可是重複了用不上，所以就給我了。」

「原來如此……你的目的是瑟雷絲緹娜啊。你打算利用我吧？」

「又沒關係！茨維特你確實幫我製造了能和她說上話的機會，可是你沒有做些什麼能增進我和她感情的事啊！」

「我的處境也很尷尬啊！我可不想看到爺爺親手殺了你的場面！」

主要是這關係到好友的性命。

然而好友卻沒有要放棄瑟雷絲緹娜，現在也依然愛慕著她。

不如說因為茨維特不願意積極協助他，迪歐現在有一點失控的傾向。這也害茨維特很忐忑不安，覺得這樣下去迪歐真的會被除掉。

「這麼說來，同志的爺爺是個很不妙的人啊。」

「是啊……只要扯到瑟雷絲緹娜，他就會變得很不正常。沒弄好的話，說不定連迪歐的家人都會受害。」

「既然是孫女，總有一天會嫁出去的吧。我不認為迪歐有那麼壞啊？不如說他是個好人吧。就算他們兩個送作堆了也不用擔心吧？」

「不管對方是好人還是壞人，對爺爺來說，接近瑟雷絲緹娜的男人全都是敵人……」

「……同志你爺爺沒問題嗎？」

「到不久之前為止，我也是很尊敬他的…………」

別名「煉獄魔導士」的克雷斯頓還是現任公爵時在戰場上揚名立萬，身為統治者，也在遵守法律的前提下嚴格地執行公正的統治。不過茨維特過去只看過祖父身為貴族的一面。

他初次看到祖父溺愛瑟雷絲緹娜的樣子時，甚至因理想和現實的差距而驚愕不已。

「最近啊……我總是一直在面對我根本不想知道的現實……」

「啊～振作點，同志。就算性格有缺陷，他還是有他的優秀之處吧？那你只要去學習你覺得他優秀的地方就好了嘛。」

「抱歉……感覺我身邊最近發生了不少失控的事，讓我開始對家人之間的關係產生了疑問呢……」

「意外得知了家人的本性，的確會很頭痛啊……我找不到什麼適合安慰你的話，只能說你要堅強的活下去。」

「我就感激地收下你這份體貼了……」

「我聽了不少關於同志你家人的傳聞……不過確實有很多地方滿奇怪的耶～要我試著統整一下的話，大概是……」

好色村簡單扼要的整理了自己所知的情報，條列出來。

父親，德魯薩西斯。

不管作為貴族還是商人，能力都遠超出一般常識的範圍，女性關係成謎的菁英人士。

不受法律拘束，不知道背地裡做了些什麼事。將自己特有的處世哲學寫成書籍出版，獲得了莫大的支持。

弟弟，庫洛伊薩斯。

探求魔導知識的瘋狂研究家。很會製造麻煩，還會把身邊的人全都拖下水。

妹妹，瑟雷絲緹娜。

才能終於開花結果的才女，不過是個輕度腐女。

在蜜絲卡暗中策劃下出版了那一類的作品，成功地出道成為了作家。

而且還變成了暢銷作家，存了不少錢。

是兄妹之中最有錢的。不管怎麼想寫文章的才能都是源自父親。

祖父，克雷斯頓。

聲名遠播，在國外也赫赫有名的魔導士，然而異常的溺愛孫女。

是個會打著為瑟雷絲緹娜好的名義，在背地裡動手腳的危險人物。

至於母親就只是有愛花錢的毛病，而且既然是貴族女性，這還在可容許的範圍內。

原本貴族的年收入就有規定一個固定的金額，貴族必須在這個預算內生活。無法隨意浪費稅金。

這樣看下來，繼承了克雷斯頓血統的人身上都藏有特殊的才能，但很顯然只有茨維特不在這個範疇內。

「這樣一看，同志的血統還真不得了啊……」

「等一下，好色村！瑟雷絲緹娜當上作家這件事，我可是第一次聽說喔！」

「沒啦，我也是偶然間得知的。我碰巧撞見蜜絲卡小姐在問同志你妹妹，『稿子還沒寫好嗎？有大量的讀者表示，很想知道前作的主角和男配角之間是怎樣的關係喔？』」

「光憑這樣不能斷定她是在寫那一類的作品吧。主角可能是女的啊……」

「我因為有點在意就繼續聽下去了，可是主角好像叫做弗雷德，這名字不管怎麼想都是男的吧……

然後她們是在討論跟男配角之間的關係喔？那個男配角叫喬邦尼，擺明了就是那種作品吧。」

「真的假的……」

他完全沒想到瑟雷絲緹娜在做這種事情。

看來索利斯提亞公爵家的人都有往奇怪的方向發展的傾向，這是個令茨維特震驚的事實。

「……迪歐，你能接受這個事實……嗯？」

茨維特想知道喜歡瑟雷絲緹娜的迪歐現在是什麼心情，所以向他搭話，卻只見迪歐蹲坐在地上，縮在房間角落，嘴裡喃喃說著些什麼。

茨維特試著從迪歐背後觀察他，只見他不帶任何情緒，拚命地對自己下著暗示，只想相信對他自己有利的事實。

這狀況實在不妙。

「騙人……我不相信。這絕對是什麼陰謀……對了，這一定是克雷斯頓前公爵想拆散我和她所設下的陷阱。沒錯，一定是這樣…………」

「怎麼辦？同志。他超努力的在逃避現實耶……」

「不怎麼辦啊，這畢竟是個人的興趣問題～」

興趣這種事是因人而異的。

就算迪歐看不慣瑟雷絲緹娜喜歡ＢＬ題材這件事，但要是迪歐亂逼問瑟雷絲緹娜，叫她「別再當什麼腐女」，那他的戀情就別想開花結果了。

最糟的情況下，他的初戀有可能因此一舉告終。

「呵……這時候就交給我吧。我會讓他恢復正常的。」

好色村臉上帶著陰險的笑容，轉身背對茨維特。

然後他站到了縮在房間角落碎碎唸的迪歐身後，慢慢的抬起腿，突然踹了迪歐。當然有放輕力道。

「噗啊！」

迪歐的臉叩地一聲，用力地撞上了牆壁。

好色村一副儘管如此他也不在意的樣子，揪起了因為疼痛而用手捂著臉縮成一團的迪歐的領口，硬是讓迪歐的臉抬起來直視著他。

「承認吧，迪歐……小緹娜是腐女的一員。那女孩是妄想著男人與男人糾纏的世界，甚至將妄想的產物出版成冊，大賺了一筆的資產階級！」

「住嘴——————！不是！這一定是什麼陷阱——————！」

「少在那邊逃避現實了！」

「嘎噗！」

好色村打了迪歐一巴掌。他現在的表情非常無謂地充滿了男子氣概。

「聽好了！旁人可能的確很難理解這些傾向某種特殊癖好的宅興趣。可～是，她寫出的作品現在可是暢銷書。那就表示她的作品獲得了許多讀者的支持。迪歐……你只認同小緹娜的表面，而不願接受她內心想要表現出來的事物嗎？你這樣也敢說自己迷上了那女孩嗎？你這跟單純把自己的理想強加在她身上，卻否定她的個人特質有什麼不同？你太傲慢了吧！」

「！」

迪歐的背上竄過一道有如雷電般的衝擊。

對迪歐來說，瑟雷絲緹娜的興趣恐怕真的不是他能夠輕易接受的事物。

不過每個人都有每個人的特質，由於個人的特質和感性，興趣和嗜好也出現了各種不同的分歧，使得世上充滿了各式各樣的人，這就是社會。

旁人沒有權利去否定其他人的個人興趣，更何況是用帶有偏見的目光去看待對方，這完全是一種傲慢的行為。好色村熾熱的話語銳利地刺入了迪歐的心裡。

「我……否定了她？」

「是啊……擁有怎樣的興趣那是個人的自由。迪歐根本沒有任何權利去侵害小緹娜喜歡的事物。」

「這樣啊……是我錯了，好色村……你說得對，我應該要接受她的一切去愛她，未來才會充滿幸福。然而我卻……」

先不提瑟雷絲緹娜的興趣，重點是這對話中根本忘了迪歐跟她到現在還是兩條平行線。他們還沒發展成甜蜜蜜的戀愛關係。

明明是這樣，迪歐和好色村卻自顧自地說下去，完全沒意識到現實。

「沒錯！我……應該要接受她的一切，以閃耀又幸福的世界為目標！謝謝你，好色村。我清醒過來了。」

「嗯。想在對方身上尋求自己的理想是常有的事，不過如果是喜歡程度更勝過理想的對象，就得寬容點才行啊。」

沒有女朋友的好色村一副趾高氣揚的樣子，將雙手盤在胸前，滿意的點點頭。

「不是，在說這些之前，他跟瑟雷絲緹娜的關係目前根本沒半點進展吧。是說我覺得他放棄了還比較幸福啊……」

正如茨維特的喃喃自語所說的，這樣迪歐反而更有可能落入克雷斯頓的魔掌中。

真心喜歡上某個人是很棒的事情，但就算如此，也無法改變迪歐跟瑟雷絲緹娜的關係。

好色村的所作所為不過是多管閒事，結果只是讓迪歐單方面地燃起熱情，身上背負著更高的死亡風險而已。

「……好色村，你幹嘛去慫恿他啊。他死心了會比較輕鬆啊。」

「沒有啦，只是一般不都會忍不住想幫別人的戀情加油啊。」

「我懂你的心情，可是你是不是忘了迪歐有生命危險啊？要是直接派暗殺部隊出手，不用三天迪歐的屍體就會浮在歐拉斯大河上了喔。」

「總比他在那邊消沉，讓人看了鬱悶來得好吧？唉，畢竟是公爵家的大小姐，是不可能和迪歐這種普通人結婚的吧。」

關於瑟雷絲緹娜的事，迪歐實在是煩人到了讓他們兩個想避開他的程度。

重新振作起來，燃起了新的決心的他正大喊著：「我要努力！嗚喔————！」

而戀愛讓他的視野變得更為狹隘，完全忘記了對方是公爵家大小姐的事實。

就算瑟雷絲緹娜未被正式認可為公爵家的一員，以血統來看她也毫無疑問的有王室血統，將來會選擇有一定地位的人作為她的對象吧。

不管怎樣都不可能和迪歐結為連理。

「話是這樣說沒錯……不過看著迪歐，感覺他有股會靠著毅力奪取到那個地位的衝勁啊……」

「重要的是人家現在也沒把他當成對象來看吧。小緹娜比起找男人交往，更享受現在的生活啊。」

「嗯，這倒也是。話說回來，你是從什麼時候開始用『小緹娜』這種好像跟她很熟的稱呼來叫瑟雷絲緹娜的啊？」

「嗯？從滿久之前就開始啦，我沒在你們兩個面前這樣叫過她嗎？唉，雖然她已經認定我的名字就叫好色村了……」

「你說……什麼……？」

原本提起幹勁重新振作起來的迪歐，突然像是恐怖電影中被惡靈附身的受害者，用以人體骨骼構造而言不可能轉出的角度，把頭扭向這邊。

「你、你感覺……很恐怖耶，迪歐……」

「為什麼……為什麼，瑟雷絲緹娜小姐會記住好色村的名字……」

「不是，我很常在圖書館碰到她啊，而且有時候蜜絲卡小姐也會拜託我當她的護衛……所以就自然而然有機會被她記住了。」

「你……想對她出手嗎？」

「那個，你可以不要一邊把臉湊得超近，一邊在我面前歪著頭逼問我嗎？會讓我想起某個主教……」

迪歐以驚人的魄力在質問好色村。

他的背後釋放出漆黑的能量，彷彿馬上就會伸出無數的黑色手臂。

「迪歐，好色村只對精靈跟少女有興趣喔？他甚至公然說想染指杏耶。是會說平胸小女孩儘管來的變態喔。」

「那不就表示瑟雷絲緹娜小姐也在他的守備範圍內嗎！」

「同志，你若無其事的說了很失禮的話耶！而且你說這話完全是反效果！根本是把火藥往火裡丟啊！」

迪歐身上散發出危險的氣息。

他搖搖晃晃地走向自己的桌子，拿起拆信刀，再度轉身面對好色村。

「嘿嘿嘿……接近瑟雷絲緹娜小姐的男人，全都去死吧～～」

「你這想法和跟蹤狂沒兩樣喔！是說你別衝動啊！」

「茨維特也是～你不肯幫我忙對吧……？一直想要我死心，你不覺得這樣做很過分嗎？現在或許是個重新讓你理解我對她的感情有多認真的好機會呢～～」

不知道為什麼，迪歐的矛頭也指向了茨維特。

他不斷製造出陰沉可怕的氣息，緩緩地往前走。

茨維特他們則因為他過於駭人的魄力而往後退。

「喂，迪歐……？你冷靜點……」

「我很冷靜喔～茨維特……不過啊～這也是你不對啊……誰叫你想拆散我們呢～……」

「什麼拆散不拆散的，你們連那種超過朋友卻又還不是戀人的曖昧關係都稱不上啊……」

「好色村，你太危險了。為了接近她，障礙還是愈少愈好……」

「「我、我們好好談談…………」」

「情敵和礙事的傢伙……我要將你們一個都不留的……驅逐殆盡……」

他完全失控了。

滿意而出的戀慕之情，化為了殺意……

◇　◇　◇　◇　◇　◇

——喀啦！喀啦！喀啦！

「恭喜您！獲得頭獎，里沙克爾溫泉旅館三天兩夜雙人住宿券！中大獎啦～～！」

「…………」

在桑特魯城的商店街參加抽獎的嘉內忽然抽中了大獎，不知該如何是好。

去採買食材碰巧拿到了抽獎券，想說那就試一下這唯有一次的抽獎機會，卻出現了連她自己都完全沒料到的結果。

她是沒特別期待能抽到，不過可以的話，她比較想抽中二獎的「雙手大劍」，或是三獎的「高級回復藥水組合」。

「……頭獎就算了，我可不可以換成二獎或三獎啊？我比較想要那兩個獎項的獎品。」

「很遺憾，那兩個獎項都被人抽走了呢～現在沒辦法讓妳換獎品嘍。」

「是喔……」

她是很高興抽中了住宿券，問題是這是「雙人」住宿券。

嘉內她們是三人一組的小隊，不管怎樣都會多出一個人。

由於這個住宿券有使用期限，不用掉也很可惜，可是她不希望為了決定誰要去而起爭執。

「怎麼辦？」

「我不去喔？因為要去泡溫泉的話，我想跟可愛的小達令們一起去。」

「唉，雷娜妳就是這樣……」

「雷娜小姐真是堅定不移耶……不過我大概也沒辦法去吧。因為強尼他們拜託我帶隊，陪他們去城外練習狩獵。」

「伊莉絲也不行啊～……這個住宿券的使用期限好像只到這個月底耶……」

伊莉絲和雷娜都有約在先了。

既然這樣她只能一個人去泡溫泉了，可是自己去也有點寂寞。

感覺像是傷心之旅，讓她有點抗拒。

「嗯～那妳跟叔叔一起去怎麼樣？」

「伊莉絲！」

「哎呀，這是個好主意呢。反正傑羅斯先生也有那個意思，你們就當作婚前旅行去玩一趟如何？」

「婚、婚婚婚婚、婚前旅行？」

嘉內基本上也有意識到自己身上出現了戀愛症候群的徵兆。

這原本就是生物本能在尋求適合自己的異性對象所造成的現象，自然沒有藥物可以治療，她認為自己總有一天會嫁給傑羅斯吧。

可是嘉內的內在是個單純的少女，沒經過約會這些循序漸進的過程，她實在不敢忽然就說要去婚前旅行。

「我、我怎麼可能做得出那種事啊！」

「為什麼不行？嘉內小姐正在發情吧？反正妳跟叔叔很適合彼此，就直接衝上本壘嘛。」

「別說什麼發情啦！」

「喂，我之前就這樣想了……嘉內妳啊，會對像傑羅斯先生那樣年長的男性保持距離吧？難道是受過什麼心理創傷？」

「………唔。」

雷娜這句話讓嘉內頓時說不出話來。

她這話直接戳中了問題的核心，知道狀況的除了路賽莉絲之外，只有養育她們長大的梅爾拉薩祭司長。而這也是她不想被人碰觸的過去。

「這樣啊……雖然我大概想像得到，不過還是不要說出來比較好吧。」

「我就討厭雷娜妳這種敏銳的地方……」

「咦？咦？」

「伊莉絲還是不要知道比較好。畢竟這是人家的隱私，也不是未經人許可就能隨便過問的事情。」

「這樣說表示雷娜小姐妳知道是什麼事吧？我有這麼遲鈍嗎？」

「我只是想說這是嘉內自己的問題。所以我們就溫柔的在一旁守護著她吧。看她跟傑羅斯先生的感情可以進展到什麼程度。」

「結果話題還是導到這裡來了啊……話說回來這個住宿券，該怎麼辦啊？拿去送給祭司長嗎……」

不知該如何處置的溫泉住宿券。嘉內雖然想說不如送給梅爾拉薩祭司長，不過她總覺得祭司長會說「我才不需要這種東西。妳就跟妳中意的男人一起去，然後變成一個成熟的女人吧。啊哈哈哈哈！」這種話吧。

儘管祭司長是個生活方式像是在侮辱對神的信仰的人，不過她對自己養大的孩子們會做許多無謂的臆測。一有機會就會對到現在還沒結婚的嘉內和路賽莉絲提起這方面的話題。

嘉內是很感謝她希望過去是孤兒的人們能夠掌握幸福的這份體貼，可是叫她們不用管什麼循序漸進，最好直接跟對方發生關係的豪爽作風就令嘉內不敢恭維了。

雖然是比喜歡多管閒事，硬要幫忙安排相親的大嬸來得好啦……

「到底該怎麼辦啊……」

嘉內盯著攤在手上的住宿券，深深地嘆了一口氣。

◇◇◇◇◇◇

支持索利斯提亞公爵家的貴族很多，艾維爾子爵家也是其中之一。

然而艾維爾子爵家的當家愛德華在討伐盜賊時中了毒箭而喪命，現在是由妻子瑪格麗特・德・艾維爾繼任為代理當家。

瑪格麗特本來就是艾維爾子爵家的直系子孫，從父親那裡學習過如何管理領地，所以在入贅到子爵家的丈夫愛德華去世後，她仍順利地撐起了家中的大小事務。

而她現在最在意的，就是女兒克莉絲汀·德·艾維爾。

克莉絲汀雖然是艾維爾家的三女，可是兩位姊姊都已經嫁出去了，所以將會由她來繼承艾維爾家。

或許是對此事有所自覺吧，克莉絲汀勤勉向學，也每天都會做身為騎士不可或缺的劍術訓練。

可是看在母親眼裡，實在不忍心看到正值青春年華的女兒受責任壓迫的樣子。瑪格麗特雖然希望她能去哪裡放鬆一下，可是克莉絲汀的個性太過認真，所以一直頑固地拒絕這件事。

而現在從窗戶望出去，可以看到女兒正在庭院裡以騎士們為對手練劍。

「唉……該怎麼辦才好呢。」

「嗯……看來就算是來硬的，也有必要讓她休息一下啊。認真是好事，但這樣下去她會給自己太大壓力，把自己壓垮的。」

「您果然也這麼認為嗎？薩加斯閣下。」

「嗯。年輕女孩稍微去外頭玩玩也無所謂的……她看起來似乎有些逞強啊。現在應該要強制逼她放個假。」

「薩加斯·瑟馮」。外傳他和別名「煉獄魔導士」的克雷斯頓前公爵實力在伯仲之間，故也是相當知名的魔導士。

是位體格健壯得不符實際年齡且相當高的老人，身高有將近兩公尺。

這老人由於天生自由奔放，本來是個看來不會在任何人底下做事的人，不過他現在正在艾維爾家擔任克莉絲汀的家庭教師。

他之所以會擔任貴族的家庭教師，單純只是為了「賺生活費」。

由於原本以為沒有魔法才能的克莉絲汀從阿哈恩村回來之後，不知道為什麼就變得能夠使用魔法了，使得家裡忽然必須要找老師來指導她學習魔法。

再加上克莉絲汀很快就學會了運用魔法的技巧，一般的魔導士一下子就沒有東西可以教她了。所以艾維爾家需要找有做出一番成績的魔導士來，最後挑上的人選就是薩加斯。

欠缺生活費的知名魔導士和需要魔導士來指導繼承人的子爵家，雙方的利害關係一致，便一路合作到了現在。

「早知道是這樣，就該讓她就讀伊斯特魯魔法學院的。」

「不，那時候她還沒辦法使用魔法吧？那裡對沒有才能的人來說是個無情的地方，老夫認為沒送她過去是對的喔？」

「可是她連個年紀相仿的朋友都沒有喔？這實在是太可憐了。」

「沒朋友啊……這確實很難受。」

薩加斯也是有克雷斯頓這個可以拌嘴的朋友在，可是克莉絲汀完全沒有同年齡的朋友，每天從早到晚都只顧著練劍。

年輕女孩整天都在修行也是件可悲的事。

「老夫是沒辦法幫她找朋友，但要喘口氣的話，倒是有辦法喔？」

「您這話的意思是？」

「您看，關於鄰國的溫泉，最近有聽到一些傳聞吧。」

「原來如此，是要以消除疲勞為由，讓她暫時停止鍛鍊吧？」

「沒錯。而且那孩子從阿哈恩帶回的山銅因為找不到能夠鍛造的工匠，到現在還沒辦法製成劍。里沙克爾鎮那裡聽說也有矮人工匠，所以名義上也能說是去找工匠。老夫再說想去讓這把老骨頭休息休息的話，那孩子也就無法拒絕了吧。」

「薩加斯閣下，您這提議真是太棒了！那我立刻就來安排。」

瑪格麗特搖響放在桌上的手搖鈴叫執事過來，志得意滿地下令要執事去籌備前往溫泉的相關事宜。

而克莉絲汀還不知道母親的這番體貼，仍在窗外繼續練著劍。

第四話　大叔接下了調查委託

在克雷斯頓居住的索利斯提亞公爵家別館。

唯正在細心修整過的庭院裡散步。

她愛憐地撫摸著接近預產期的大肚子，低聲說著：「要健健康康地出生喔，我可愛的寶寶。」一臉開心的樣子。

然而有個人正擔心地看著她。

「唯……算我拜託妳，待在房間裡吧。要是妳出了什麼事，我……」

沒錯，就是在地球上跟她訂了婚，在異世界實際上已經算是她丈夫的亞特。

隨著唯的肚子愈來愈大，亞特也開始過度保護她到了有些誇張的程度。

唉，畢竟他第一次面臨孩子即將出生這件事，會擔心也是在所難免。

「哎呀，就算是孕婦，做點運動還是對身體比較好喔？阿俊你真愛操心呢。」

「不是，這一般人都會擔心吧。」

「只是在院子裡散個步，沒事的。不如說我還比較擔心阿俊你會不會因為擔心過頭而禿頭呢……」

亞特目前在克雷斯頓身邊受他照顧，為了賺取生活費，他會製作魔法卷軸，或是將魔法術式刻入要用在魔導具上的魔石或魔晶石的工作。

他最近也因為參與了「魔導式四輪汽車」的零件之一，使魔力引擎內產生磁力的零件製作，開始協助指導魔導士派系中索利斯提亞派的魔導士們，總之就是拚了命的在工作。不過一旦回到家，他就是一位人夫，也快要成為人父了。總之他實在太擔心唯了，所以整天跟在她後面。

雖然從旁看來會覺得他很煩人，不過唯看來倒是相當幸福的樣子。

「怎麼？你又來黏唯小姐啦？都即將為人父了，你不能再表現得更穩重點嗎？」

「克雷斯頓先生……可是啊～」

「身體狀況的事，唯小姐自己最清楚了。老夫的宅邸裡也有醫生在，真發生什麼事也足以對應。多信任周遭的人一點吧。」

過去克雷斯頓也曾有過同樣的體驗，讓他看了亞特的行為後不禁苦笑。

可是要負責生產的畢竟是唯，亞特就算整天跟在她身邊，情況也不會有任何改變。

雖然不至於跟他說這全是白費功夫，不過每天看到亞特這個樣子，還是讓人忍不住想說句：「拜託你冷靜點。」

「亞特先生比我想像中的還關愛老婆耶……」

「不是喔，莉莎。我想亞特先生他只是事到臨頭不知所措而已。他每天這樣跟著還真是跟不膩耶。身為女人是有點羨慕唯小姐就是了……」

「他在魯達．伊魯路平原散發出的黑暗感到底消失到哪裡去了啊？」

「照他那個樣子看來，如果生了個女孩，他八成會變成一個溺愛女兒的笨蛋爸爸吧。我已經可以想像得出亞特先生在孩子被欺負的時候，使出危險的魔法來報復對方的身影了……」

「我才不會那樣！」

亞特被莉莎和夏克緹批評得體無完膚，但就算否認，現在的他說這種話也一點說服力都沒有。兩人都認為亞特很有可能會變成克雷斯頓二號。

克雷斯頓則是看著亞特，嘴裡叨唸著：「老夫也想要個女兒啊～畢竟兒子是那個樣子……」

在他們一群人過得和樂融融（？）時，這棟宅邸的管家丹迪斯急急忙忙的走了過來。

「亞特大人，您在這裡啊。」

「啊，丹迪斯先生。怎麼了嗎？」

「剛剛有使者前來，說主人想請亞特大人和傑羅斯大人過去一趟。因為事態緊急，所以我才四處找您。」

「德魯薩西斯公爵找我們？是有什麼事？」

「這我就不清楚了……」

「亞特閣下……畢竟是那傢伙找你們，很有可能是發生什麼不好的事喔？他應該是盤算著要靠你們去處理那件事吧。」

克雷斯頓很了解自己親生兒子的個性。

可惜的是他沒辦法完全看穿兒子的行動，不過既然找上了亞特和傑羅斯，可以想見多半是發生了什麼麻煩事。

他們正是適合對應這種狀況的人才。

「派他自己手下去不行嗎？」

「由於先前的組織改革，有不少領地內的騎士和魔導士都被拔擢到王都去了。目前還在重新編組戰力，所以沒有適合的人選吧。」

「不是，那個人應該私底下還有些……」

「接下來的話老夫勸你還是別說的好喔？畢竟隔牆有耳啊。那傢伙就是會去插手干涉一些危險的事，你最好是當作他來通知你的時候，就已經阻斷你的所有退路了。這事想必根本不容你拒絕吧。」

「……沒有選擇的餘地啊。沒辦法，我這就過去……畢竟是我受僱於人。」

「你背上滿是陰影啊。」

雖然他想陪在唯的身邊，可是亞特的立場就像是受僱的約聘員工。

亞特不像某個大叔那樣有一些臨時工可打，所以某方面而言，他不得不答應這間黑心商會會長的要求，只能踏著沉重的步伐走向後門。

「阿俊，好好努力喔～！」

「亞特先生，加油～！」

「要活著回來喔。」

亞特用背影接下了身後熱情的加油聲，朝著傑羅斯家的方向走去，從後門消失在森林裡。

「……是說丹迪斯你知道瑟雷絲緹娜為什麼一直還沒回來嗎？雖然老夫忙忘了，但學院應該早就開始放寒假了才對……照日子來看，季節都已經進入春天了喔？」

「因為伊斯特魯魔法學院也有大規模的人事異動。這也影響到了學生們的學業吧。雖然放寒假的日期有些誤差也是常有的事，不過這次基於組織改革發生的人事異動，畢竟是全國性的調整……」

「怎麼會這樣……」

大叔所做的新兵訓練，以及包含重視實戰的茨維特在內，惠斯勒派學生魔導士們所提出的戰術性組織改革方案帶來的影響，奪走了一位老人的期待。

魔導士們現在得被分配到各處接受訓練，受訓後又要再移動到合適的部署，所以學院的講師們也不斷更替，課程進度也無可避免的落後了不少。

這些影響當然有反應在學生們的學業上，不過實際上學院已經在兩週前開始放寒假了。

因為到現在還一團混亂的人事異動問題，開始放寒假的通知也遲了一陣子才發給茨維特他們這些因為成績優秀而被派到伊薩・蘭特的學生。

疼愛孫女的克雷斯頓發現到這個事實後消沉不已。

看來克雷斯頓的背上也一樣滿是陰影。

亞特來到了傑羅斯家。

那裡還是老樣子，有幾隻完成了奇怪進化的咕咕在勤奮的鍛鍊武藝，除此之外的咕咕們在割除田裡的雜草，而飼主則是正在院子前面組裝一台看起來像是機車的玩意兒。

「傑羅斯先生，嗨～」

「哦？這不是亞特嗎……你看起來很沒精神耶？怎麼了？」

「因為啊～公爵大人那邊好像有事喔，說要找我跟傑羅斯先生過去。」

「德魯薩西斯公爵嗎？是什麼事啊？總覺得八成又是什麼麻煩事……」

「克雷斯頓先生也說了類似的話喔……我們就算有實力，也沒辦法抵抗權勢呢。」

會依據情況運用合適人才的德魯薩西斯公爵有事找傑羅斯，光是這個事實就讓大叔覺得公爵又要委託他們什麼麻煩事了。唉，雖然酬勞很優渥，所以接下他的委託也無所謂，可是——

由於公爵大多數的事情都會自己解決，當他要用上傑羅斯這個棋子時，可以依此判斷事態格外嚴重吧。

大叔反正是閒著沒事，不介意去幫忙，但還是希望別演變成什麼麻煩的事情。

「現在就要過去嗎？」

「是啊……因為好像有使者前來，應該是急事吧。是說那個是漂浮機車吧？還有普通的機車？」

傑羅斯正在組裝的是形狀為有些歪曲的等腰三角形，且外表未噴漆的「漂浮機車」，以及兩台美式機車。

「我以前那台車是直接拿廢棄品改裝而成的，不過我又再仔細檢視了一下車體的設計。包含備用車在內，正在從零開始重新製作零件並組裝。普通的機車馬上就能騎嘍？」

「那漂浮機車呢？」

「我在試著減輕車架的重量，順便提昇魔力的傳導率。可惜還是沒辦法搞定那個黑盒子就是了。」

「有辦法搞定的話，你想改造嗎？」

「那當然。有辦法改造卻不改反而奇怪吧。」

亞特雖然覺得「你這想法比較奇怪」，但想到傑羅斯就是有喜歡徹底改良既有物品的習慣，他就放棄吐槽傑羅斯了。

他是不知道傑羅斯有顧慮到多少安全性上的問題，不過沒有做一些多餘的改造這點讓亞特放心了些。

「順帶一提，這機車的名字叫『bike・雷霆十三世』。」

「總覺得是會用誇張的嘶吼聲來作結的名字。聽起來就會出意外。」

「你多心了啦。」

「而且你居然做了十三台喔。是說英文的bike是指腳踏車吧？那漂浮機車呢？」

「嗯～……『紅色閃電號』？不，叫『紅色彗星號』比較好吧？」

「這又不紅，是有三倍快嗎？」

「我覺得至少可以騎出音速喔？我改良了空氣噴嘴，不僅把空氣壓縮率提昇到了極限，連可燃性液體燃料也……咳咳！車架和裝甲也是用了山銅和祕銀製成的輕量化合金喔！」

「那根本是噴射引擎吧，危險到爆！騎在上面的人會飛出去吧！」

這台漂浮機車的座位不像戰鬥機那樣，有個透明的保護罩在上面。

勉強可以讓兩人共乘的座椅尺寸，加上車體也改造的比以前更為精簡，要是騎出音速，騎在上面的人肯定會被甩出去。

「我之前就說過了，你也顧慮一下安全問題吧！」

「既然沒辦法改造既有的零件，就只能強化其他的地方了啊。你在說什麼啊？」

「你才是在說什麼鬼話啊！」

「比起這些事，我們趕快去找德魯薩西斯閣下吧。畢竟他是個大忙人啊。」

「我有很多想說的事，不過要在去公爵家宅邸的路上說也行吧，唉～……」

常識不適用於「殲滅者」的成員。不過在奇幻世界成為了現實的現在，傑羅斯喜歡亂改造物品的習性是個令人頭痛的問題。等到釀成意外，出現受害者就太遲了。

這個異世界的安全基準明顯偏低。亞特認真的煩惱著，自己是否該向德魯薩西斯提議需要針對產品訂立安全法案。

◇◇◇◇◇◇◇

亞特講述著安全基本法規的重要性，大叔則是堅持說著：「反正這裡是異世界，跟那些法律無關吧？」這種不合理的屁話。兩人就這樣一邊爭執一邊來到了領主的宅邸。

傑羅斯是知道亞特想說什麼，可是他只是出於興趣做好玩的東西遭人這樣指責，他也很頭痛。最重要的是實際使用這些東西是大叔本人，就算有這些作弊等級的誇張性能，他也有自信能夠駕馭得了。

亞特則是知道自己的身體能力有多作弊，如果不是什麼大問題，應該可以毫髮無傷的生還，但是他不相信「殲滅者」做出的東西，懷疑「那上面絕對加了什麼不妙的多餘功能」。

畢竟他在「Sword and Sorcery」裡就已經遭遇了無數慘事，讓他的疑心病重到了堪稱頑固的程度。

他們的爭執一直持續到德魯薩西斯所在的辦公室前。

「主人，傑羅斯大人和亞特大人來了。」

「嗯，比我預期的時間還早啊。算了，這也在我預期的範圍內……進來吧。」

「兩位請進。」

「「多謝……（預期的範圍內？難道他事先預測了我們會來的時間嗎？）」」

儘管這說法令人在意，但對方好歹也是現任公爵，兩人便放棄去追究這件事了。

他們邊打招呼邊走進房裡後，只見德魯薩西斯公爵正像某個司令官那樣，將雙手的手肘撐在桌上，十指交扣。

「那麼，關於兩位這次的任務……」

「不不不，這也太突然了吧！」

「這未免太唐突了，德魯薩西斯公爵……」

面對沒有任何開場白，只打算說重點的德魯薩西斯，兩人忍不住開口吐槽。

「嗯……對你們用這種方式說話，不會激起你們的幹勁嗎？」

「反而讓我們嚇了一跳啊。」

「我不知道你是怎樣想到這種情境的，不過還是用正常的方式溝通吧。事情太突然了反而讓我們很困惑啊。」

「這樣啊……我是有點嚮往這個場景，但似乎不太自然啊。沒辦法像這本書裡的情況一樣。」

德魯薩西斯有些遺憾。

在他手邊的是一本畫了某種人型兵器的漫畫。

「為、為什麼這種漫畫會……他到底是從哪裡弄到手的？」

「大概是我們的同類，或是哪個勇者畫來賣的吧～而且畫得還莫名的好，是曾經待過那個業界的人嗎？」

「這是在我的領地內惹出麻煩的人在監獄裡畫的東西。因為內容滿有意思的，我就試著印製成冊販售，結果賣得意外得好。還真是撿到了寶呢，呵呵呵。」

『『那根本是抄襲吧！』』

既然是在監獄裡，那很有可能不是勇者，而是和他們一樣的轉生者畫的。

但更令人驚訝的是，德魯薩西斯用傑羅斯他們聽得懂的哏在開玩笑。

德魯薩西斯是少數知道傑羅斯他們是轉生者的人類，不過他們完全沒想到一進門就會聽到他開這種玩笑。

看來他是個比外表看來更有幽默感的人。

「沒想到德魯薩西斯閣下會開這種玩笑。你是在哪裡學會的啊……」

「最近在其他領地做出蠢事的人也變多了。特別是大喊著什麼『奴隸後宮』、『獸耳後宮』、『寧死也不肯受辱的高傲女騎士』之類的，讓人懷疑他們是不是瘋了的人。你們所在的世界到底是怎樣的世界啊……」

「──超丟臉的～！從沒想過同類的存在會是這麼丟臉的事啊～！」

他們的同鄉似乎在各地幹出了許多好事。

看來有不少因為作弊轉生而得意忘形到了極點，和好色村一樣做出了蠢事的傢伙在。這些人實在太忠於自己的性慾了。

「嗯，對我來說只要有才能，我是不會對他人的個性或性癖說三道四的。若是派不上用場的話，那也沒必要保護對方，只要不客氣地依法處刑就好了。」

「好可怕！」

「哎呀，我也沒打算幫別人惹出的事情擦屁股就是了，既然是自作自受那也沒辦法。是那些沒有認真踏實地去思考現況的傢伙不對。」

「這邊則是超冷漠！」

大叔畢竟是大叔，完全不想救助那些幹出蠢事的傢伙。

說穿了不過是和自己無關的外人自作自受，沒想過行動伴隨著責任，恣意妄為的結果，大叔不覺得只因為是同鄉，他就需要去幫助那些人。

要是這時候對他們太好，他們很有可能會再犯，最重要的是不學習是不可能在這個異世界生存下去的。他才不想認識那些會幹出蠢事的轉生者。

「我不知道除了我們之外的轉生者在哪裡做了些什麼，不過要是隨便去認識對方，難保對方不會趁機纏上來企圖利用我吶。還是讓他們好好服刑，變成像樣的人再出來吧。」

「傑羅斯先生你到底像不像樣這件事先不提，這方面我倒是有同感。話說回來，德魯薩西斯公爵，雖然話題偏了，不過您是有事才找我們來的吧？是遇上了什麼麻煩嗎？」

「是這樣沒錯，我想委託兩位去調查。最近在國境附近發現了可疑的屍體，調查陷入了困境。」

「那是負責各領地警備事務的人的工作吧？以叫我們來的理由來說，感覺不夠充分啊。」

「總之你們先看看這份報告吧。看了之後我想聽聽你們的意見。」

公爵遞給他們的紙上寫有截至目前的調查內容。

根據上頭的記載，第一個發現的受害者是盜賊，屍體像是木乃伊一樣被吸乾了。

由於有武器掉在發現屍體的地方，所以受害者死前應有抵抗，但若是遭到魔物襲擊，應該會留下魔物的屍體或血跡，然而現場完全沒有找到這些痕跡。

屍體呈現只有體內的水分——血液被吸得一乾二淨的狀態，非常不自然。

「……死因不明嗎？可是像木乃伊那樣被吸乾了……這……」

「嗯～……是中了吸血之觸嗎？可是有能把人吸乾到這種程度的魔物嗎～？如果是屬於『高階巫師』的『巫妖』，是擁有強力吸血效果的特殊能力，可是那是迷宮裡才會出現的特殊魔物啊。」

「我是很懷疑光靠吸血之觸能不能做到這上面所寫的效果。畢竟吸血之觸基本上是用來奪走對手魔力的招式。」

「這點也很讓人在意吶。化為木乃伊啊……」

傑羅斯他們對怪物的了解都源自於「Sword and Sorcery」，不太清楚現實中遭到擁有吸取能量技能的魔物襲擊的受害者會呈現怎樣的死狀。

畢竟在遊戲裡就算死了，也只會受到一些死亡懲罰，然後就會在存檔點復活了，所以根本不可能知道實際的受害者會是什麼樣子。所以屍體化為木乃伊雖然是很常見的設定，但是遊戲和異世界的差別就在必須實際確認過後才能弄清楚狀況。

「吸血鬼呢？吸血鬼要吸取能量時會咬上獵物，連同血液一併吸收魔力，我想應該符合這個狀況吧。」

「很難說耶～？應該說我來到這個世界後從沒聽過有吸血鬼這種魔物啊。好像也沒在傭兵公會的討伐委託裡看到過。再說這份報告上也沒提到屍體的脖子上有傷痕……」

「嗯……看來你們對於是何種魔物，多少心裡有數啊。叫你們來果然是對的。」

「「啊……」」

兩人到現在才發現自己犯了大錯。

德魯薩西斯只有問他們對於受害者死法的意見，並沒有要他們說出特定的魔物名稱。他不管盜賊是怎麼遇害的，只要能獲得足以突破現況的情報就好了。

然而儘管不是很確定，傑羅斯他們還是隨便舉出了幾種怪物的名字。

這等於是在說他們曾和這類型的魔物交手過。

這下他們愈來愈難從麻煩事裡抽身了。

「因為我們是第一次碰到會讓人變成這種樣子的魔物，一直無法鎖定對象，很是頭痛啊。哎呀哎呀，此事還真是務必想請兩位協助呢。」

『『上、上當了……雖說本來就很難拒絕了，但這下逃不掉了啊。』』

德魯薩西斯公爵並未將他們視為轉生者或異世界人，單純是用能否派上用場的人才來做出評斷，再用高超的手腕誘導他們，將他們當成自己的棋子來運用。

就是因為很難拒絕，他對傑羅斯來說是相當難應付的對象。

「唉，我是無所謂啦。這是不僅要鎖定原因，還包含討伐在內的調查委託嗎？」

「嗯。如果釐清原因後，可以除掉那個原因的話，我是想請你們這麼做。我保證會支付你們合理的酬勞。」

「我都受您照顧了，應該沒有選擇的權利吧？唉，有酬勞的話我是願意做啦。」

「既然這樣，我順便準備能讓你們夫妻居住的房產如何？我就以特別便宜的價格，從我名下的房產安排一棟適合的房子給你吧。」

「老闆，小的非常樂意為您服務！我一定會成功完成這個委託的！」

聽了德魯薩西斯的提議，亞特立刻接下了委託。

傑羅斯本來是想在交涉過程中慎重地判斷是否要接下委託的，然而他這下也沒戲唱了。

而且考慮到可能會發生什麼意外，他也不好讓亞特單獨接下委託。

沒處理好的話他可能會被同鄉的女性們瞪到死。

『這下～是德魯薩西斯公爵的作戰贏了呢。他是知道亞特的需求才這樣說的吧。甚至沒露出半點破綻，真的很難應付啊。』

事情發展至此，大叔也只能做好覺悟了。

「那麼請兩位在這份委託書上簽名。還有，考慮到要調查受害者的遺體，我也準備了進入城砦的通行證。那麼期待兩位的努力。」

「他還想繼續帶哏啊……」

「他意外的是個愛開玩笑的人啊。真希望上司是這種人呢～……」

兩人就這樣接下了調查委託。

不知道現場有些什麼，而且線索只有盜賊的屍體。

現實中也不可能像遊戲裡那樣會給提示，這是想必會是相當困難的搜查任務吧。

傑羅斯他們回到家中，開始收拾行囊。

◇◇◇◇◇◇

「咦？妳是說……溫泉嗎？」

被母親叫進辦公室的克莉絲汀．德．艾維爾由於這來得太過突然的話題，疑惑地開了口。

「沒錯。因為妳最近太勉強自己了，我要妳暫時遠離鍛鍊和學習。簡單來說就是去休息一下，喘口氣。」

「可是媽媽……我——我必須早點培育出配得上領主身分的實力……」

「如果因此搞壞身體，那就本末倒置了！雖然伊札特他們也有在留意，但妳好歹也是這個家的繼承人，怎麼能不好好管理自己的身體狀況呢。」

「唔……」

「而且啊，克莉絲汀……朝著目標努力並沒有錯，可是大家都很擔心妳不久後就會累倒啊。」

「媽媽……」

克莉絲汀為了當上領主而不斷努力著。

晚上一直讀書到深夜，白天則為了加強劍術而勤於鍛鍊，除此之外還要學習禮儀，以及練習最近變得能夠使出的魔法，簡直沒有休息的時間。

雖說想要進一步追上為了守護領民的生活而喪命的父親的背影，是讓她如此充滿幹勁的原因，不過瑪格麗特想讓她了解，努力跟勉強自己是兩回事。

克莉絲汀也沒印象自己最近有好好休息過，這也讓她重新意識到，自己在不知不覺間行為失控，讓身邊的人為她擔心了。

「現在確實變成要由妳繼承領主的位子，可是招贅到女婿進來的話，妳就要轉為從旁協助丈夫的角色了喔？現在練成肌肉棒子，媽媽也很傷腦筋啊。」

「肌肉棒子……媽媽是從哪裡學會這種話的啊？不對，我沒有那麼壯啦！」

「可是妳繼續練下去，有可能會變成那樣吧？媽媽很擔心啊……妳最近還變得會在浴室亂丟內衣褲，跳進浴池裡……身為女性該有的顧慮都消失到哪裡去了啊……媽媽好難過……」

「這、這個……是說這跟去溫泉旅行無關吧……」

偶爾拋下禮儀，做些粗俗的事情，是克莉絲汀最近私底下的一點小樂趣。

然而身為貴族，這種行為實在不太恰當。

不過由於她平常都會留意要維持貴族該有的樣子，所以這點小事就睜一隻眼閉一隻眼也無所謂吧。

可是被母親當面這麼一說，她的臉還是害羞地紅了起來。

她不禁在心底抱怨。

「這也是……都要怪那個人走得太早，讓妳背負了這麼沉重的責任。嗚嗚嗚嗚～」

「媽媽，妳這演得太假了喔。我知道了，我去就是了！只要我去休息就可以了吧！」

「是啊，好好休養一下吧。真是的，妳就是個要人費心的孩子……」

「是我不對嗎？喂，為什麼說著說著變成我的錯了？」

「還有，妳的用詞又變得不夠淑女了喔？妳還早得很呢。」

「所以說媽媽妳到底是從哪裡學會這種說話方式的……」

瑪格麗特平常明明是個高雅的淑女，卻不時會耍著克莉絲汀玩。

她一個女人扛起了領主的工作，調侃克莉絲汀成了她紓解壓力和維持親子互動的方式。雖然是個一石二鳥的好辦法，但被調侃的一方只覺得不知該如何是好。

「順帶一題哏是從這些書上來的喔？《棒球王子》和《超級兄弟》。」

「前者先不提，另外一本書感覺很可疑耶？」

「那個人也是，外表看起來雖然瘦，脫了卻很不得了……肌肉真棒呢♡啊，不過女兒練成肌肉棒子這我就有點……」

「就說了，我不會練得那麼壯啦！」

「就算沒辦法從頭上發射奇怪的光束，有沒有機會從眼睛裡射出雷射光啊？」

「媽媽？」

克莉絲汀有時候實在搞不懂母親。

不知道她到底想在女兒身上追求什麼……

「還有溫泉包含妳在內，要去的總共三個人。另外兩位是伊札特和薩加斯閣下，這是因為住宿券有限定住宿的人數。由於使用期限快到了，在預算上也沒辦法再讓更多人去了……像是交通費之類的。」

「咦？先不論伊札特，薩加斯老師也要一起去嗎？」

「畢竟他年事已高，也希望偶爾能讓一把老骨頭好好休息休息呢。他也說自己最近腰痛得厲害。」

「可是他剛剛還在跟騎士們一起做格鬥訓練耶……？嗯，老師果然也需要休養呢。拜託妳別瞪我了，媽媽……很可怕耶。所以說我們什麼時候要出發去溫泉旅行？」

「三天後。騎士中碰巧有人在抽獎活動上抽到了免費住宿券，不過因為臨時有事所以沒辦法去了，我便請伊札特去拜託對方，對方便乾脆地讓出了住宿券了。」

「我是不相信『乾脆地』這句話就是了……妳絕對是亂來了吧。」

艾維爾子爵家的領地不大，雖然可以從森林裡採到稀有的藥草，所以有不算少的收入，但沒有能夠利用稅收去旅行這種多餘的預算。

一去想他們是怎樣得到溫泉住宿券的，克莉絲汀的腦海中便浮現出體格強健、面貌凶惡的騎士們包圍著原本持有住宿券的人，低頭拜託他，硬是從他手中拿到了住宿券的景象。

騎士們都是些雄壯熱血的傢伙，有不少個性豪爽但口氣粗俗的人。就算他們是規規矩矩地拜託對方讓出住宿券，那景象從旁看來還是跟威脅對方答應沒兩樣。

「…………不管怎麼想，都覺得那看起來根本就是犯罪現場。」

「我有好好付錢給人家喔？」

「……妳應該有要脅人家吧？三天後也未免太突然了吧！」

「沒、沒這回事。嗯，真的沒這回事。」

「那麻煩妳好好看著我的臉說話。而且妳為什麼要說兩次？」

儘管瑪格麗特對女兒的教育很嚴格，但她更是個疼女兒的傻媽媽。

她平常總是保持著堅定的態度，可是只有母女兩人在場時，她就會像這樣有些興奮過頭。愈碰到這種情況，她就愈容易做出過當的行為。

「我沒有要脅人家啦！真的喔？拜託妳相信媽媽……」

「唉～……不管怎樣，我都得休假對吧？畢竟由於媽媽的緣故，出現了偉大的犧牲者，雖然我不知道那個人是誰，但是我不能讓他的犧牲白費。」

「妳這說法……還真是不好聽呢。我明明就沒有殺人……」

「我自己也覺得最近在學習上太囫圇吞棗了，害大家為我操心也是事實。所以這次我就接受大家的好意吧。」

克莉絲汀覺得自己真的很受上天眷顧，同時決定接受身邊這些可以說全是如同家人的人們的溫柔善意。

這表示自己在旁人眼中看來就是那樣地逞強吧，她打從心底想向眾人道歉。

可是以克莉絲汀的身分地位而言，她不能主動向其他人道歉。

貴族的身分也是很麻煩的。

「我得買些土產回來給大家才行呢。」

「啊，媽媽我啊，想要『露茲莓果酒』。里沙克爾村那一帶是那種酒的知名產地。以前因為商人都要經過聖法神國繞一大圈才能過來，所以價格被哄抬得很高呢～」

「現在是里沙克爾鎮了喔？那我就每個人各送一瓶酒好了。」

露茲莓果是一種會在冬天結實，類似葡萄的植物。秋天時會開花，花謝後會結出半圓形成串的果實。可以把那一顆顆果實想像成我們一般所知的藍莓。

露茲莓果吃起來甜中帶酸，直接吃也很好吃，不過拿來釀成紅酒的話可以釀出高品質的美酒。同時也是可以用來製成「香甜藥水」的優秀材料。

因為屬於較低階的商品，一般庶民也能用低廉的價格買到，是貧困魔導士和鍊金術師也垂涎不已的商品。

「這樣應該要花上不少錢吧？」

「買品質差一點的也沒關係。就算品質差一點，那芳醇的滋味還是讓喜歡喝紅酒的人受不了啊。」

「我不太會喝酒，所以無法理解就是了……」

「居然還不懂得酒的美味，看來克莉絲汀還是個小孩子呢。就算只是喝開心的，若是沒辦法理解酒的滋味，在社交界會很辛苦的喔？」

「……應該不需要特別準備給媽媽的土產吧。不過就算要優先分送給在宅邸裡的大家，我該怎麼把那麼多的酒帶回來呢？」

「咦？不會吧！妳是開玩笑的吧？不是認真的吧？」

瑪格麗特非常愛喝酒，尤其熱愛紅酒。

而她正緊抓著女兒想討她歡心，拚命地拜託她。

這時候兩人的立場完全顛倒過來了。

「喂～妳們談好了嗎？差不多是時候該上課了。」

「啊，薩加斯老師。」

在母女可愛得令人莞爾的對話中，高大的老魔導士敲敲門，走進了房裡。

薩加斯在那裡看見的景象，就算是說客套話，也完全不像是有著貴族該有的威嚴的模樣。

「嗯，妳們還在吵啊？不過要休假已經是確定的事，克莉絲汀妳沒得選擇喔？」

「不是，那件事情已經談完了。我現在是在煩惱，要怎樣才能把要買給宅邸裡的大家的土產帶回來。雖然是不用帶媽媽的份……」

「討厭啦～不要說這麼冷淡的話！媽媽求妳啦，買紅酒回來給我～！克莉絲汀討厭媽媽了嗎？妳討厭媽媽了嗎？」

她為了區區紅酒而拚命哀求的身影，感覺不到半點平常身為當家的威嚴。

那淚眼汪汪，用盡辦法要說服女兒的模樣，實在太丟人了。

根本就單純只是個酒鬼。

「……這樣的話，我有以前從迷宮裡拿到的道具袋喔？因為比外觀看起來的大小還能裝進更多的東西，要帶東西回來不成問題。」

「啊，那就沒問題了。這樣我就能放心的買土產回來給大家了。除了媽媽的份……」

「不會吧，妳是認真的嗎？算我求妳，說妳是騙我的～～～～！」

克莉絲汀依然完全無視瑪格麗特的請求。

在那天之後的兩天內做好行前準備的克莉絲汀，隔天早上和老翁薩加斯以及隨行護衛的騎士伊札特一起搭上馬車，前往位於阿爾特姆皇國領地的里沙克爾鎮。

在母親用哭聲大喊著「真的要買紅酒回來給我喔？拜託妳啦～～！」的目送之下……正準備開始工作的領民們目擊了她這模樣，讓克莉絲汀覺得實在是丟臉到家了。

第五話　茨維特慢了半拍開始放假

「啥？去泡溫泉？我跟嘉內小姐一起？」

大叔正在收拾行囊時，伊莉絲她們忽然拋出了很不得了的話題，讓大叔驚訝的發出了怪聲。

在他眼前的是臉上彷彿寫著「我這真是個好點子啊」，得意洋洋的伊莉絲。笑容滿面地點著頭的雷娜。還有滿臉通紅的瞪著他的嘉內。

在她們身後的則是浮在空中的小邪神。

剛剛把阿爾菲雅介紹給她們的時候，嘉內等人一開始也很吃驚，不過知道原因出在大叔身上後，就莫名的接受了這件事。

應該為了她們沒追問什麼多餘的事情而開心呢，還是該為了她們對自己有著奇怪的印象而傷心呢，傑羅斯的心境相當複雜。

「嗯……這個該不會是婚前旅行吧？」

「「嗯，沒錯。」」

「不、不是喔？只是我剛好抽獎抽中了限雙人同行的溫泉旅館住宿券而已！」

伊莉絲她們給了肯定的答案，嘉內卻徹底否認。

大叔有點傷心。

「很遺憾，我接了德魯薩西斯公爵的委託。我不能告訴妳們詳細的內容，不過我得離開這座城鎮一段時間。也還不確定會去多久。」

「哎呀～嘉內小姐，太遺憾了。你們本來說不定可以兩人獨處，甜蜜蜜地奔上本壘，再男女一起泡個溫泉的說。」

「我、我又沒有想要做那種事！我只是剛好抽中了住宿券！」

「妳也不用這麼拚命否認吧……要是沒有委託，我覺得兩個人來趟濃情蜜意的溫泉旅行也不錯啊。真的很遺憾。」

聽到大叔真心感到遺憾地這麼說，嘉內的臉紅得像是熟透的章魚，嘴巴也像跳到陸地上的魚一樣一張一闔的說不出話來。

傑羅斯看到她的反應則是在內心裡竊笑著。大叔是個虐待狂。

「不能跟我去的話，跟路賽莉絲小姐去怎麼樣？」

「我之前把特休用掉了，所以除了假日之外，暫時沒辦法請假。」

「原來如此……嗯，再說只有兩位女性去旅行也太危險了。那雷娜小姐……」

「我可不打算跟女人一起去泡溫泉喔？如果有可愛的boy在那就另當別論了。所以說只能由伊莉絲去了呢。」

「嗯，跟伊莉絲小姐去的話也很安全吧。畢竟她比一般的傭兵還要強……」

「叔叔，你是不是若無其事的說了很偏心的話啊？唉～我等下再去跟強尼他們道歉吧。」

伊莉絲在這時候確定無法陪強尼他們去訓練了。

「傭兵公會那裡正好有瘋狂的馬車會用高速載客人到目的地喔？我想只要花一天就能抵達鄰國了。我自己是不想搭第二次啦☆」

「「我絕對不要搭那個！」」

伊莉絲和嘉內異口同聲的大叫。

看來她們也在傑羅斯不知道的地方搭過了「急速・喬納森」的馬車，經歷了悲慘的遭遇。

「不然我借妳們『魔導式四輪汽車』吧？只要不解除限速器，車速也不會那麼快，最重要的是座椅非常舒適。論坐起來的舒適度，馬車可是完全沒得比喔。」

「不不不，叔叔！我們沒有駕照耶？無照駕駛是違法……」

「駕照？伊莉絲小姐……妳在說什麼啊？這個國家根本還沒有那種制度啊。」

「……啊。可是這樣好嗎～？」

「妳一個年輕人，正是會騎著偷來的機車到處跑的年紀，到底在說什麼啊。稍微做點壞事也是人生學習的一環喔。現在明明是年輕人會騎著馬在路上狂奔的時代……駕照？那什麼玩意兒？能吃嗎？」

「你一個大人，居然想引誘年輕人踏上歪路？」

大叔以法律沒有規定為藉口，硬是想把「魔導式四輪汽車」推銷給她們。

當然，大叔不單純只是想讓她們踏上歪路。

畢竟「魔導式四輪汽車」本來就是在重視安全性的前提下製造的車輛，他這樣做也是想聽聽一般人駕駛時的意見，帶有實驗的性質在。要說的話就是正式販售前的試乘活動。

不過這明明是最重要的原因，大叔卻後來才補充說明，還嘻皮笑臉的用開玩笑的感覺說正事，所以在伊莉絲和嘉內耳中聽來，只覺得這是他想要裝傻，另外加上的藉口。

從在說重要的事之前先逗弄他人這點來看，傑羅斯的個性也真的是滿差勁的。

「所以說，我和亞特會暫時不在……阿爾菲雅小姐妳沒問題吧？」

「嗯？等等，那要由誰來準備吾吃的東西？」

本來飄在空中閒得要命的阿爾菲雅被大叔這樣一問，突然慌了起來。

要是傑羅斯不在，她就要暫時無法享受用餐這唯一的樂趣了。

雖然她不吃飯也不會死，但這樣一來，在傑羅斯回來之前，她只能拿下載在腦中的遊戲打發時間。

不過這種遊戲她很快就能破關了，接下來只能無謂的浪費時間。

「我會留錢下來，請妳別亂花，要有計畫性的生活喔。只要付餐費，路賽莉絲小姐他們會幫妳做晚餐的。」

「唔……吾比較想吃漢堡排。可是照這麼說來，汝不知道何時才會回來吧？那麼吾或許也該提前展開行動吶……」

「妳打算做什麼？」

「稍微在各地晃晃，要是能逮到那些愚蠢之徒就好了。只要能多少解開枷鎖，情勢就會變得對吾有利了。」

「希望妳能稍微手下留情啊～一個不小心說不定會毀滅這個世界呢。」

「吾沒打算那樣胡亂行事，不過只是弄個隕石坑出來的話，還在容許範圍內吧。」

「唉，那樣還可以啦。」

對於可能會造成的損害規模，這兩人的判斷基準不太正常。

或許是大叔的常識變成了不是人類的常識吧。

隔天早上，傑羅斯和亞特離開了桑特魯城。

比伊斯特魯魔法學院晚了兩週。

來到伊薩．蘭特的學生們總算也放了寒假。

因為比學院放假的時間晚了許多，從日期來看已經是春天了。

這已經不是寒假，該說是春假才對了吧。

無論如何，瑟雷絲緹娜她們也順利的迎來了假期。

而她們在回家前決定先去泡個溫泉，所以租了由傭兵公會營運，專門行駛在固定路線上的馬車，前往里沙克爾鎮。

簡單來說就是想盡情的享受一下地面上的生活。

畢竟伊薩．蘭特是地底都市。沒有太陽光，也沒有翠綠茂密的草原。

雖然從都市中央支撐著岩盤的巨大支柱上的物資輸送口也能通往地面，但是強悍的魔物在那裡建立起生態系，上去反而有生命危險。要說有什麼能做的事情，就只有調查魔導具，也難怪她們會懷念地面上的生活。

也不只瑟雷絲緹娜有這樣的念頭，其他有同樣想法的學生們也租了傭兵公會的馬車，打算前往里沙克爾這個溫泉小鎮。

「唔哇，積了好多雪。真想整個人跳進那堆沒被人踩過的雪裡面。」

在馬車上興奮得簡直想立刻衝去雪上奔跑的是滿心期待的狼少女，獸人烏爾娜。

「這、這有點……弄濕身體的話說不定會凍死。雖然伊薩．蘭特城裡的氣溫有經過控管，不過地底通道因為地熱的關係很熱呢。我是可以理解妳想要跳進去的心情。」

「烏爾娜小姐還真是不要命呢。」

穿過矮人們開闢的伊魯瑪納斯地底通道後，便是雪國。

阿爾特姆皇國的國土幾乎都是山區，滿是高聳險峻的山脈。

這一帶到了冬天會下大雪，而越過山脈，位於南側的索利斯提亞魔法王國則很少下雪。更南邊靠海的區域更是幾乎看不到雪。

跨越山脈的雪雲飄到索利斯提亞魔法王國這裡時，早已失去力量，南邊大海上吹來的暖風也讓雪化為了雨。

而位於比阿爾特姆皇國更北邊位置的伊薩拉斯王國也是雪國。

行商在抵達伊魯瑪納斯地底通道前，必須不斷地和嚴苛的大自然作戰。

所以冬季時商人們不會用馬，而是會讓類似小型長毛象，叫做「科摩斯」的生物來拉馬車通行。瑟雷絲緹娜她們現在搭乘的馬車當然也是由科摩斯在拉。

伊薩拉斯王國和阿爾特姆皇國的行商都會養用來送貨的馬和科摩斯。

「我聽說狗只要下雪了就會開心的在院子裡跑來跑去，獸人也一樣嗎？我很在意呢。」

「卡洛絲緹小姐，您這問題對烏爾娜小姐或許有些失禮呢……」

「平常講話就很失禮的蜜絲卡這樣說也沒有說服力啊……」

「大小姐……您要知道，禍從口出喔？」

蜜絲卡的眼鏡閃過一道可疑的光芒。

瑟雷絲緹娜處在無處可逃的情況下，不知所措。

「我聽說溫泉對美容很有幫助，但里沙克爾鎮的溫泉有這種功效嗎？」

「這很難說喔？我是不清楚，不過我想只要能消除疲勞就夠了吧？卡洛絲緹小姐的求知慾真旺盛呢。」

「真想分析一下溫泉的成分呢。好希望我有『鑑定』技能喔。」

「啊，是雪狼。這種地方也有雪狼啊。好想去狩獵。」

有幾個人正從後方窺看著這些女孩們嬉戲的樣子。

「……感覺很開心呢。」

「是啊。哎呀，租不到比較大的馬車這也沒辦法吧。」

跟在瑟雷絲緹娜她們搭乘的馬車後方的，是茨維特等人租借的傭兵公會的馬車。

迪歐的視線正捕捉著前方馬車上少女們開心嬉鬧、令人莞爾的可愛景象，他似乎也很想加入其中。

「話說回來，同志啊，小杏不在嗎？她也算是護衛吧？」

「她在啊？她應該在負責當瑟雷絲緹娜的護衛才對……」

「她是上哪……啊，找到了……」

在周遭的樹木上也積了雪，一切都被染成了銀白色的世界中，忍者少女連一片雪都沒弄掉，在樹木的縫隙間急速奔跑著。

身影宛如疾風。

她靠著忍者卓越的技巧，以驚人的速度在樹林間移動，不時在看不見的地方降下猩紅血雨，將白雪染上一片紅。

看來她是解決掉了魔物。

「小杏真厲害。她一邊那樣行動，一邊確實地打倒了魔物耶……」

「是說好色村你在幹嘛？你也應該要走在前面，除掉擋路的玩意兒吧？」

「不是，因為我沒辦法在雪中靈活行動啊！光是這身裝備的重量，我就會埋在雪裡了！畢竟我的職業正如你所見，是重裝備的戰士啊！」

好色村拚命解釋。

他的職業是「勇猛騎士」。正因為冠有騎士之名，他的裝備是重裝甲，在積雪或是沼澤地戰鬥時，他的能力便會大幅下滑。基本上他擅長的是靠重裝備加強防禦，以反擊的方式擊倒對手的戰術，所以在雪山等局部地區的戰鬥算是他比較不擅長的部分。

如果是在「Sword and Sorcery」裡，他還可以無視這些地形效果，可是在現實中他會直接受到影響，結果只能待在馬車裡負責警戒。

「……你好歹也是護衛吧？不是應該事先設想到這種情況，準備必要的裝備嗎？」

「要買一整套裝備也很花錢啊！我是有拿到薪水沒錯，可是只買得起便宜的裝備。雖然也可以考慮買二手裝備，可是照那樣子看來，在防禦力跟耐用程度上實在堪慮啊。」

「原來你有好好想過啊……」

「同志——！你是覺得我很不認真嗎？別看我這樣，我可是有好好工作的喔。」

「抱歉……畢竟你平常的態度是那樣，我忍不住就……」

不管他有多認真完成工作，從好色村平常的態度來看，就算是說客套話也稱不上認真。不如說他看起來甚至像是在玩。

可是不管平常感覺多吊兒郎當，他仍是轉生者之一。以實力來看，在這個世界也能算是頂尖的高手了。

能感應到微乎其微的殺氣，光聽到一個微小的聲音，就能立刻進入備戰狀態。探索敵人的範圍也比一般人來得廣。

然而他平常不像樣的行動，讓他看起來實在不像是個實力高強的人。

「我可以哭吧？不，這時候我應該要哭吧。」

「你應該要改善自己平常的行事作風吧。實在看不出你的實力很強耶～畢竟你總是在看女孩子的屁股……」

「真失禮！我也有仔細看胸部啊，臉也會順便……」

「就是因為你老是做這種低級的事，才不受女生歡迎吧？這可不是什麼值得你挺起胸膛大聲說的事！自重點好嗎。」

「我只是老實地順從自己的心過活而已。我已經做好了順應欲望，貫徹信念的覺悟！然後我總有一天要請巨乳精靈大姊姊讓我埋在她的乳溝裡！」

他是個徹頭徹尾的笨蛋。

而且他熱情地訴說著夢想的樣子，在別的意義上充滿了無謂的男子氣概。

貫徹始終的好色，這已經不只是單純的好色了。

我們就用更有格調的方式來稱呼他吧。

稱他為變態……

「……喂，這不是什麼值得誇獎的事吧。迪歐，你也說點什麼……呃，迪歐？」

「嗯？瑟雷絲緹娜小姐無論何時看都是天使啊？啊啊……我該如何把這份心意傳達給她呢……」

「這傢伙不行了。完全陷入了自己的世界。」

茨維特倒是希望他早點去告白，不管是被拒絕還是怎樣都好。

然而迪歐卻無法下定決心地做出這最重要的行動。而且明明不敢告白，還要嫉妒其他接近瑟雷絲緹娜的男人。

「喂，迪歐……我是覺得不至於，但你該不會偷偷幹掉了打算接近瑟雷絲緹娜的男性同胞吧？」

「……………」

「拜託你說點什麼啊，你沒殺人吧？沒有做出犯罪行為吧？」

「怎麼可能嘛……討厭啦～我不會做那麼沒常識的事啦……應該吧。」

「你說了應該喔！而且你看著我的眼睛說啊！為什麼要別開視線啊！」

茨維特雖然揪著迪歐的領子搖晃他，但迪歐沒有再多說什麼了。

可能因為茨維特那副不是敵人，卻也沒站在他那邊的態度，讓迪歐知道他不能指望茨維特了吧。

中立有時候也是會失去信任的。

「同志啊……你的好友可能已經走上歪路了喔。這話我只在這裡告訴你……在學院裡的時候，我聽說真的發生了同志你所說的事情。據說有好幾個人在小巷裡遭人襲擊。」

茨維特死心地放開了迪歐，轉身面向好色村。

「好色村……我希望你能更早一點把這消息告訴我啊。」

「不是，我有也點在意她的受歡迎程度，可是我問了蜜絲卡小姐後，她說『為了大小姐的心智成長，還請您先默默地在一旁看著就好。既然還意識不到來自異性的好感，就表示她還是個小孩子。』然後叫我別說出去。她那態度絕對是在以此為樂喔？」

「……蜜絲卡。」

「唉，畢竟是蜜絲卡小姐，那個人說的話也是有幾分道理，所以我就照辦了。」

蜜絲卡連好色村都私下叮嚀過了。

搞不懂她到底在盤算些什麼。

「又沒關係！瑟雷絲緹娜在我們之間的競爭率很高啊。我這麼平凡無奇，她是絕對不可能看向我的……所以還是盡量減少對手……」

「你用了我們？表示受害者是複數？好色村，我覺得我可能到了要重新檢視交友關係的時候了。」

「是啊。我也覺得私下幹掉對手實在做得太過火了。乾脆點去告白被拒絕就好了啊。這行為連我都不敢恭維啊~……」

不論茨維特，就連平時幹出不少蠢事的好色村都對迪歐退避三舍。

「（我……想被瑟雷絲緹娜小姐………綁起來，應該說……想被她打……）」

「「迪歐？你剛剛是不是小聲的說了什麼奇怪的事！」」

暴露了驚人性癖的迪歐，在那之後便沒再說過半句話。

不過他似乎在妄想著什麼，不時會露出噁心的笑容。

「茨維特~還不能休息嗎~！」

「我坐馬車坐到屁股都痛了，讓我們休息一下啦~！」

「雖然是無所謂，不過為什麼連那些傢伙都跟來了啊？」

「天曉得？」

惠斯勒派的學生們搭乘的馬車跟在茨維特等人的馬車後方。

他們也終於擺脫了嚴苛的日子，為了享受假期，所有人拿出為數不多的零用錢湊出了一筆錢，硬是跟著茨維特等人來了。

或許是因為重獲自由了吧，茨維特很擔心他們會惹出什麼問題，胃都痛起來了。

而不知何時回來的杏，正在他們搭乘的馬車篷頂上縫著打算在下次做生意時拿出來販售的女性內衣。

只有她沒有任何需要擔心的事，看起來非常的和平。

◇◇◇◇◇◇◇

艾維爾子爵家的馬車行走在被魔導油燈的光線照亮的地底通道內。

克莉絲汀剛開始還因為很少看到這樣的景色而四處張望，但在這時她注意到了一件事。

「老師，要怎樣才能這麼快完成工程啊？地底工程光是要把砂石搬到外面去，就需要不少人手了吧？」

「嗯，工匠們想必是用砂石把地底通道不需要的地方給封起來了吧。捨棄有魔物棲息的區域，還可以藉此縮減魔物的棲息圈，可說是一石二鳥啊。再加上採用了最近開始販售的新魔法，提昇了工作效率，也是一大要因。」

老魔導士薩加斯．瑟馮像個溫和的老爺爺，笑著回答克莉絲汀的問題。

不過他的體格再怎麼恭維都不像是個魔導士，滿身肌肉的高大身軀使得馬車內顯得有點狹窄。應該說看起來很擠。

負責護衛的伊札特和馬車車夫一起待在外面，在抵達地底通道前的寒冷天氣下，克莉絲汀是對他很過意不去，不過現在可能因為進入隧道中氣溫上升了，伊札特已經脫下了披風。反而一副很熱的樣子。

「好厲害喔。這根本是工業技術上的革命吧。」

「真虧他們能在短時間內整修到這種程度啊。拜此所賜，這下要去鄰國就不用繞過梅提斯聖法神國了。」

雖然這是某個行為不正常的工程公司大為活躍造就的成果，不過這兩人也無從得知工地現場的情況。也不會知道為了這個整修工程，有許多的工匠因此被推入了悽慘的地獄之中……

有時候還是不知道某些事會比較幸福。

「最近矮人們也開始會使用『蓋亞操控』或是『岩石塑造』等具實用性的魔法了。克雷斯頓那傢伙似乎做了很大的生意啊。」

「老師說的是『煉獄魔導士』，克雷斯頓前公爵？我有聽說過他底下有個獨立的派系。」

「嗯。是直屬於王族的特殊派系。注重於運用具實用性的魔導士，以研究和開發對提昇及發展技術有益的魔法為主要目的。最近聽說他們也開始著手販售回復魔法，變得滿出名了喔？」

「真厲害呢。」

「這就難說了～老夫只覺得背後有什麼隱情吶……說是各國魔導士共同開發出了回復魔法？這不可能。為國家工作的魔導士全是些執著於地位的蠢才。要是有人開發出了有用的魔法，他們肯定會毫不猶豫地私下搶走。遑論是回復魔法？換成是老夫，一定會把這魔法藏起來，不會告訴任何人的。」

正因為薩加斯在各地旅行過，才更是清楚那些宮廷魔導士有多愚蠢。

不管哪個國家的宮廷魔導士都態度傲慢，瞧不起市井間的魔導士。而且全是些在實戰層面上完全派不上用場的半吊子。

薩加斯實在無法相信這種傢伙會聯手開發魔法。

更何況回復魔法是一直被鄰國梅提斯聖法神國以神聖魔法之名獨占的魔法，就算看到各國這樣盛大的公開此事，薩加斯也只覺得是各國的領導人物私下做了什麼交易。

「這麼說來，老夫也很在意克莉絲汀妳以前提過的那位魔導士啊。」

「以前？啊，是說傑羅斯先生吧。」

「嗯。授予妳魔法之人……最近索利斯提亞派在魔法上有了驚人的發展，其實是那個人在私底下牽線吧？」

「老師你是指檯面下有不願露面的高超魔導士在嗎？嗯，如果是傑羅斯先生，的確是有可能就是了……」

殘留在克莉絲汀記憶中，非比尋常的魔導士。

克莉絲汀在阿哈恩村的礦山迷宮中了陷阱，掉到了迷宮最底層。

那時候有名隻身抵達最下層，徹底的破壞了一切的魔導士。

儘管擁有那等實力，至今卻從未聽過他的名字。或許是四處流浪的魔導士，也有可能是身分地位極高的貴族隱匿了與他有關的情報。

根據克莉絲汀的敘述，薩加斯認為對方並非普通的魔導士。

畢竟魔導鍊成或廣範圍殲滅魔法什麼的，根本是徹底摧毀常識的超人。

如果是現任的索利斯提亞公爵家當家，要操控情報也不是什麼難事吧。他不認為傳聞中那麼能幹的公爵會放著這種人才不管。

「去問問克雷斯頓那傢伙好了。要是他不回答，就用拳頭……」

「咦？你、你說用拳頭，雖然說已經退休了，但對方可是公爵耶？」

「沒什麼，那傢伙跟老夫之間沒有什麼煩人的階級關係。只要不客氣跟他互毆一場，警告他別把這件事說出去，他就會老實地告訴老夫了。」

「為什麼要用這麼暴力的方式啊！這沒弄好的話連我家都會被搞垮吧！」

「這方面不要緊。老夫沒打算要給你們家添麻煩，對方也會自己意識到這件事的。不用擔心。」

薩加斯和克雷斯頓的關係似乎深到可以以拳交心。

雖然很難說他們的交情是好還是不好，但至少雙方都認同彼此的實力。

儘管如此，沒有地位的一般魔導士跟公爵家的引退老翁，兩者的身分還是不同。

克莉絲汀祈禱著，希望他們千萬別在自己面前打起來。

「這是男人間的友情。」

「……因為友情而互毆嗎？我無法理解。」

「妳這小女孩還不懂吧，但可以暢所欲言的朋友是很寶貴的喔？克莉絲汀要是也能交到好朋友就好了吶……」

「以拳交心的朋友，這我有點……」

克莉絲汀學到了男女的不同也會導致友情型態的不同。

「抱歉打斷兩位的歡談，大小姐……請您保持警戒，看一下後方。」

「伊札特，有什麼東西嗎？」

「要說是什麼，這您看了就知道了。」

「？」

在快要抵達地下都市伊薩．蘭特城的城門處時，和車夫一起坐在馬車前方的伊札特開了小窗，一臉疑惑的向克莉絲汀他們搭話。

克莉絲汀照他所說的從窗戶看向後方，只見那裡有個不可思議的東西正在急速接近他們。

「那是什麼啊……」

「馬車……看起來不像呢。是魔導具嗎？」

那是會讓人以為是馬車的東西，可是再多看一眼就會發現前面沒有負責拉動馬車的馬。

而且速度還比由四匹馬拉動馬車更快，正在急速接近他們。

「那該不會是索利斯提亞公爵最近發表的……」

「伊札特，你知道那是什麼嗎？」

「雖然只是有聽過傳聞，不過我想那是索利斯提亞派開發的交通工具型魔導具。只是那東西還沒有開始販售……」

「哦……那種東西在販售前就在路上跑了？既然這樣，讓那玩意兒動起來的不是跟公爵家有密切關係的人，就是開發者本人吧。」

隨著傳聞中的魔導具逐漸靠近，他們也看清楚了上面坐著的兩個人。

一位是紅髮的女性，另一位負責操控魔導具的則是和克莉絲汀年紀相仿的雙馬尾女孩。

她們的移動速度很快，卻不知為何搖搖晃晃的在路上蛇行。

「嘉內小姐，放開我啦～～！這樣很危險，呀啊！」

「讓我下去～～～！好快，好可怕，感覺好噁心……噗唔！」

「不要啊啊啊啊啊啊啊！拜託妳不要吐，而且妳這樣抱著我，很難控制啊～～！」

沒有馬的馬車伴隨著兩人吵鬧的說話聲，經過了克莉絲汀他們的馬車旁邊。

「那個……太危險了吧………」

「我好像見過坐在那上面的兩個人……」

「還真是做了有趣的玩意兒出來呢。老夫真想拆解看看吶～」

儘管誇張的蛇行到了極有可能發生意外的程度，魔導式四輪汽車還是一邊躲開了前方的馬車，一邊消失在隧道的深處。只能說幸好沒有從對面方向行駛過來的馬車。

沒過多久，克莉絲汀一行人也抵達了伊薩・蘭特，不過這座地下都市只是個中繼站，想到接下來的漫漫長路，便令人不禁嘆息。

第六話　莎蘭娜和亡靈們的動向

里沙克爾鎮。

這裡是過去為了開採僅有少許的礦脈，由在礦山工作的人們打造的小小村落，但最後由於能開採出的礦物量微乎其微，到頭來全是一場空，村子也因此沒落。

當地的名產只有村民為了在冬天獲得一點收入而開始釀造的「露茲莓果酒」，而且產量很少，無法構成收益。

不過就算是這樣的里沙克爾鎮，大家也認為等伊魯瑪納斯地底通道開通後，這裡便能成為一個供旅人落腳的住宿小鎮，多少變得熱鬧些吧。然而這裡卻因為湧出了溫泉，有了令人驚喜的意外發展。

原本就期望會有的商人落腳需求自然不在話下，也開始有許多觀光客為了泡溫泉而造訪此處，使得這裡成為溫泉勝地，有了飛躍性的成長。

基於這個狀況，阿爾特姆皇國和索利斯提亞魔法王國也開始援助此處。重劃土地及擴張城鎮，還有建設旅館等接連不斷的工程現在也在持續進行中，居民的荷包都滋潤到了以前無法想像的程度，某間工程公司的工匠們也基於別的理由笑得合不攏嘴。

「總覺得我在故鄉也看過這樣的聚落……」

「還滿熱鬧的呢。根據我聽來的消息，這裡本來應該是個位於貧乏礦山旁的小村落……嗯。」

看到特徵是三角形屋頂的建築物，伊莉絲想起了某個知名的觀光勝地。

旁邊的嘉內則正為暈車所苦。

「因為完成護衛任務後，我們馬上就回桑特魯城了。沒想到居然發展成了這樣的小鎮啊……唉，如果由那個誇張的工程公司著手建造，也不無可能吧？」

「……比起那種事，趕快去旅館……我快死了……」

「我對妳很失望耶，嘉內小姐……」

阿爾特姆皇國以地球來比喻的話，比較類似東方文化，真要說的話是偏中式風格。不過眼前的小鎮景象完全是走日式風格。

沒有任何多餘的裝飾，喚起了伊莉絲的鄉愁，然而同伴的狀態徹底破壞了她的感傷情緒。

『直線的時速大約六十公里，轉彎時速度會降下來，不過大概也就是時速三十公里左右，沒想到她會暈成這樣啊～……』

汽車對於這個世界來說是嶄新的技術。

說是未知的存在也不為過，所以這個世界的人對車毫無抵抗力。

遑論嘉內在搭傑羅斯用機車拖行的拖車時都會暈車。

時速六十公里的體感速度對她而言是會感到恐懼的速度，因為開始暈車而抱住伊莉絲，使得車開得更不穩，然後無限循環。

結果累得半死……也真虧伊莉絲能一路把車開到這裡。

『還好我有先玩過賽車遊戲～真的很危險啊……謝謝你，瑪〇歐。躲香蕉皮跟綠龜殼的技術派上用場了喔。』

伊莉絲打從心底感謝戴著紅色帽子的神祕水電工。

「嗯？這個甜饅頭，是我沒聽過的甜點呢……唔噗！」

「甜饅頭？是將麵粉揉成的麵皮裡包入用砂糖燉煮的紅豆餡，再拿去蒸的甜點。不過妳現在吃絕對會吐，所以放棄吧。」

「嗚……伊莉絲好冷淡。明明是妳害我的身體變成這樣的……」

「總覺得妳用了很不好聽的說法耶？這讓人以為我們兩個有什麼奇怪的關係，拜託妳別這樣！」

『她是受了雷娜小姐的影響嗎？』這時候的伊莉絲是這麼想的。

「是說我們要住哪間旅館啊？」

「啊……嗯。只要有空房，不管要住哪間旅館都可以……才對……我住哪裡都行，妳……快挑間旅館吧……」

平常可靠的樣子完全不見蹤影。嘉內就是這麼容易暈車。

『明明只要用了強化體能的魔法，她也能瞬間發揮出那種移動速度啊，真奇怪。』

儘管只有一瞬間，不過在運用魔法強化體能狩獵魔物時，也能發揮出和魔導式四輪汽車同等的速度……伊莉絲心裡這樣想，疑惑地看著暈車的嘉內。

不過去思考這些事情也沒用，她決定總之挑一間附近的旅館入住。

一邊扶著由於暈車而花容失色的美女嘉內……

◇　◇　◇　◇　◇　◇　◇

「呼～……真的是很舒服的溫泉呢。」

「是啊～……」

「啊哈哈哈哈哈哈哈！」

「烏爾娜小姐，在浴池裡游泳是很沒禮貌的行為喔？」

「嗯……會給其他客人添麻煩。」

從伊薩．蘭特城來到里沙克爾鎮的瑟雷絲緹娜一行人，在事先預約好的最大的一間旅館放好行李後，便立刻去泡了溫泉。

而現在她們正泡著露天溫泉，療癒平日的疲勞。

從露天溫泉望出去的雪景也非常美麗，值得一看。

「像這樣泡著溫泉，感覺洗去了旅途的疲憊呢……（偷瞄）」

「能一邊賞雪景一邊泡溫泉，是多麼奢侈的享受啊。我真想這樣一直住下去呢。（偷瞄偷瞄）」

「大小姐，卡洛絲緹小姐，看其他人的身材也是沒有意義的喔？關於溫泉的功效，有舒緩神經痛、畏寒、皮膚病，以及其他諸多症狀……還有讓肌膚變得光滑細緻。這個美化肌膚的功效是最討女性歡心的效果，不過大小姐……很遺憾，溫泉並沒有豐胸的效果呢。」

「咦～？胸部這種東西，有也只會礙事啊。大家為什麼會羨慕這個啊？要揮動武器時，身體太重是很麻煩的喔？」

「……人總是會去追求自己沒有的東西。而其他人沒有權利去否定對方真心渴求的事物。」

杏的肩膀以下都泡在溫暖的溫泉裡，但她的眼神相當冷漠。

因為那兩人一直盯著她的胸部看，害她沒辦法靜下來好好享受溫泉，所以心情很差。

瑟雷絲緹娜和卡洛絲緹的視線向著的不是露天溫泉外的自然美景，而是身材曼妙的女性客人們的胸部，自卑的心情受到了強烈的刺激。

在浴池裡就算不想也會看到其他人的裸體。然後被迫理解大自然殘酷的一面。

沒錯，世界並不是平等的。

「……總覺得胸部大的女性好像特別多耶？」

「很多呢……這是在找我們麻煩嗎？」

「總覺得妳們兩個的眼神好可怕喔。」

或許是出於野性的直覺，烏爾娜很害怕她們兩個散發出的氣息。

「擁有自己欠缺事物的人，對於尋求的一方來說是羨慕的象徵。想要獲得的心情會轉變為嫉妒，最後發展成殺意。這棟溫泉旅館說不定會成為殺人事件的舞台喔？」

「不、不會啦！就算是我們，也不會因為胸部大小就引發殺人事件的。杏小姐……」

「妳把我們當成什麼了？我們的嫉妒心沒有深到會不分對象痛下殺手的程度。我們還是懂得拿捏分寸的！」

然而杏可以看見她們兩人身上散發出沉重的氣息。

就算沒有殺意，這兩人心中有著強烈的羨慕之情一事也早就暴露出來了。

「兩位還有未來，不用這麼焦急啊？只要有耐心地每天按摩就好了吧？唉，雖然我是不需要啦。」

「唔唔……這就是有胸者的從容吧。不過蜜絲卡小姐說得也有道理……畢竟我母親的胸部也很大，我未來也有可能擁有充滿魅力的傲人上圍。」

「我真是的，不小心做了這麼丟臉的事……畢竟我才十四歲，將來還有可能會變大嘛……」

「（大小姐這就難說了呢……）」

「………………咦？」

蜜絲卡小聲地說了句讓人非常在意的話。

這句旁人能否聽見都很難說的細語，不知道是基於對美的執著，還是只是單純的偶然，總之沒逃過瑟雷絲緹娜的耳朵。

「蜜、蜜絲卡……？妳剛剛那句話是什麼意思……」

「您是指什麼事？」

「妳不要裝傻。妳剛剛說了像是在說我的胸部已經沒希望了的話……」

「您聽到了啊。那是因為大小姐的母親，那個……屬於胸部比較小巧的類型，所以身為她女兒的大小姐想要有凹凸有致的身材，想必是……」

「不要用那種憐憫的眼神看著我！」

「那我就收回了。大小姐將來也是不可能長大的。」

「拜託妳也別因為這樣就把話說死啊！不要一臉得意的做出令我絕望的宣言！」

蜜絲卡臉上掛著極為燦爛的笑容。

「非常抱歉。我這個人本性老實，不小心說出實話了。大小姐的母親胸部雖然不是特別小，但也不算大呢。」

「不大也不小……算是平均值嗎？」

「而且她也是將我這個本來冷靜又認真的文學少女，變成現在這個樣子的當事人。」

「妳忽然招出了很不得了的事情耶！妳、妳這是開玩笑的吧？跟平常一樣是在鬧著玩的吧？」

「不，我說的是事實喔？」

瑟雷絲緹娜的眼前一片白。

原本可以悠閒地療癒身心的場所，在這瞬間化為了冰冷的凍土。

「咦？蜜絲卡小姐認識瑟雷絲緹娜大小姐的媽媽嗎？」

「我們是同學，也是朋友。唉，我剛認識她的時候，她就忽然黏了上來，追著我跑了好一陣子……不過黏到會爬過廁所的隔間，我也是敗給她了。她死追著我，在黑暗中繞到我背後，在我耳邊低聲說著『和．我．當．朋．友．吧』的時候，我也真的是怕了呢。」

「瑟雷絲緹娜同學的母親……是這樣的人嗎？」

「就是打造出現在的我的元凶呢。而我正對著已逝朋友留下的孩子，直接告訴她母親是個怎麼的人。啊啊，這是多麼美妙的友情啊。」

「還真是相當有特色的人呢……」

聽到了更多衝擊的事實，讓瑟雷絲緹娜停止了思考。

她小時候從克雷斯頓口中聽到的母親的形象是「文靜乖巧，要比喻的話就像是『白莉莉絲花』（類似百合花的植物）那樣的女性」，可是蜜絲卡的話如果是真的，那就表示母親的個性跟她所想的完全相反，是相當奇特的人。

瑟雷絲緹娜很想相信克雷斯頓的話，然而頭痛的是，蜜絲卡愈是這種時候愈不會說謊。

「……妳是騙人的吧？」

「不，這是非常，超級，毫無半點虛假的真話。」

「拜託告訴我妳是騙人的，蜜絲卡！」

「她是連那個主人都能耍得團團轉的人喔？怎麼可能會是個像樣的人啊。兩個人都是肉慾派，所以晚上總是激情火熱的事情，我明明一點都不想聽，她卻逼我聽了好幾次呢。我愈是受不了她就愈是高興的樣子……」

「…………」

瑟雷絲緹娜的頭上噗咻～地冒出白煙，思考完全短路了。

已經沒有任何人的聲音能傳入她的耳中了。

「蜜絲卡小姐，妳這些話到底有多少是真的？裡面混了多少妳平常會說的玩笑話？」

「全都是真的喔？唉，但她在開朗的表情下，也受到了殘酷境遇的折磨。所以米雷娜總是給人一種隨時會消失的虛幻感……」

回憶起遙遠過去的記憶，蜜絲卡的眼中藏著憂傷。

「這樣啊，蜜絲卡小姐等於是代替了瑟雷絲緹娜大小姐的母親呢。」

「這話不能告訴大小姐喔？有許多人期望大小姐能過得幸福。不過其中的內情不能讓大小姐知道。」

「為什麼？以瑟雷絲緹娜同學的立場而言，她應該很想知道過世的母親的事吧。」

「詳細的內情她還是別知道比較好喔，卡洛絲緹小姐……這也是她的親生母親，米雷娜的希望。」

瑟雷絲緹娜的母親生前擁有「預知未來」的血統魔法。

而使用這個魔法的代價是會縮短自身性命的詛咒，不過現在這世上已經沒有能夠使用這個魔法的人了。

可是血統魔法是會隨著血緣繼承下來的魔法，要是欲望深沉的人知道了這件事，想必會出現想要擄走瑟雷絲緹娜的惡徒吧。

就算本人無法使用這種魔法，也很有可能會在子孫身上發現繼承的跡象，所以這對索利斯提亞公爵家而言，是無論使用什麼手段都得埋藏在黑暗中，最重要的機密。

當時和此事有關的人都不能提起這件事。

就算對象是她的親女兒瑟雷絲緹娜也一樣……

「是說我們要怎樣把瑟雷絲緹娜大小姐搬出去？」

「「啊……」」

瑟雷絲緹娜現在停止思考，完全僵住了。處在失神狀態下，聽不見任何聲音。

最後是大家合力在更衣處幫瑟雷絲緹娜穿上衣服後，用擔架把她搬回了房間。

不知道該不該說幸好，因為溫泉泡太久而泡昏頭的人也不在少數，所以沒人覺得奇怪。

不過大家很擔心大受打擊的瑟雷絲緹娜的精神狀況。

「嗯……還可以再泡一個小時。」

無視這場騷動，只有杏一個人盡情享受著溫泉。

她似乎很喜歡泡長時間的熱水澡。

◇◇◇◇◇◇

來到溫泉浴池的不只有瑟雷絲緹娜她們。

茨維特他們也隨便找了間旅館入住，放好行李之後立刻來泡了溫泉。

同樣搭著馬車前來的其他學生們也都正在各自找旅館落腳吧。

「哼！嗯！喝啊！」

「好色村，拜託你別在鏡子前面擺ＰＯＳＥ了，很噁心耶。」

「你在說什麼！來到溫泉沐浴處看到鏡子，就該先做這個才合規矩吧。就是要提起幹勁，充分享受啊。」

「不，我可從沒聽過這種規矩。」

茨維特傻眼的看著在鏡子前面展現二頭肌的好色村，一邊用粗糙的毛巾洗著身體。

「不知道的話，你最好學起來。只要是男人，不管是誰都會想在鏡子前面展現自己的肉體。嗯，比之前更有肌肉了呢。」

「比起那種事，有個噁心的玩意兒一直在鏡子裡晃來晃去的，你不能想辦法遮一下嗎？我一點都不想看，感覺會作惡夢。」

「這是『紳士』的象徵。」

「我看是『變態』的吧？」

好色村完全沒打算遮掩他雙腿間的紳士。

雖然他長了不少肌肉，但變態的程度好像也隨之增加了。

「同志，我們可是來泡溫泉了喔。你為什麼那麼冷淡啊！」

「我是想要悠哉享受的那種人。比起這種事，快把你下面遮起來！」

「我拒絕！這裡可是溫泉喔？是讓一切獲得自由，療癒的空間喔？怎麼可能不露出來呢。」

「所以說別把那玩意兒在我面前晃來晃去的！」

「熱情點嘛！你也一起來！解放你的靈魂，用全身來感受大自然的空氣！」

「讓我悠哉的洗去身上的疲憊好嗎！太近了！別讓你兩腿間那個猙獰的凶器再靠近我了！」

「你居然說我的紳士是凶器！」

好色村來到溫泉後捨棄了所有道德倫理觀念，還不知道為什麼想把茨維特也一起拖下水，熱情地逼近他。

這在旁人眼中真是個危險的景象。

「迪歐，你也說說這笨蛋兩句！」

「茨維特……你不覺得那個隔板很礙事嗎？要是瑟雷絲緹娜小姐就在另一邊……嘖，好色村這種傢伙或許會偷窺她。」

「不是……另一邊就是女用浴池，所以她在也很合理吧？如果男女混浴，你也撐不住吧。」

「在創世紀時期，男女都是赤裸著生活的喔？為什麼人會變得想把一切都遮起來呢？既然是相愛的兩個人，一起裸體入浴也無所謂吧……」

「你是什麼時候跟那傢伙變成兩情相悅的關係了？真要說起來，她連你的名字都沒記住吧。就算記住了，過一陣子又會忘掉了……眼裡只有對自己有利的幻想的話，幻想遲早會破滅的喔？」

「咕啊……」

迪歐吐血，沉到了浴池底。

事實有時候比銳利的刀劍更傷人。

「同志……你好過分。」

「我哪裡過分了？我只是讓沉浸在不切實際幻想中的傢伙認清現實而已喔？」

「不是，我是可以理解你的心情，可是這種時候應該要包著路障，更……溫柔一點。」

「路障……你是叫我過度保護，放任他不管？像這種事情啊，得在他徹底成為跟蹤狂之前，嚴厲的讓他了解現實才行吧。」

跟蹤狂是聽不進去別人說什麼的。

單方面的將自己的愛慕之情強加在對方身上，自顧自地得意忘形後自取滅亡，只會給周遭帶來麻煩。

雖然覺得好像有點太遲了，但茨維特還是想防止好友走上歪路。

這是題外話，不過好色村是想說糖衣，卻說成路障了。

「同志……總覺得你變得很像迪歐的老爸耶？」

「別這樣，我如果真是他爸，早就跟迪歐斷絕關係了。我只是因為是朋友，才會給他一些忠告。明明連兩情相悅都稱不上，在那邊興奮什麼啊？沒弄好的話，說不定光是一起吃個飯，他就會認定對方已經答應要跟他結婚了。我是覺得應該不至於……」

「咕啊！噗喔！」

迪歐又大受打擊的吐出血來。

「看來你好像說中了……真的假的。」

「為什麼會對自己的幻想深信不疑到這種程度啊。在反覆說什麼愛之類的傻話之前，趕快去告白然後被甩就好啦。在你光只會仰賴別人的時候，你的愛就已經沒有說服力了。有空在這邊妄想，還不如趕快下決心。」

「咕喔！」

茨維特似乎已經受夠了感覺有些失控的迪歐了。

給他的忠告也很尖銳，而這些話也毫不留情地刺穿了迪歐的心。

「你還真不留情耶。」

「對迪歐說些不夠狠心的話已經沒有意義了。我認為現在就該像師傅那樣，毫不留情的狠狠打醒他。這總比讓他踏上歪路好吧？」

「唉，如果他這時候連好友的話都不當一回事，感覺他之後真的會成為犯罪者的一員啊。雖然這最終還是迪歐自己的問題……」

「雖然不重要，不過你也差不多該把你雙腿間的凶器從我面前移開了，不然就遮起來，有夠噁心的！」

好色村的某個部位到現在依然自由奔放。

而被好友強迫面對現實的迪歐浮出了浴池，在兩人面前抽抽噎噎地哭了起來。

似乎是想起了冰冷的現實。

「好了，那麼我也來好好享受一下溫泉吧。畢竟訓練很操啊……」

「和騎士共同的訓練有那麼累人嗎？」

「是啊。騎士……特別是貴族的責任就是要守護人民。不夠強悍就守不住任何事物，只會被剝奪，國土或領地也會遭敵人蹂躪。為了避免這種事情發生，當然要訓練。畢竟戰爭時，策略跟戰術雖然重要，但最重要的還是強韌的肉體啊。」

「因為同志你是公爵家的一員嘛，這些責任遠比部隊長還來得更重吧。假想敵果然是隔壁那個宗教大國嗎？」

「是啊……因為那個國家對我們施加了不少壓力，最有可能攻過來吧。以歷史來看他們也常亂找理由，用不合理的名義反覆侵略他國。會將之視為危險對象也是理所當然的吧。」

「你將來果然會從軍嗎？」

「因為那是義務啊。雖然會暫時被剝奪爵位，但那是為了以軍隊內的階級制度為依據，更順利的訂出上下關係及分配職務。要是無能的傢伙靠著爵位作威作福，國家會滅亡的。」

「那是所謂的軍國主義吧？」

「王政國家就是要走軍國主義吧。」

兩人無視浮在浴池裡的迪歐，一邊聊著有些艱澀的話題，一邊泡進溫泉裡。

溫泉的熱度讓兩人不禁「啊啊～……」地逸出一聲嘆息。

「溫泉啊……邊欣賞著大自然邊泡澡也挺不錯的呢。」

「你這話聽起來很像老頭子喔，同志。」

「因為最近身上多了不少傷痕啊～騎士隊長都會毫不留情的攻過來，也會若無其事的用腳踢人，或是攻擊眼睛讓人看不見。」

「畢竟戰鬥中沒有什麼光明正大這種事啊。如果發展成混戰，那才真的會不顧一切，使出凶殘的手段吧。」

「堂堂正正的戰鬥不過是幻想。除了雙方大將的一對一對決之外，戰鬥中會用上各種手段來取敵人性命。嚴格的訓練在增強實力的同時，也是在提昇對疼痛的忍耐力。要是受了一點輕傷就無法繼續作戰，那跟死在戰場上根本沒兩樣啊。」

「同志……想要加強對疼痛的忍耐力，我有個好方法喔。」

「……是什麼？」

「ＳＭ。」

「開什麼玩笑！」

然而傷腦筋的是，好色村這話並不是在開玩笑。

他是認真的推薦用ＳＭ來培養對疼痛的忍耐力。

而且年輕的公爵家少爺不知道，儘管人數不多，但是騎士中確實有人在做這方面的訓練。

雖然這確實有效，不過士兵們成了受虐狂這點在騎士團裡成了大問題。

有些事情真的不要知道會比較幸福。

在幾乎未有人踏入過的蓊鬱森林深處，有幾個男人正在火堆前取暖。

他們都是有著不可見人的過去——可以歸類為盜賊的罪犯。

「逃到這個國家來，那些傢伙就拿我們沒轍了。」

「那些勇者真有夠煩人的。一路上也少了不少同伴……」

「在那邊發揮什麼奇怪的正義感，真讓人不爽！」

他們是一群有名的惡徒，原本在梅提斯聖法神國襲擊商人或村落，幹些搶奪財物和綁架女性的勾當，不過率領神聖騎士團的勇者追討到他們的組織崩解，逃到了索利斯提亞魔法王國來。

對罪犯來說，這該算是他們運氣不好吧。

「唉，算了，下次就在索利斯提亞撈一筆吧。」

「聽說這裡最近賺了不少錢啊，也讓我們好好趁勢爽一爽吧。」

「對啊，畢竟風水輪流轉，錢跟女人也是要流動的。咿嘻嘻嘻♪」

他們總算擺脫了逃亡生活的緊張感，格外放鬆吧。

由於放心而疏於警戒，飲酒作樂到連要留意周遭的狀況都忘了，想著接下來又能順著欲望隨心所欲的鬧事，情緒就高昂了起來。雖然是在幻想著還沒發生的事，不過這對話讓他們更是降低了戒心吧。

他們是罪犯，不是會設想到可能發生的戰鬥，輪流負責戒備周遭，鍛鍊有素的戰士。就算會使用武器，說穿了也只是一群外行人，也不像獵人那樣，可以敏銳地察覺到周遭的危險。

所以他們才沒有發現，有股黑色的霧氣來到了他們身邊……

然後很快就出現了異狀。

「喂，你怎麼了？」

到剛剛為止還像個笨蛋一樣大吵大鬧的其中一個同伴，忽然陷入了沉默。

他們揉了揉朦朧的醉眼，仔細一看，才發現那男人仰著頭，嘴巴張得開開的，翻著白眼，一副痛苦難受的樣子。

他的口中漏出黑色的霧氣，腹部因為某種力量而從內側噁心的蠢動著。可能是因為發不出聲音吧，他只能伸手向同伴們求救。

「咿、咿！」

「啥？怎麼了？喝太多不小心尿出來啦？」

「等一下，這傢伙的樣子……不對勁！」

痛苦的男人不斷向同伴伸手求救，可是他的樣子實在太詭異了，沒人願意靠近他。

這些人原本就沒有願意出手拯救他人的同伴意識。

這段時間內男人也依然痛苦著，簡直像是體內的水分被抽乾了一樣，逐漸化為一具乾屍。

「這、這是怎樣……這到底是怎樣啊！」

他們搞不懂。

每個人都想著，如果這是因為喝醉了酒才產生的幻覺，拜託快讓我醒來吧。

然而這是現實。

混著血腥味的黑色霧氣從男人的身體裡噴發出來，襲向周遭的盜賊們。

「……！」

「…………！」

盜賊們就這樣連叫都來不及叫，悽慘的化為了木乃伊。

『……總算造出身體了。意識跟言行也變得清楚多了。』

『反正這些傢伙看起來就是壞蛋，殺了他們也沒關係吧。』

『不如說老夫等人算是做了善事呢。』

『給我等著瞧……聰～～～～～～～～！』

『奶奶啊，飯還沒煮好嗎？』

『我看不到爺爺在哪呢～凱莉小姐啊～爺爺在哪裡啊？』

『誰知道啊！』

黑色霧氣中浮現出無數的臉。

不分男女老幼，各種不同人種的臉鮮明地從霧氣中顯現而出，而所有人都是為了同一個目的而行動著。不，雖然其中也有一些目的不太一樣的人，不過他們幾乎都擁有某個同樣的想法。

那就是對四神復仇。

受召喚前來後立刻死在邪神攻擊下的人。被四神教用來擴大權勢，最後遭到殺害的人。或是由於知道太多事情而被滅口的人。

他們全是從異世界召喚至此的魂魄，基於對四神的憎恨與復仇心而攜手合作，化為群體。

他們是無法回歸輪迴，現在仍滯留在這個世界的受害者。並且在漫長的時光中一直觀察著該復仇的對象。

而他們為了復仇，終於獲得了新的肉體。

不，他們雖然得到了肉體，但還不夠穩定。

『還不穩定啊……這樣馬上就會被淨化魔法除掉了。』

『是啊……這只是不完整的實體，距離獲得完整的肉體還差得遠了。』

『畢竟原本只是灰，這身體本身就太脆弱了……』

『既然這樣想就滾出去啊！這可是我的身體耶！』

『沒有我們在的話，就只是普通的骨灰吧。妳也已經死了啊。』

『奶奶啊～飯還沒煮好嗎？我餓了啊～』

『我的假牙上哪去啦～？』

『為什麼會有失智老人混在我們之中啊？』

他們的本質是稱作聚合靈的怪物。

不過他們透過凝聚刻劃在每個靈魂中作為勇者的力量，儘管是靈體，還是獲得了攻擊具有實體的對象的方法。

儘管如此，他們現在的身體還不夠穩定。

他們現在的身體是用「大迫麗美」——在這個世界叫做莎蘭娜的女性骨灰構成的。

正因為原本是灰，所以持久性很差，不夠完整的實體化反而得消耗更多的魔力。這些對靈魂們來說是相當嚴重的弱點。

所以他們才需要利用其他生物來填補魔力和血肉。

『去哪裡奪取一個更正式的身體比較好吧？』

『可是我們跟這個世界的生物很不合耶？』

『大概是因為我們是外來的異物吧？如果是出現異常變化的生物，或許就可行了……不，同類的靈魂說不定還不夠。是我們還太缺乏力量了嗎？』

『爺爺啊～～～～～～～～』

『奶奶啊～～～～～～～～～～～』

『『『『『爺爺奶奶你們吵死了！』』』』』

『這兩個人該不會是夫妻吧？』

要用這個有問題的身體向四神復仇，簡直是痴人說夢。

所以必須獲得完美的身體，於是靈魂們又為了尋找合適的身體而展開了行動。

第七話　庫洛伊薩斯的罪行遭人揭穿

沿著道路往西北高速奔馳的車體。

那是在地球上稱為「輕型高頂旅行車」，跟這個奇幻世界非常不搭調的玩意兒。而這輛車一路迴避商人們組成的商隊，同時十分醒目的穿過道路。

搭在車上的是傑羅斯和亞特這對難兄難弟。

「……這輛輕型高頂旅行車搭起來意外的舒適耶。」

「雖然是只搭載了最低限度所需的零件，不上不下的產物就是了。車上也沒加裝空調。」

「不不不，對這個世界而言已經夠好了吧。為什麼你沒在伊薩拉斯王國拿出來賣啊？」

「因為覺得會被拿去改造成兵器啊。伊薩拉斯王國的主戰派一直找理由，要求我提供可以拿來當武器的玩意兒啊～比方說能一舉殲滅敵人的魔法炸彈之類的……」

「對一個魔導士提出這麼胡來的要求……唉，雖然亞特你是做得出來啦，不過把車子的技術交給那種傢伙確實不妙呢。畢竟能夠以遠勝過馬車的速度布下陣形的機動力，在這個世界上已經夠有威脅性了，就算只有少數部隊能這樣做，可以使用的戰術也會大幅增加啊～」

不難想像車輛這種東西在軍事上會受到重用。

輸送兵力和物資，迅速在作戰區域布下陣形。就算是在劍與魔法的世界裡，只要能比對手早一步把兵力輸送過去，就能占有莫大的優勢。

這樣甚至能做到事先埋伏並偷襲騎兵隊等具有高機動性的先遣部隊，並立即撤退。

量產型的魔導式四輪汽車，動力部分是由索利斯提亞魔法王國製造的，伊薩拉斯王國能做的只有利用工廠量產金屬車架等零件而已。

由於車體外部和馬車一樣是木製的，只要動力部分的設計及技術沒被盜走，對方就無法著手改造。

他們也設想到了對方可能會拆解組裝完成的車子竊取技術，所以動了一點手腳。只要不用特殊工具，照著既定步驟拆解，內藏的魔封石就會啟動魔法術式，自行銷毀。

這是基於根據從亞特那邊聽來的消息，覺得需要動這些手腳，讓那些血氣方剛的傢伙無計可施，不過反倒是索利斯提亞魔法王國這邊有擴張軍事實力的可能性。

不過對身為一介平民的傑羅斯來說，這些事情與他無關。他態度一轉放棄思考，想著「麻煩事就交給大人物決定吧」，把問題全丟給了德魯薩西斯公爵。

「假設敵軍想以騎兵隊強行突破我方的步兵，只要偵查部隊能比敵軍更快把情報帶回來，就可以先設好槍兵隊，打壞敵軍的如意算盤。」

「嗯，照你這樣說，不但能夠迅速移動部隊的位置，擾亂敵方的耳目。也能夠提前讓可能會被擊潰的部隊離開現場。」

在這個異世界，騎兵隊是很受歡迎的部隊，運用高機動力搭配騎槍衝刺，很容易在戰場上立下功勞。想當騎士的人都很嚮往，甚至會以加入騎兵隊為志願。

尤其是重視名聲的貴族，最常出現在這種顯眼的部隊裡。

動作慢的重裝騎士會是主要戰力，然而部隊布陣的速度也很慢，最重要的是基本配備的武器是雙手槍或是錘矛等重型武器或鈍器，若是發展成混戰，將會非常耗費體力。

要簡單說明戰術的話，基本上就是用包含傭兵在內的輕裝部隊阻擋敵人的腳步，再派騎兵隊從敵方左右兩側夾擊。陷入混戰後再派出重裝騎士，一舉擊退敵軍。

不過除此之外也會依據兵力和戰場的狀況來安排部隊，戰略性的用兵策略也發展得愈來愈複雜……

然而部隊規模擴大，建構起緻密的聯絡手段就成了一大要點。敏銳的察覺戰場的動態，因應情勢盡快下達命令給各個部隊，使戰局不斷產生變化，導向對我軍有利的情勢。

這是個靠兵力與裝備，還有將領的素質與戰術決定勝敗的世界。可是傑羅斯等人的存在有可能會破壞這個規則，創造出能夠有效地迅速擊潰敵軍的機械化部隊。

「不過啊～梅提斯聖法神國手上可是有火繩槍喔？如果他們堅守在城砦裡的話就麻煩了呢。在平原上作戰也對我方不利，光靠少數機動部隊應該撐不了多久吧。啊，用輸送車突擊就好了嘛！」

「等等，傑羅斯先生？你剛剛說他們有火繩槍？該不會……」

「好像是哪個勇者做的。不知道他們是上哪弄到火藥的材料的。」

「那個也做得出來吧？」

「亞特你也知道吧？要製作硝石很花時間啊。而且要用在戰爭上就需要準備一定的量，跟在地球上的製造方法也不同。」

硝石是可以製造的。

以鍊金術製作硝石時，要在熬煮到已經煮不出東西的藥草上混入怪物的血液，使之發酵。雖然還有其他製作方法，不過這個方法是最輕鬆的。

可是這樣能製造出來的量有限，實在沒辦法準備出足以讓軍隊使用的量。而且這是只有鍊金術師能完成的事，但梅提斯聖法神國不可能推崇這種作法。

畢竟鍊金術師是魔導士，信奉四神教的他們連回復藥水都不願接受了，所以連這最簡單的方法都用不了。

『既然這樣，他們是發現了什麼別的方法嗎？唉，畢竟我只知道用鍊金術製造的方法，根本想不到其他手段就是了。』

這裡的科學法則和地球不同，光要製作出一塊硝石都必須做不少研究。

不能太過仰賴從異世界被召喚到這裡的人所具備的知識。

「哎呀，反正就算製作了火藥出來，威力也不大啊。直接施放魔法還比較有效。」

「用魔法擊出子彈比較省事啊～我也用了這個方法。」

「你也做了槍嗎！」

「沒啦，我是做了『槍刃』。是跟反器材步槍差不多大的玩意兒。不適合用在近距離戰鬥上呢～不好運用，槍身的平衡性也爛透了。順帶一提這玩意兒還超重的。」

「……完全派不上用場。」

大叔以前製作的「槍刃」是他完全順著自己的喜好去製作的，因為無謂的用了稀有金屬來製作，所以非常堅固。可是作為武器而言，是重量上有著致命缺陷的不良品。

不僅只有傑羅斯這種能力非比尋常的人有辦法使用，用起來也不順手，沒什麼機會能派上用場，現在也寂寞地被放在儲藏室裡生灰塵。

簡單來說除了當作危險的擺飾外，沒有任何價值。

「所以我又從零開始做了別的玩意兒。44自動麥格農手槍和沙漠之鷹這兩個，亞特你比較喜歡哪一個？」

「結果你還是做了其他的嘛！你是想讓這個國家變成槍械社會嗎！」

「我只是回歸原點而已。槍可是男人的浪漫啊。戰艦跟戰車，還有螺旋槳戰鬥機跟巨大機器人也是……所以呢？亞特你覺得哪個比較好？」

「用點357麥格農子彈的呢？」

亞特也敵不過槍械的浪漫。

「嘖，好死不死竟然挑這個啊……蟒蛇是我自己想要用的說。」

「居然有喔……」

「……有喔。沒辦法，我就用ZB26好了。不，用那個或許也不錯……」

「那不是捷克式輕機槍嗎！你是想當販售武器的死亡商人喔！」

真要說的話應該是恐怖分子。

也不知道該不該說是幸好，畢竟這些都只是他基於興趣製作的單一製品，不是為了販售而大量生產的東西。要是把這些東西拿去賣，可以想見會在軍事層面上造成極大的混亂。

「我可是晚上熬夜努力做的，你卻只會出張嘴抱怨呢。」

「是你晚上熬夜做的東西太危險了吧！乖乖拿毛線打個手套什麼的吧！」

「很遺憾，我不擅長打毛線呢。換成星型引擎我就做得出來……」

「你是想做零式艦上戰鬥機出來嗎……」

只是興趣那還無所謂，但這個大叔不時會失控。

亞特也想起了自己在「Sword and Sorcery」中經常被傑羅斯的失控行為牽連，碰上大慘事的經驗。

這個大叔頂多就是「比其他殲滅者好一點」而已，說穿了還是其他傢伙的同類。只要沒盯著他，他就有可能在無意間搞出技術革命。

實際上現在就有個殲滅者的弟子，在某個平原上打造了獸耳後宮。

『得盯著這個大叔才行。他搞不好會一時興起就做出不得了的兵器……』

在中世紀文化水平的世界裡投入現代兵器，文明的水平就會瞬間提昇。而且很有可能會引發戰爭。

尤其這是個明顯地表露出名譽與權力欲望的世界。要是加入了能有效且迅速地打倒敵人的兵器製作技術，等於是點燃了那些目前安分守己的王公貴族們的野心。

就算用在政變上，也會是令人不忍卒睹的慘劇。

「亞特，軍隊很花錢喔。光是防衛費用就是一筆不可小覷的花費了，要一舉更新所有裝備，會對國民造成負擔。再考慮到開發費用，實在不是靠民眾的稅金就能解決的問題啊。如果不是什麼極端的獨裁政權，是不會發生你想像中的事情的。最重要的是，你覺得德魯薩西斯公爵會允許這種事情發生嗎？」

「這很難說喔～？那個人也是貴族，我不覺得他完全沒有野心。」

「照那個人的個性來看，他會利用能派上用場的東西，但也會謹慎行事吧。他肯定會在修法之後嚴格管理，不讓這些武器流入民間。」

「……你為什麼能預測到這種程度啊。」

「因為他是個拿到新的產品會很高興，同時也會顧慮到危險性的人啊。比起為了發展產業而在各地製作武器，他應該會在直屬國家管轄的工廠製作並嚴加控管吧。還可以同時監視技術人員……」

「真不想與他為敵呢。為什麼這種人不是國王啊？」

如果德魯薩西斯是國王，索利斯提亞魔法王國會變得相當繁榮吧。

遺憾的是他對公爵這地位十分滿足。雖然不知道他私下做了些什麼，但傑羅斯認為他是自願接下在暗地裡支撐國家的職責的。

不然不可能光靠一代就打造出那種誇張的情報網，而且還和大量的商人往來。一切都是因為他比任何人都還要清楚情報的重要性。

也就是說他是檯面下負責處理骯髒工作的角色，不過對國家而言，這種負責控管檯面下情勢的人是最重要的。他不可能光憑一時衝動就決定「好，來開戰吧！」這種事。

傑羅斯一邊想著這些事，一邊茫然地眺望著從車窗外流逝而過的景色。

「啊，亞特……剛剛那裡應該要右轉。」

「真的嗎？我不小心漏看方尖碑了。」

「方尖碑……唉，形狀是很像啦，但那只是普通的路標喔？」

「得在哪裡回轉才行……是說我們要去那個城砦是叫什麼來著？」

「是邦巴砦。加上這次你已經開錯路七次了，唉，畢竟你是路痴，這也沒辦法。」

「以前啊……我明明要開車去台場，結果經過了仙台呢。生馬肉好好吃喔～……」

「那是青森吧……真的假的？簡直是豐功偉業啊。」

亞特出乎預料的路痴程度，就連傑羅斯也在內心裡大為震驚。

他甚至想說回程還是換他自己來開車好了……

◇　◇　◇　◇　◇　◇

「呼……累死了。我的屁股痛到不行……」

長時間坐在馬車裡一路顛簸，讓克莉絲汀的臉上也露出了疲憊的表情。

到了國外後，還是讓人感受到這段旅途的距離有多漫長，造成精神上的疲勞。

一行人總算抵達里沙克爾鎮，下了馬車後，眼前是商人聚集的熱鬧小鎮。

有著別具特色的三角形屋頂的木造建築櫛比鱗次，屋旁的排水溝裡流著溫水，冒出溫暖的水蒸氣。

明明是冬天，這座小鎮看起來卻比她想像中的更為熱鬧。

「那麼我去找今晚落腳的旅館。」

「拜託你了。我要在這裡稍微活動一下身體……長途跋涉實在是累了。」

「這樣嗎，那麼在我回來之前，就麻煩您在這裡等我了。還請千萬不要一個人跑去別的地方。」

「啊哈哈，我不會做那種事啦。伊札特，從阿哈恩村回來之後你就對我保護過頭了喔？」

「因為我不想再體驗一次那種感覺了。那麼我去去就回。」

在各方面都變得很愛操心的伊札特動身離開馬車，去找可以下榻的旅館了。

克莉絲汀目送他離去之後，原本在馬車裡打瞌睡的薩加斯老師也下了車。

或許是馬車的門太小了吧，高大的老魔導士行動看起來不是很方便。

「睡了個好覺啊。不過……嗯，這裡變成了別有一番風情的小鎮吶～老夫以前來的時候還是個寂寥的小村子的……」

「是這樣嗎？反正我也不知道這裡以前是怎樣的村子，比起那種事，我只想早點找到旅館，泡在溫泉裡好好休息。因為我有點累了……是說這個『免費住宿券』上面好像沒有指定旅館，是在哪間旅館都能用嗎？」

「應該是這樣吧。好了，該選哪間旅館呢～」

「伊札特剛剛已經去找旅館了……」

薩加斯年事已高，可是腿和腰都比克莉絲汀還要健壯。

他伸展了一下那實在不像是老人的背部，看不出有半點疲態。

身為騎士做了許多鍛鍊的克莉絲汀有點羨慕他。薩加斯一副就是體力多到有剩，感覺不像有需要泡溫泉療養身體的樣子。

而這位老師正像是眼前有個假想敵，獨自反覆揮出直拳。

拳頭劃破空氣，發出了俐落的聲響。

「老師……你真的是魔導士嗎？這實在不像是一位老先生能揮出的拳頭耶……」

「魔導士也需要體力吧。老夫不認為整天蹲在桌子前，腦袋硬梆梆的人能在實戰時派上用場，所以從以前開始，培養體力就成了老夫的興趣。」

「感覺要當拳鬥士也行呢。老師你可以光靠格鬥技就打倒魔物吧？」

「老夫以前曾經赤手空拳打倒灰熊吶～盜賊也是光靠這身千錘百鍊的肉體就足以搞定了。」

「比我想像得還厲害……」

這位老魔導士是個超乎想像的武鬥派。

克莉絲汀是第一次聽說薩加斯過去是過著怎樣的流浪生活。知道老師是個能空手打倒熊型魔物的豪傑，讓她震驚得說不出話來。

這位老人的對自己的要求，就是「若要求知，必須要先鍛鍊出強健的體魄」。不如說他甚至讓人覺得改造肉體才是他的主要目的。

在他們閒聊之時，先前離開去找旅館的伊札特回來了。

「大小姐，位於那邊轉角的旅館還有空房。我是有先和對方交代說我們可能會入住，拜託對方先把房間留給我們了……您覺得呢？」

「辛苦了，那我們就住那裡吧。總算可以休息了呢。啊，那裡有地方能停馬車嗎？」

「應該沒問題。不過正好有兩組客人要離開，可能要在大廳稍微等候一下。」

「光是找到能入住的旅館就夠了。伊札特你也累了吧？」

「不會，這種程度還不算什麼。那麼我們立刻動身前往旅館吧。」

就在兩人打算搭上馬車前往旅館時，在他們身後的老魔導士以驚人的速度反覆揮拳。那足以颳起旋風，劃破空氣的揮拳聲非比尋常。

甚至還產生了衝擊波。

「……薩加斯閣下真的有需要泡溫泉療養身體嗎？」

「這點我也很疑惑。明明歷經長途跋涉，他看起來卻一點都不累……」

「嗯～最～大～功～率～～～～～～～～～～～～～～～～～～！」

「「啊……」」

——啪哩哩哩哩哩哩哩哩哩哩哩哩哩哩哩！

老魔導士全身使勁，在大吼出聲的同時揮拳。

克莉絲汀和伊札特聽到老人身上穿著的長袍發出悽慘的撕裂聲。

狹窄的馬車似乎讓薩加斯累積了不少壓力，抵達里沙克爾鎮後他便一下子覺得獲得解放了吧。

他興奮過頭的結果，換來了下場悽慘的長袍，可憐的碎布乘著悼念的風飛舞在空中。

在這之後，三人便在旅館的大廳等候服務生收拾好前一組客人使用過的房間，然而跟上半身半裸的健壯老人站在一起等，實在丟臉到了極點。

◇　◇　◇　◇　◇　◇

在瑟雷絲緹娜和茨維特各自行動時，他待在伊薩．蘭特城裡，埋首於研究中。

在陰暗的房間裡露出笑容，該說他情緒高昂嗎，他用宛如危險藥物成癮者的邪惡表情，猛力把結果寫在紙上，再繼續進行一樣的工作。

「呵呵呵……太棒了。這就是舊時代的魔導具！這個，就是過去繁榮文明的技術！這地方完全是研究者的天堂！連休息都覺得是在浪費時間！」

「……不是，你讓我們稍微休息一下吧。你至今為止已經說過同樣的話幾次了？這樣下去我們真的會死的，庫洛伊薩斯……」

「如果能被知識的寶庫掩埋而死，那不正是研究者求之不得的事嗎？馬卡洛夫你身為一個研究者的自覺還不夠呢。不過這個真是……呵呵呵呵呵。」

非常不妙。

庫洛伊薩斯雖然還保有理性，但因為長時間不斷研究的緣故，腦內產生了腎上腺素等令人興奮的物質，讓他整個人快樂得不得了。

他那擄獲許多女性芳心的酷帥長相，如今眼睛下面出現了黑眼圈，眼睛裡充滿血絲，化為了故事中會出現的反派魔導士會有的模樣。

在腦袋裡開滿小花的庫洛伊薩斯周遭，同樣以成為研究家為目標的學生們以及國家派遣過來的研究職位魔導士們呈現橫屍遍野的慘狀，他們已經連續研究四天四夜了。

學生們先不提，其實就任研究職位的國家魔導士也是庫洛伊薩斯的同類。

他們置身於有如走在沒有盡頭的荒野上，不斷反覆進行同樣工作的地獄。

簡單來說……就是大家都埋首於研究中，用盡了力氣，所有人都因為疲勞而倒下了。

現在還很有活力的庫洛伊薩斯反而很奇怪。

「……這裡是地獄。我絕對不要成為魔導具研究者。」

「馬卡洛夫，你在說什麼啊！這裡可是充滿睿智……充滿了過去遺失的偉大技術喔？現在不親自接觸，解開這些謎團的話，一定會後悔的！沒錯，一定會後悔！」

「為什麼你的情緒這麼高昂啊……你來了這裡之後，就變得很奇怪喔？」

「迫切渴望，不斷追求的睿智結晶就在眼前。要是不在這裡盡量去研究、理解，想窮究魔法那簡直是痴人說夢。若是為了無限地獲取知識，不管要我成為惡魔還是什麼我都願意！」

「……真的假的。你到底有多瘋狂啊。是說庫洛伊薩斯，你做好回去的準備了嗎？」

「……啥？」

庫洛伊薩斯的思考停止了。

接著他試著反芻了馬卡洛夫的話好幾次，還是無法理解他話中的意思。

『回去？回去哪裡？這裡可是有解析不完的睿智結晶喔？放著這些高超又美麗的魔導具不管，到底是要回去哪裡？真要說起來，既然會說出回去這個詞，就表示要返回某個地方去吧……可是馬卡洛夫到底是在說什麼啊？我們要返回？返回哪裡？有這種地方存在嗎？』

遺憾的是庫洛伊薩斯的腦袋完全被研究給占據了。

自己是學生的事實，以及因為放寒假所以要暫時回老家這個例行公事，連一丁點都沒留在他的腦袋裡。

他所擁有的只有對魔導的探究精神，這就是庫洛伊薩斯的一切。

他根本沒想過要留下古代的睿智結晶回老家這件事。

庫洛伊薩斯就是個為了研究不惜讓父母落淚的研究狂。

「『……啥？』什麼啦！你該不會忘記自己還是個學生了吧？這裡不是學院。茨維特他們跟學弟妹早就離開伊薩．蘭特了！我們是因為幫忙解析班而多花了一些時間，但研究部的班長四天前就說我們不能再繼續待在這裡了。你真的沒聽進去喔……」

「……這、這怎麼可能……」

庫洛伊薩斯用彷彿世界末日降臨，充滿了絕望的表情跌坐在地。

追根究柢，庫洛伊薩斯等人之所以會在伊薩．蘭特，是因為學院的講師們認為「我們已經沒有東西可以指導他們了」，放棄了自己的職務。這時候正好由於國內的大規模組織改革，導致調查舊時代都市的人手不足，講師們就順勢把他們送來了這裡。

雖然是不負責任的講師們耍的一點小聰明，但對庫洛伊薩斯而言宛如來到了天堂。

放寒假回老家，在庫洛伊薩斯耳裡聽來等於是要將他逐出樂園。

仔細想想就能理解他有多麼絕望了。

「為什麼……有需要回去嗎？家人就算放著不管，他們也會自己活得好好的啊。明明除了現在，就沒有別的機會能去了解這些古代的睿智結晶了，學院的講師們到底有多愚蠢啊……」

「不，在那之前我們會先死吧……我們到這裡來之後，幾乎所有時間都坐在桌子前解析魔法術式，休息時間也只有十五分鐘左右。除了吃飯之外根本感覺不到自己還活著。」

「我覺得這樣的生活已經夠充實了！」

「你跟我說這些話也沒用啊。拜託誰來幫我說服這個笨蛋……」

學生們主要負責的工作是解讀放在伊薩・蘭特的舊時代文獻，抄寫刻劃在魔導具核心上的魔法術式，還有拆解損壞的魔導具分析機能等等。

然而問題出在工作量上。

聖捷魯曼派的學生們過了三天，就意識到這裡是地獄了。

除了庫洛伊薩斯之外……

「你這樣不行啦～庫洛伊薩斯……所謂子欲養而親不待，能回去的時候還是要乖乖回去，跟家人說說話啦～」

「先不提德魯薩西斯公爵，夫人會擔心你吧？」

「伊・琳和瑟琳娜……我是不太想說家裡的事，但母親們都是腦中只有父親的戀愛腦，除此之外就是只顧著追貴金屬或是洋裝這些流行風潮的俗人喔？她們根本不可能會擔心我。」

「俗人……你對家人的評價還真是辛辣啊……」

庫洛伊薩斯的話裡是帶有一些偏見，不過對貴族夫人而言，追求流行也是某種提昇自我的行為。

從美容開始，最初帶動時尚流行風潮的就是貴族，這不僅能促進經濟，也具有強力的宣傳效果，而此外，貴金屬在出事的時候，也能拿來當成逃亡到其他國家的資金。

為了不要無謂的存太多的錢，適度讓金錢流入市場中也是貴族的義務。

貴族夫人們過著奢侈的生活基本上也是有原因的。

「唉……照這樣子看來，你一定沒有做回去的準備吧。沒辦法，我們來幫你吧。反正你的房間一定亂得像垃圾屋，不現在開始收拾八成會來不及。」

「是啊……老實說我真不敢相信他這樣也算是公爵家的一員。」

「因為庫洛伊薩斯的目標是當上研究者，完全沒想過要繼承家業呢～」

「等、等一下！我根本沒說我要回……」

「「「不行！」」」

庫洛伊薩斯很想自己一個人留下來，但既然還是學生，他的任性是行不通的。

一行人拖著不情願的庫洛伊薩斯來到他的房間後，發現那裡塞滿了大量的魔導具。是個超乎他們想像中的菌類天堂。

甚至還長出了奇妙的巨大菇類，實在不是人類所能居住的環境。

「「「……」」」

這景象讓伙伴們也都說不出話來，唯有馬卡洛夫像是下定了決心，沉重地開了口：

「我是早有覺悟會看到一個髒亂的房間了，但比起那個……喂，庫洛伊薩斯，這些堆成小山的魔導具，你是從哪裡弄來的？該不會是從倉庫裡偷出來的吧？」

「……我沒打算要偷。我對這些東西很感興趣，所以就借回來了，結果在不知不覺間就……我有打算要還回去喔？只是一直沒時間……」

「你有先取得同意吧？」

「……」

沉默訴說了一切。

三人冰冷的視線尖銳地刺在他身上。

「啊，這個……是忽然從倉庫裡消失，引起一場大騷動的東西耶～！我那時候有去幫忙找，到處都找不到……庫洛伊薩斯好過分喔～」

「這個也是……我聽說當時有找過學生的房間，可是也沒找到，到底是藏在哪裡了……庫洛伊薩斯，你做的事情可是犯罪行為喔？」

「你啊……這世上還是有分可以做跟不能做的事情吧。有很多人莫名遭到懷疑而哭了喔，你打算怎麼負責啊？」

「有發生過那種事嗎？我完全沒注意到……」

「「「你多少反省一下吧！」」」

庫洛伊薩斯有一扯上研究，就會毫不關心周遭事物的毛病。

就因為他沒有惡意，才更顯得惡劣。

他們在那之後去向研究部的所長道歉，雖然靠著拚命道歉讓事情平息了，但事情其實已經進展到了只要走錯一步，庫洛伊薩斯就會被當成罪犯處刑的地步。

美麗的友情拯救了庫洛伊薩斯。

不過他往後多半也不會因此改善自己的行為吧……

第八話　在調查異常現象的大叔等人和瑟雷絲緹娜的喜好

在外野營度過一晚的傑羅斯和亞特，又開著輕型高頂旅行車行進了兩個小時，抵達了目的地。

「邦巴砦」。是在抵達國境城砦前的防衛據點之一，在有緊急情況時，負責輸送糧食等後勤支援。

不過目前主要的任務是巡邏連接周遭村落和城鎮的道路等警備工作，注意是否有盜賊或魔物出沒。

死因不明的屍體被送到這裡來是距今五天前的事了。屍體是獵人在追兔子的時候偶然發現的。

雖然從持有物品可以判斷出死者是盜賊，可是到現在仍無法查明死因。

不，其實已經知道死因了。是因為體內的血液全被奪走了。

問題是出在方法上。雖然屍體上有一些小傷痕，但除此之外沒有明顯的外傷。

就算解剖屍體，也無法判明失去所有血液的原因。

在那之後很快地又發現了死因相似的魔物屍體。

邦巴砦因此進入了警戒狀態。

「……報告的內容大致上就是這樣吧。雖然沒實際看過屍體也不好下定論，但恐怕是從體內……」

「感覺不是巫妖那類的不死系魔物啊。就算是用吸血之觸，也不會把血液都吸乾吧，那就是吸血……你覺得會是『惡魔螞蝗』嗎？」

「你是指寄生蛭？那玩意兒吸乾血液後會穿破身體出來吧。屍體只有血液被吸乾，沒有留下那種外傷。唉～真是難解啊。」

「那邊那兩個人！你們來這座城砦做什麼？」

傑羅斯他們在抵達城砦之前，就被門衛叫住了。

門衛很神經質的樣子。

「我們是奉德魯薩西斯公爵的命令，被派遣到這裡來調查死因不明的盜賊屍體的魔導士。我這裡有德魯薩西斯公爵寫的信，可以請你幫我轉交給這裡的負責人嗎？」

「什麼？好……我知道了。總之德魯薩西斯公爵的信我就先收下了。你們在這裡等一下。」

「好好好～等你回來啊～」

「你幹嘛表現得這麼沒幹勁啊……」

亞特無力的吐槽傑羅斯，他的態度顯然會刺激到因為有危險的玩意兒在附近徘徊，而顯得很神經質的門衛。

可是亞特有注意到，就算傑羅斯看起來一副吊兒郎當的樣子，他也是認真的打算要調查這件事。希望他能看一下場合行事。

「因為我不喜歡等啊～」

「我也不喜歡啊……」

悠哉地吞雲吐霧的大叔和亞特。

有兩隻叫聲像是雲雀的小鳥飛在藍天上。

兩人在那之後等了約七分鐘……

「讓兩位久等了。我現在就幫兩位開門。喂！打開門閂！」

從內側傳來了一些吵鬧聲，最後兩扇門扉伴隨著沉重的聲響打開了。

「那我們就打擾了。」

「我可以多少感覺得出這裡的氣氛很嚴肅，不過這種情況是從什麼時候開始的？」

「三天前又發現了新的屍體，接下來每天都會發現成了犧牲品的小偷或動物的屍體。正好是從昨天開始進入警戒狀態。」

「唉，畢竟有個不知道是什麼的玩意兒在附近遊蕩吶～還得保護附近的村子和城鎮，你們的人手實在不夠吧……也不能保證這裡不會遭到襲擊。」

「要請兩位先去會見負責管理這座城砦的路迦團長。我來為兩位帶路。」

「拜託你了。」

城砦裡有許多騎士在做訓練，或是從城壁上戒備著周遭的狀況。

除此之外還有利用馬車往來於各個通路，負責確認附近的村落和小鎮狀況的部隊，可見駐紮在此處的人數相當多。

不過在他們訓練的景象中，出現了不適合仔細描述出來，謾罵叫囂此起彼落的畫面。

『那個……不是我間接造成的吧？我在大深綠地帶是做了相當亂來的野外求生訓練，可是沒有做到那種地步啊……』

傑羅斯是沒有做出像某部電影的士官長那樣的行為，然而不時可以聽到那些騎士們的對話中夾雜著「就憑這種程度，是無法在法芙蘭的大深綠地帶存活下來的！」或是「捨棄天真的想法吧！只要輕忽大意，下一個死的就是你！」之類的話。

他對出現這地獄的訓練景象的原因心裡有數，不管再怎麼否定現實，嚴苛的訓練仍是現在進行式，罪惡感使得他的內心莫名的躁動不安。

「看來這裡也受到了傑羅斯先生的影響啊……」

「跟、跟我無關啦……」

「反正你自己心裡有數吧？全都表現在你的態度上了。」

大叔沒回話，看向遠方吹著吹不出聲的口哨。

亞特冰冷的視線相當刺人。

兩人就在騎士的帶領下走進了城砦內的建築物裡，下了樓梯來到地下一樓。

他們本來以為自己會被帶到城砦負責人所在的房間，這倒是出乎他們的預料。

「這裡是？」

「這裡是用來安置事件受害者遺體的房間。我想團長也差不多快到了，請兩位稍候。」

「突然就把人帶到太平間來啊。唉，也算是省事啦……」

「總覺得有股邪惡的氣息……」

這裡除了照明用的魔導具之外沒有其他光源，由於光線照不到的地方相當陰暗，多少有些恐怖。

就在兩人開始覺得有些無聊時，傳來了走下階梯的腳步聲以及金屬互相摩擦的聲音。想必是這座城砦的負責人來了。

被魔導具發出的光線照亮的騎士相當高大，這名重裝騎士即使全身穿著金屬板甲也不讓人感到笨重，是和傑羅斯年紀相仿的強壯男性。

「讓兩位久等了，我正好有個不得不處理完的案件，雖然對客人很失禮，不過這樣比較省事。抱歉做了這麼失禮的安排。我是這個城砦的負責人，『路迦．岡斯林格』。」

「你真是太客氣了。我是奉德魯薩西斯公爵之命前來調查的魔導士，傑羅斯。這位是與我一同奉命前來的亞特。唉，抱歉我話先說在前頭，還望各位能不要過問我們和那位閣下之間的關係。」

「……我了解了。畢竟是那位閣下，就算他擁有個人的諜報組織或處理現場事務的專門部隊，也不是什麼奇怪的事。立刻切入正題吧。」

「是啊。也不清楚我們還有多少時間，還是盡早開始著手調查比較好。」

「嗯，那麼請往這裡……」

進入房裡後，只見陰暗的大房間裡放了五個手術台，其中一個上面放著一具應該是受害者的木乃伊。最糟的是目前醫生正解剖到一半，老實說感覺很噁心。

「弄清楚什麼了嗎？」

「是路迦騎士團長啊，我剛從胃袋裡發現了血液遭奪取的痕跡。藉由讓屍體吸水還原回原本的狀態，才總算找到了血液消失的原因。受害者體內的血液是經由胃部被抽走的。」

「搞不懂……因為也沒有從外側被叮咬的痕跡。既然這樣，是有人將什麼從口部放入了受害者體內嗎？還是說有會從口部入侵人體的魔物呢。受害者自己吞入魔物……這不太可能啊。真要說起來，人類一人份的血液也是相當可觀的量，就算有像跳蚤那樣小的魔物，能吸走的血液量也是有限的。」

「的確，若是吸取了一人份的血液，那個神祕的玩意兒體積應該會大幅膨脹才對啊～明明是這樣，屍體卻沒有任何損傷……這絕對不是人類能辦到的事，所以肯定是魔物下的手，問題是這魔物是怎麼辦到的？」

「……路迦騎士團長，這兩位是？」

「是德魯薩西斯公爵派來的調查員。這件事明明只有上報給這裡的領主知道而已，我也很在意他到底是怎麼知道這件事的。」

『『喂喂喂，這是怎麼回事？那個人到底在背地裡做了些什麼啊？』』

他們再度體認到德魯薩西斯公爵的情報網有多廣。

邦巴砦在德魯薩西斯公爵領地的範圍外，是由別的領主負責管理的區域。

就算駐守在國境的騎士們直屬於國家管轄，發生什麼事的時候還是得先呈報給當地的領主知道。

根據路迦的說法，這件事還在不對外公開的調查階段，要再過一段時間後才會向上呈報給國家。跟負責治理更旁邊領地的德魯薩西斯公爵無關。

儘管如此，從他已經獲得了情報看來，這個城砦裡可能也有德魯薩西斯的眼線在，再更進一步來說的話，也可以認為他不相信這裡的領主。

雖說他是公爵，但這屬於越權行為吧。

「唉，那個領主不敢違抗德魯薩西斯公爵就是了。公爵以前曾經揭穿他的惡行，並且徹底地教訓過他。就算他現在被套上項圈，只能任人使喚，也沒什麼好同情的。」

「……德魯薩西斯公爵。」

「唉，那位仁兄感覺是做得出這種事啊。反過來利用惡領主這點，實在很像那一位會用的手段。反正嫌對方礙事的話，也只要處理掉就好了。」

若傑羅斯和亞特是物理和魔法攻擊力的恐怖象徵，德魯薩西斯就是運用組織的恐怖象徵。而且連惡徒都在他的利用範圍內。

雖然不知道該不該認同他的手段，但有像他這樣握有權勢的人在積極採取行動，維護國家的安寧，對人民而言是再可靠不過了。不過他的作風確實不值得推崇。

「真的是……那個人到底為什麼不是國王啊？」

「亞特……你想想他的作風吧。德魯薩西斯閣下比起治理太平盛世的賢王，更像是為了目的不擇手段的亂世霸主喔？他的才能愈是在戰亂之世，愈能有所發揮。他想必是知道自己不適合現在這個時代吧。」

「原來如此……你這比喻真好。不過啊，旁邊的宗教國家打算伸出魔掌了耶？不如說現在正需要他這種人才吧？」

「所以啊。他就是因為了解自己的才能，才會堅持待在幕後的。畢竟沒處理好的話，敵國可能會視他為危險人物，派人來暗殺他吧？那不是很麻煩嗎。唉，雖然那一位不管是處在何種狀況下，都能樂在其中吧……」

光說些漂亮話是沒辦法治理好國家的。

不適合和平時代的男人，那就是德魯薩西斯公爵。

「團長，你在這裡啊。」

「怎麼了？」

「又發現盜賊的屍體了。地點比之前發現屍體的位置更北邊，而且人數有十三人。」

「……又來了嗎。受害的是罪犯所以是無所謂，但這次人數不少啊。簡直像是刻意朝著北邊移動。」

聽完部下的報告，路迦不悅地低聲說道。

不過傑羅斯反而很在意他的話。

這個不斷製造木乃伊屍體出來的神祕玩意兒，似乎在襲擊人類的同時持續北上。

「路迦閣下，你剛剛說了『刻意朝著北邊移動』對吧？你是基於什麼原因才會有這種想法的？」

「嗯？那是因為將至今發現盜賊或魔物屍體的地點連起來的話，是一條筆直的直線。看起來就像是在朝著北邊移動的樣子。唉，正確來說是偏西北方就是了。」

「原來如此……那有聚落在那個方向上嗎？」

「只有在離這裡滿遠的地方，有個梅提斯聖法神國流亡到此處的人們建立的村子。是就在國境旁的難民村，不過這有什麼……難道！」

路迦察覺到了傑羅斯的言下之意。

現在遇害的只有盜賊和低等魔物，但是沒處理好的話，聚落也有可能會受害。

他們雖然很注意要守護好國內民眾這件事，可是不只國內民眾，外來的難民也有可能遇害。這是不能坐視不管的重大問題。

「我是不知道剛剛報告的屍體是在哪裡發現的，不過假設那玩意兒繼續往北移動的話，那個村子有可能會遭到襲擊嗎？我們不太了解這附近的地理狀況，希望你們能多提供一些情報。」

「從這次發現屍體的地方來看……唔，那東西的行進路線肯定會碰上難民的聚落！」

「不妙……我們雖然必須守護人民，可是難民又不一樣了。要有領主或國家的許可才能出兵。畢竟他們是非法居留者……」

「那由我們過去吧。最糟的情況就是讓那玩意兒越過國境，不過推給梅提斯聖法神國處理也行吧。誰叫他們以前曾經誘導『強大巨蟑』到這個國家來。」

「什麼！那魔物是那些傢伙……」

以前曾有最大規模的魔物失控現象及巨大的小強襲擊靠近國境的城塞都市。

雖然靠著守城戰硬是擋下了魔物的攻勢，但事後在前方的平原發現了強大巨蟑褪下的殼，現場還留下了許多巨大的隕石坑，導致商業活動延宕。

現在依然未完成復興作業，不過梅提斯聖法神國是這個國家的假想敵，所以他們也沒打算要修復那條道路。

這也是長期下來的積怨導致的結果。

在暗中動手腳的異端審問官們遭到咕咕和民眾痛揍，在重傷的情況下移送法辦。由於他們原本就是一群罪犯，所以雇主也沒打算要包庇他們。

因為這是在國家交涉時可以派上用場的材料，所以真相並未對大眾公開。

「我有去現場看過，到底是怎樣才會留下那樣的隕石坑啊。」

「天曉得？這畢竟與我們無關……所以說，那個難民村的位置在哪裡？有地圖就再好不過了。」

「你們現在就要動身過去了嗎？」

「因為這是我們的工作啊，如果只是白擔心一場就好了……」

「我馬上請人準備地圖。方便的話，希望你們也能將調查的結果回報給我們知道一下。」

「我會看情況處理的。」

為了調查，兩人又要開始移動了。

傑羅斯他們離開城砦，走到從城壁上看不到的距離外之後，又搭上了輕型高頂旅行車。

「這條路直直開。根據地圖來看要在前面的山路左轉，別看漏了。」

「你是駕訓班的講師喔……比起那個，還是由我開車啊？」

「回程我來開吧。還是你想要機車雙載？」

「……我不要，我為什麼非得悲哀的抱著一個大叔啊。」

「這事先擺一邊，不過亞特你到底是怎麼考到駕照的啊？明明是個大路痴……」

「別問我。」

儘管發生了危險的事。這兩個人身上依然沒有半點緊張感。

載著兩個大男人的輕型高頂旅行車就這樣揚起沙塵，奔馳在道路上。

◇◇◇◇◇◇

「喵～……我已經吃不下了～～……」

烏爾娜嘴裡說著這種話，躺在榻榻米上一臉幸福地摸著自己的肚子。

「妳、妳這樣子簡直跟狗……還是貓沒兩樣呢。」

「真過分。我不是狗，是狼喔。卡洛絲緹。」

「不管是哪種，都不是少女該有的樣子。太不像樣了。」

女性們昨晚因為第一次的溫泉旅行而玩瘋了，吃過有些晚的早餐後，瑟雷絲緹娜等人正在房間裡悠哉地休息。

卡洛絲緹也優雅的喝著紅茶。

「吃早餐的時候也沒看到杏小姐，她上哪去了呢？蜜絲卡妳知道嗎？」

「杏小姐在大小姐們仍躺在床上露出肚子呼呼大睡時，就已經吃過早餐，開始執行護衛的工作了。嗯，因為這裡有我在，所以我有允許她可以稍微自由行動，不過我有吩咐她要將休息時間安排在中午以前。」

「她真是熱衷於工作耶。雖然好色村先生就不是這樣了……」

「她在那個年紀就已經是專家了。比起那個，大小姐……」

蜜絲卡的眼鏡閃過一道可疑的光芒。

「大小姐明明很不擅長記住別人的長相和名字，卻馬上記住了好色村先生的名字呢。您該不會喜歡那種類型的男性吧？」

「我也有想過類似的事情呢。妳明明就不知道為什麼一直記不住迪歐學長和馬卡洛夫學長的名字，卻意外的很快就記住了那個人的名字。我真的覺得很不可思議，很在意呢。」

「嗯～……因為我見到好色村先生的機會還滿多的吧。他會作為護衛陪我到圖書館，幫我拿我拿不到的書喔？我是覺得他待人意外的親切，妳們不這麼想嗎？」

卡洛絲緹和蜜絲卡面面相覷。

『蜜絲卡小姐，妳怎麼看？』

『我只覺得他是個粗枝大葉的笨蛋，沒想到會趁著當護衛時提昇自己的好感度……如果這是他刻意計算過的行為，那只能說出現了一匹不得了的黑馬啊……』

『但那可是瑟雷絲緹娜同學耶？我認為她根本沒有意識到對方對自己有好感。明明身邊就有那麼喜歡她的人在……』

『迪歐少爺就是個膽小沒用的傢伙。就連向大小姐搭個話都要遲疑個老半天，沒半點骨氣，我想他過了一億年都無法將心意傳達給大小姐知道吧。』

『那麼好色村先生目前暫時領先嗎？』

『這我也很難說……乾脆趁這個機會，問問大小姐喜歡的男性類型吧？』

『這是個好主意呢。』

這兩個人其實很在意迪歐和瑟雷絲緹娜的關係會怎麼發展下去。

對於蜜絲卡而言，瑟雷絲緹娜是朋友留下的重要女兒，她對可能會成為瑟雷絲緹娜結婚對象的人要求的條件當然也很高。要讓她幸福這自然不用說，要是沒有能夠賭命保護瑟雷絲緹娜的實力和意志，蜜絲卡是不會把瑟雷絲緹娜交給對方的。

另一方面，卡洛絲緹只是基於好奇又想看好戲的心理，想知道渾身散發出「我喜歡妳啊啊啊啊啊啊啊！」氣息的迪歐，那份感情究竟有沒有機會開花結果。

卡洛絲緹的興趣就是看甜蜜蜜的戀愛小說跟某些特定的同人誌。

「大小姐，這是我個人單純的疑問……大小姐您喜歡怎樣的男性呢？」

「喜歡的男性類型……嗎？這個嘛……成熟又有包容力的男性，聰明理性，而且對女性也有一定理解的人……吧？」

『『！』』

在這個時候，好色村和迪歐的可能性便消失了。

瑟雷絲緹娜理想中的對象，是比自己年長，或是思想成熟，同時能夠理解並體諒自己的人。

而這樣的人物，她們心裡只想得到一個人。

沒錯，就是在各地不知道有多少情婦的德魯薩西斯。不過以他的情況來說，能夠理解並體諒的女性人數太多了才是個問題……

『沒想到她會有戀父情結……這下可不妙啊。』

『咦？瑟雷絲緹娜同學喜歡德魯薩西斯公爵那樣的男性嗎？不，既然身為貴族，這是很有可能發生的情況……可是我不認為還會有其他像那樣的男性啊。』

瑟雷絲緹娜在公爵家中徹底遭到孤立，雖然克雷斯頓非常疼愛她，可是父親德魯薩西斯很少去見她。

這當然也是有原因的。

這是因為德魯薩西斯沒打算讓瑟雷絲緹娜成為貴族，希望她未來某天能夠靠自己一個人，堅強的生存下去。最重要的是德魯薩西斯不希望她受到貴族身分的束縛，這點蜜絲卡也是知道的。

德魯薩西斯身為公爵家的一員，必須娶當權貴族的女性為妻。要是他明顯地表現出很疼愛瑟雷絲緹娜的樣子，愛吃醋的兩位妻子的老家有可能會找瑟雷絲緹娜的麻煩，所以他不得不和瑟雷絲緹娜保持距離。

他一直放著女兒不管的原因，也是為了讓瑟雷絲緹娜遠離貴族的陰暗面。

為了保護瑟雷絲緹娜，包含蜜絲卡在內的相關人士都盡可能地採取了安全的作法，然而連蜜絲卡都想不到，瑟雷絲緹娜會將理想的男性形象連結到理想的父親形象上。

『我們的教育方針造成了反效果？不，我不該這麼快就下定論……這時候應該要仔細確認才對。』

蜜絲卡內心冷汗直流，一邊深呼吸，一邊讓自己的心情平靜下來。

然後想辦法讓聲音不要顫抖地說出下一句話。

「那、那麼，大小姐比較喜歡成熟的男性嗎？像是傑羅斯大人那種的……」

「老師嗎……這個嘛，老師意外的有些孩子氣的部分，如果和他結婚的話，應該能構築出一個快樂的家庭吧。不過他果然只把我當小孩子看待呢。他對我的態度和對路賽莉絲小姐的不太一樣，我想他還是會先用看學生的眼光來看待我吧？如果是策略婚姻，我想老師是會認真把我當成對象來考慮，不過感覺還是得花上一段時間才能成為夫妻吧。」

要結婚是沒問題，不過傑羅斯並未把瑟雷絲緹娜當成對象來看待。

假設兩人真的訂婚了，傑羅斯也要過好一陣子才會把她當成對象。

這方面的事情瑟雷絲緹娜大概可以感覺得出來。

而反過來一想，這表示她對傑羅斯的評價遠比迪歐他們高上許多，就算要和傑羅斯結婚她也ＯＫ。

「那個……那迪歐少爺怎麼樣呢？」

「……？那是誰啊？」

「是茨維特學長的朋友，迪歐學長。偶爾會在圖書館或是訓練場看到他……」

「哎呀？那一位不是德斯崔亞學長嗎？是個不知道為什麼很像空氣的人吧？」

「大小姐……您應該是要說他沒什麼存在感吧？」

在各方面都很過分。而且有夠悽慘。

對瑟雷絲緹娜來說迪歐就有如空氣，而且她完全沒把對方放在眼裡。要是有些特徵的話，瑟雷絲緹娜說不定能記住他的名字，不過很遺憾的是迪歐並不像好色村那麼有特色。

不管他多喜歡瑟雷絲緹娜，沒辦法在對方心中留下任何印象就沒有意義。

畢竟他只被當成是空氣……

蜜絲卡和卡洛絲緹背對瑟雷絲緹娜，靜靜地為可憐的迪歐掬了一把清淚。這正是努力仍得不到回報的悲哀。

「那妳們兩位有喜歡的對象嗎？只有妳們問我，這樣太不公平了。」

「我……畢竟是女僕。」

「我、我……有訂婚對象了，所以……嗚……」

「是、是這樣嗎……？」

看著不知為何轉身背對她拭淚的兩人，瑟雷絲緹娜疑惑地歪著頭。

蜜絲卡這時候終於發現她誤會了。

『怎麼會這樣……我故意策動他，想讓大小姐對異性產生興趣的，卻沒想到大小姐居然喜歡大叔……要是米雷娜知道我把她教成這樣，會說些什麼呢……對不起，我沒臉去那個世界見妳了。』

這是題外話，不過要是迪歐打算對瑟雷絲緹娜做出什麼下流的行為，蜜絲卡當然是打算在不為人知的情況下解決掉他。

為此她一直在暗中監視著迪歐，可是迪歐實在是太廢了，所以兩個人到現在為止根本沒有好好說過話。反而讓蜜絲卡看了很煩躁。

『是我們太小看所謂的教育了，還是單純只是他太廢了呢……大小姐對戀愛似乎沒什麼興趣，看來她要對異性產生興趣還早呢……』

雖然她對其他方向的戀愛是很有興趣的樣子，不過瑟雷絲緹娜因為過了太久的孤獨家裡蹲生活，現在過得很開心，對旁人的眼光反應有些遲鈍。

在調查的範圍內，有很多想追瑟雷絲緹娜的少年。

其中若是貴族子弟，幾乎都是充滿野心，想和公爵家攀關係的人，在希望瑟雷絲緹娜能普通的獲得幸福的德魯薩西斯等人眼中等於是害蟲。

可是瑟雷絲緹娜連這些惡意都沒放在眼裡，一心只顧著研究關於魔法的知識。要是知道這個狀況，可以想見某個老人會不顧他人眼光的手舞足蹈起來吧。

「那麼在飯後的休息時間結束後，我們再去泡溫泉吧。這裡好像有開放大家一起泡的大眾湯喔？」

「也就是不管是貴族還是平民，都能進去泡的溫泉吧。我不太想在眾人面前赤身裸體呢……」

「是男女分開的喔？裡面只有女性，我是覺得沒有什麼好害羞的。昨天在旅館裡泡的露天溫泉不也一樣嗎？」

「瑟雷絲緹娜同學很積極的想泡溫泉耶。妳不怕泡到皮膚浮腫嗎？」

「我想要讓肌膚變滑順，提昇我的女性魅力！畢竟我最近都在忙著研究，沒有好好保養肌膚，想要趁這個時候一口氣恢復到最佳狀態。而且這裡似乎有許多不同的溫泉，我很有興趣呢。」

『太好了……至少她還有在注意美容保養。就算對戀愛沒太大興趣，想要變漂亮還是女人的天性。既然這樣，是不是該降低一層警戒呢？雖然讓笨蛋男人們接近她不是很理想，但考慮這是為了教育……不過護衛的指揮權在老主人那個傻爺爺的直接管轄下……真難啊。』

蜜絲卡、好色村以及杏是在德魯薩西斯指揮下的護衛，不過除了他們以外的護衛都是歸克雷斯頓管理。雖然雙方是合作關係，可是牽扯到這個問題，在不同人管轄下的護衛們可就頭痛了。

德魯薩西斯是了解狀況，採取「如果是為了教育，稍微放寬警戒也無所謂」的態度，可是克雷斯頓明顯地擺出了「不准讓男人們接近她！瑟雷絲緹娜要跟老夫在一起～！」這種不講理的態度。傷腦筋的是負責護衛工作的人都是些一流的專家。

就算是會讓人心想「你真要我們做這種工作？有點分寸好嗎，老頭……」的命令，他們也會完美地完成工作，不會有半句怨言。

兩邊的指揮系統很有可能會起衝突。

「呵呵呵……把胸部的期望放在未來，現在要先保養肌膚。我要讓肌膚變得光滑柔嫩，讓爺爺嚇一大跳。」

「大小姐，這時候應該說傑羅斯大人或是其他男性的名字吧……您給老主人看是想做什麼啊……」

「因為很久沒見到爺爺了，所以我想盡量讓他看到我健康又有活力的樣子，這有什麼問題嗎？」

「…………沒有。」

瑟雷絲緹娜相當熱衷於美容。

可是內在仍是不想讓祖父擔心，純真的孝順孫女。

現在還沒有人知道，這樣的她究竟能不能好好談一場戀愛。

第九話　在好色村的煽動下男性們失控了

溫泉，那是療癒心靈之處。

雖然說過很多次了，但這個世界非常的缺乏娛樂。

只有貴族和有錢的商人才能外出觀光，也只有極少數的富裕階層能夠出國旅行。士兵或傭兵們雖然有機會作為商人或貴族的護衛同行，但根本沒有空悠哉地體驗異國文化。頂多只能去去餐廳或是國營的大眾浴場。

這是題外話，不過要說除了旅行之外的娛樂活動，只有在鬥技場舉辦的劍鬥士競技賽，還有設置在地下酒吧或高級旅館裡的賭場吧。

「啊啊～～～～？」

在位於里沙克爾鎮幾乎中央位置的大眾湯，從上午就有許多的女性客人們盡情的在享受溫泉。

克莉絲汀也將身體泡入溫泉裡，消除旅途的疲憊。

她家和一般家庭相比算是富裕，不過也不到可以隨便亂花錢的程度，沒辦法輕鬆踏上遊山玩水的旅程。

所以這次的旅行對她來說真的充滿了新鮮與驚奇。

「溫泉……我們家的領地裡挖不挖得到啊～超舒服的。」

如果要在艾維爾子爵家的領地裡挖溫泉，至少得往下挖個一千公尺吧。地理條件和附近有火山帶的里沙克爾鎮不同。

此外這個世界也還沒有貫穿堅硬岩盤的技術，相關作業恐怕得花上不少時間。再考慮到預算層面，將會是很大的一筆開銷，可以說事實上是不可能辦到的。

而且在那之前，這世界也沒有做地質調查的知識和技術。

享受著舒適溫泉的她，沒有意識到自己說出的是多麼不合理的事，作著美夢。

溫泉就是如此的吸引人。

「溫暖、舒適、悠哉～的溫泉……」

伊札特和薩加斯也一樣在隔壁的男湯盡情享受著溫泉。

克莉絲汀平常就覺得他們兩人總是為了還不成熟的自己費盡苦心，很過意不去，所以希望就算只有在這趟假期中也好，他們能從工作中解脫，好好療癒身心的疲憊。

「呼～……好療癒……嗯？」

克莉絲汀發現她身旁有某個筒狀物凸出在水面上。

由於溫泉水質白濁，她看不出水面下是什麼狀況。

『……這是什麼？總覺得好像有空氣從這裡流出來。』

她下意識的試著把手指戳進了那個筒子裡。

過了一下子之後筒子開始顫抖起來，最後有個少女濺起激烈的水花，猛力從溫泉裡衝出水面。

這突如其來的狀況讓克莉絲汀愣住了……

「妳……在做什麼？」

「……修行。」

「……」

她們就這樣四目相對了幾分鐘，少女邊說著「……嗯。」邊對她比了個讚之後，又消失在溫泉裡。

只有筒子留在水面上……

「…………那女孩是怎麼回事？修行？咦？」

她完全搞不懂。

總覺得自己好像浪費了一點時間。

「好！我要再來游嘍～～～！」

「烏爾娜，妳這樣會給其他客人添麻煩的……」

「烏爾娜同學還真是學不乖呢……」

「這裡有三溫暖設備呢。雖然我很怕熱，不過試著挑戰看看似乎也不錯。」

在少女沉入溫泉裡之後，克莉絲汀就茫然的凝視著水面，直到少女們吵鬧的聲音讓她再度回過神來。其中三個人看來和她年齡相仿，另一個人則是略年長些。

『是朋友們一起出來旅行嗎……有點羨慕她們呢。』

克莉絲汀很孤單。

她沒有同齡的朋友，在認識的人之中，年齡相仿的人也是用看貴族的眼光來看待她，所以就算深受信賴，她也沒有能夠真心稱之為好友的人。

要是她再早個一年能夠使用魔法的話，或許就能去讀伊斯特魯魔法學院了。

在那之前周遭的人都說她沒有魔法方面的才能，也因為出身騎士世家，她當時對魔法也沒有興趣，不管怎樣都不會去吧。

雖然她也會出席參加伯爵家舉辦的晚宴之類的場合，可是追求騎士資格的她和年紀相仿的貴族大小姐們話不投機，相反的，貴族公子們多半會用嘲諷的眼神看她。

理由是因為她以前被同樣是騎士世家出身的男孩取笑，演變成兩人對決，而她戰勝了對方。可能是覺得輸給女生很丟臉吧，在那之後，這些貴族公子們就會找理由說她的壞話。

誇獎過她的只有僅和她過一次面的德魯薩西斯公爵。

那時候德魯薩西斯公爵說的話是：「妳以女兒身打倒了好幾個男孩嗎？真是太出色了。妳想必是做了不少鍛鍊，才培育出這等實力的吧？不用理會那些如同喪家犬般亂吠的愚蠢之徒所說的話。」

她後來就沒再聽人說過她的壞話了，不過受德魯薩西斯公爵誇獎的事也害她被人排擠，到現在還是孤單一人。

「……真想要朋友呢。」

沒有能夠真心信任的同齡朋友，讓她感到有些寂寞。

脫口而出的真心話，同時也是她微小的心願。

◇◇◇◇◇◇◇

叩咚～～地，某人將小水盆放在地上的聲音迴盪在浴場內。

茨維特等人觀光時也順便和伙伴們一起來到了大眾湯。

他們因為久違的放假而興奮過了頭，助跑後一鼓作氣地跳進了浴池裡。

在其他客人眼中是非常令人困擾的行為。

「啊～活過來了～～」

「畢竟團長超嚴格的啊～我們還是學生耶。」

「我們一直到休假的前一天都還在受訓嘛～我的肌肉到現在都還在痠痛……一走動就全身上下都在痛……」

「被分配到騎士團裡的話，就每天都要做那種訓練喔。必須趁現在就培養好體力。」

跟在茨維特他們後面一起來玩的惠斯勒派學生們。

他們拿出手上的現金湊在一起，找了一間比較大的旅館房間，大家一起入住。

一方面也是因為他們都在訓練，沒什麼花到零用錢，包含回程的馬車費用在內，他們勉強湊出了可以住三晚的費用。

真要說起來，他們都是索利斯提亞公爵領地內的貴族，所以是不需為錢所苦，不過他們還是想靠自己手上的錢來解決問題，實在是一群認真上進的青少年。

「喂～茨維特。這座小鎮的名產是紅酒對吧？我想買回去當土產，可是錢不夠。你能不能借我啊？我之後會還你的。」

「我也沒錢啊。我老爸對零用錢管得很嚴，只會給最底限的金額。因為基本上他是採取有什麼想要的東西就自己去賺錢的態度。」

「真假啊……有夠嚴格的。」

男人間裸裎相對的交流。

溫泉可以說是最適合跨越貴族身分的藩籬，有著同樣夢想和理念的人們暢談的場所。

當然，也是很適合青少年說出心中的煩惱，並互相討論的場合。

「迪歐那傢伙迷上你妹妹了吧？他們兩個有譜嗎？」

「不……我妹到現在還沒記住他的名字。雖然大概知道有這麼一個人在，不過只知道是會跟在我旁邊的人而已。」

「她長得那麼可愛，居然如此殘酷……算了，要是他們真的湊作堆，我們看了也是火大。」

「「「「沒錯。」」」」

「你們這時候該幫我加油吧！我們是朋友吧？友情是什麼？」

眾人用溫暖的眼神看著迪歐。

能夠一同談論理想的伙伴確實很棒，不過要是對方交了女朋友在自己面前放閃，那還是很讓人火大。

畢竟他們所有人都單身，而且大多都是次男，沒有父母談定的婚約。

其中雖然有在某些情況下，可能會被送去入贅到其他貴族家的人，但除此之外的人都得自己找對象才行。

他們才不會老實地為別人的戀情開花結果而感到高興，也不會幫別人加油。

反而會以商量為名義蒐集情報，總是想著只要有機會就要趁機橫刀奪愛，所以他們其實和迪歐一樣，把目標放在瑟雷絲緹娜身上。

真是美麗的友情啊。

「不如說，莰維特的那個護衛……叫什麼來著？好色笨蛋？那傢伙還比較有機會吧？我之前看到他幫忙拿著東西，兩個人走在一起喔？」

「我也有在放學後看到他在訓練場，陪你妹做近身戰鬥的訓練喔？」

「他明明看起來很輕浮，卻很會照顧人呢。這麼說來，我之前好像看到你妹被高年級的學姊們追著跑，那是怎麼一回事？好色村還挺身而出想擋下她們喔。雖然最後被她們給踩爛了……」

「……我是知道高年級的女學生也很信賴她，可是為什麼會演變成那種狀況啊？總覺得有股不好的預感……」

「呵……你真敏銳啊，其實好像是庫洛伊薩斯那傢伙做的一見鍾情藥造成的。你妹碰巧從走廊上經過，被那些受害者看到，然後她們就陷入『唔喔喔喔喔喔喔喔喔！』的狀態了。」

「唔喔喔喔喔喔喔喔喔喔喔喔喔喔喔喔喔喔！」

迪歐心中滿是嫉妒。

從他的角度來看，好色村簡直就是瑟雷絲緹娜的騎士，而他似乎因為那個角色居然不是他自己而感到憤怒。邏輯有夠自我中心。

「……我決定了，茨維特。我現在就要去告白。」

「你要上哪去告白？瑟雷絲緹娜在隔壁泡溫泉喔。你該不會想衝進女湯裡吧？」

「……咦？」

「咦什麼，我去櫃台付錢的時候，碰巧看到她在我們之後進來了，所以現在應該在隔壁的女湯吧。」

「這、這表示……我現在正跟她泡在同樣的溫泉裡……咕啊！」

「迪歐！」

迪歐噴出鼻血，倒進溫泉裡，濺起了大量的水花。

雖然浴場被隔成了男湯和女湯，但浴池下的水路是相通的，所以說他們泡在同樣的溫泉裡這個說法基本上是沒錯。

不知道是聯想到了什麼，迪歐的臉上浮現出滿足的笑容，嘴裡說著「她實在太棒了～……」浮在水面上。真希望他能至少處理一下鼻血。

「迪歐那傢伙，真不知道該說他是純情還是變態……」

「別說了……大家都知道他變得不太妙了啊。」

「只能確定他絕對很悶騷。」

「戀愛竟會讓人變得如此愚蠢嗎……」

「既然這樣想，你們也幫我制止一下迪歐啊。老實說我快要拿他沒轍了……」

「「「茨維特，這我們辦不到！我們不想和現在的迪歐扯上關係。要是其他女生認為我們跟他是朋友，我們就交不到女朋友了！」」」

而他們內心其實也虎視眈眈的想要攻陷瑟雷絲緹娜，不過他們不會把這件事告訴茨維特這個重要的情報來源的。真的是相當美麗的友情。

總之一個麻煩的傢伙退場了。

既然這樣，他們在意的就是另一個人了，而那個人正一臉認真的凝視著女湯的隔間牆。當然，這個人就是好色村。

「喂～好色村。你幹嘛盯著牆壁看啊。你沒有要像平常那樣，去鏡子前面擺ＰＯＳＥ喔？」

「同志，你以為我是變態嗎？拜託你不要講得好像我每天都會在鏡子前面擺ＰＯＳＥ一樣。」

「那你在幹嘛啊？」

「不是，這面牆啊……高大約三公尺左右，為了通風，所以上面沒有封死吧？簡單來說就是有縫隙……你不覺得這樣應該有機會偷窺女湯嗎？」

「你根本就是變態吧！」

他是個笨蛋。

「你在說什麼！溫泉、女湯、必須跨越的高牆！既然已經湊齊了這三個條件，不去偷窺反而很失禮吧？」

「少在那邊大聲說歪理了！那可是犯罪行為！」

好色村帶著莫名充滿男子氣概的認真表情走過去之後，雙手放在茨維特肩上逼近他。

「……你、你幹嘛啊？」

「……同志，我……喜歡胸部。」

「所以呢？」

「我喜歡小胸部、也喜歡普通大小的胸部！超喜歡巨乳！如果那是精靈的話，我甚至可以吃下三碗飯！吊鐘型我喜歡，碗型我也喜歡，飛機場我也喜歡，熟女那充滿成熟韻味的胸部更是擁有無可替代的美感！年老下垂的胸部則是悲劇地令人淚流滿面……流逝而過的時光之殘酷，甚至超越了慟哭，令人感到絕望。要看那個是難以承受的悲劇……美麗母性的象徵，讓我們重新找回年幼時感受到的童心！啊啊，美妙豐盈的胸部，我想看那個啊！我已經無法再忍耐了！我就是如此渴望著胸部！」

『啊……這個沒救了。』

茨維特非常肯定。不管他說什麼都沒有用了……

在此同時，好色村的身上迸發出了前所未有的氣魄，吞沒了周遭的群眾。

茨維特感受到現在確實發生了什麼事，把事情導往了最糟糕的方向——

「為什麼要分成男湯和女湯！常識是什麼東西！男女是從大自然中誕生的普遍事物。赤裸的誕生、赤裸的共處、赤裸地回歸大地。沒錯，本來男女就該裸裎相對吧？男女有別的概念扭曲了我們自然的樣貌，不就是道德這個世間強加於人的觀念，在男女之間築起了高牆嗎？我今天就要破壞這道牆！」

「不，我覺得你即將跨越的是犯罪的那條線喔？」

「站起來吧！強壯的男人們啊！現在正是我們從一切的束縛中解放，找回廣大銀河應有姿態的時刻！咆哮吧！我們乃是裸之藝術家！高聲吶喊，讓世界知道回歸自然的時刻到來了！」

「「「「「唔喔喔喔喔喔喔喔喔喔喔喔喔喔喔喔喔喔喔喔喔喔喔喔喔喔喔喔！」」」」」

男人們起身狂吼。

老人、商人、小混混、學生，在場的男人們全都因好色村吶喊而同步了。

這並不是因為眾人支持好色村，或是好色村具有什麼領袖魅力。

是他的職業「勇猛騎士」的技能，「激勵咆哮」造成的效果。

這個技能能夠使伙伴情緒激昂，同時讓戰鬥力和防禦力提昇為一・五倍。

而且還有同步效果，所以只要對好色村的笨蛋想法產生了一點點共鳴的人，就會受到這個技能的影響。

他雖然是在無意間使用了技能，不過已經來不及挽回了。

沒錯，除了傻眼地想著「這傢伙在說什麼啊？」的茨維特，還有一小部分的人之外，這個技能在幾乎所有男性身上都發揮了效果。

這是題外話，不過這個技能在對好色村的想法完全未有共鳴的人身上是不會生效的。

「前進吧，男子漢們！破壞那面礙事的牆！」

「老婆算什麼啊！我想看年輕女孩的胸部！」

「原諒我吧，老伴……老子的凶猛大鵰正怒吼著，要我破壞那面可恨的牆啊！」

「咿嘻嘻嘻……女人……女人啊啊啊啊啊啊啊！」

「小女孩……小女孩…………」

發展為最差勁又最糟糕的情況了。

失控的男人們衝向隔開女湯的隔間牆。

『嗯……我要離開這裡。我才不想被當成是他們的同類……』

免於陷入異常狀態的茨維特和一小部分的人，決定立刻離開現場。

他們做出了最佳的選擇。

在女湯這邊的人當然也聽見了那些笨蛋們的咆哮聲。

不，應該說聽不到才奇怪。

『『『『『唔喔喔喔喔喔喔喔喔喔喔喔喔喔喔喔喔喔喔喔！』』』』』

男人們的吼叫聲響徹整個大眾湯，讓所有正在泡溫泉的女性們全都想著發生了什麼事，轉頭看向了男湯的方向。

「那個叫聲是怎麼回事……」

「他們該不會是想公然偷窺女湯吧！」

「不會吧？那些男人們在想什麼啊！」

「不要啊啊啊啊啊啊啊啊啊！」

女性們當然是一陣恐慌。

雖然女性們急急忙忙的想逃往更衣處而衝向了入口，可是入口只有一扇門那麼寬……

「趕快出去啦！後面的人一直擠上來啊！」

「別說這種強人所難的話，路很窄啊！」

……理所當然的大塞車。

雖然在混亂的情況下更需要冷靜，但也不是所有人都能夠保持冷靜。

更何況女性們身上全都一絲不掛。

其中也有尚未結婚的女性，身體的危機感先湧了上來，自然會慌張吧。

這時有一個男人爬到牆上，探出了身體。

「嘿嘿嘿……女人的裸體……」

「「「「不要啊啊啊啊啊啊啊啊啊啊啊啊啊啊啊啊！」」」」

男人失去了理性。

染上了名為性慾的欲望，只為了這唯一的欲求而行動著。

等級不高的一般民眾會徹底受到「激勵咆哮」的影響吧。理性這玩意兒完全消失了。

他不正常的模樣，讓所有女性們都感受到了一股「如果被抓到就慘了」的身體危機。

「『水球』！」

「嘎噗！」

突然遭到魔法攻擊，偷窺男就這樣往牆的另一邊掉了下去。對面傳來了「噁心的東西碰到我的臉啦！」還有「有個人被幹掉了！醫護兵！」之類的說話聲。

「呼……這是我第一次對人使用魔法，還好成功了。」

施放魔法的人是克莉絲汀。

她使出的是魔導士訓練中常用的低階魔法，「水球」。

雖然就只是製造出水球攻擊對手的魔法，但以威力來說比「火球」的殺傷力更低，可以毫無顧慮地使用在這種鎮壓暴徒的情況上。

「各位，請冷靜點！驚慌失措反而會拖慢避難的速度。有空的人請拿起周圍的東西，丟向那些人！」

「是要用這種方式爭取時間的意思嗎？」

反問克莉絲汀的是和她年紀相仿的金髮少女。優雅的語氣和動作使她顯得更有魅力。

「沒錯。幸好天花板和隔間牆之間的縫隙不大，他們應該沒辦法爬過來吧。要是向他們噴灑肥皂水，我想應該可以減少偷窺的人數。」

「那我就用魔法來牽制他們吧。瑟雷絲緹娜同學，請妳也來幫忙。」

「這樣好嗎？雖然說這怎麼看都是犯罪行為……」

「大小姐，不用同情惡人。不如說消滅這些公然偷窺的男人們，反而是為民除害。不，就算殺了他們也無所謂！應該要以殲滅他們的氣勢來丟東西過去才對！」

「「「「喔喔喔喔喔喔喔喔喔喔！」」」」

「說要消滅，這……」

戴眼鏡的女性面無表情的做出了危險發言，讓克莉絲汀不禁退避三舍。

而周遭的女性們也對這積極強勢的發言產生了共鳴。

克莉絲汀雖然提議要大家丟小水盆之類的東西過去，但充其量只是為了爭取時間，讓所有人能夠逃離現場。不是想要展開殲滅戰。

然而眼前的女性們釋放出了驚人的殺氣。她們毫無疑問的充滿了幹勁。

這樣下去大眾湯將會被血給染紅吧。

無視慌張的克莉絲汀，眾多女性們殺氣騰騰地拿著小水盆、肥皂，還有不知道從哪裡拿出來的打掃用長柄刷，團結了起來。

「那個……我沒有說要做到這種程度耶？」

「無須同情變態。全員，擺好架式！」

不知為何所有人都聽從戴眼鏡女性的指揮，明明沒有受過任何訓練，卻用整齊劃一的動作做好了丟出小水盆的準備。

然後──

「丟！」

「「「「「去死吧！臭變態們─────！」」」」」

眾人一起朝著探頭準備偷窺這裡的男人們丟出了小水盆。

儘管沒有全數擊中他們，但躲過的人遭到了魔法攻擊。

然後消失在牆壁的另一側。

『可惡！對面也動手迎擊了。』

『我們也用魔法防禦吧！』

『胸、胸部……屁股……』

『好了，你別再說話了！嘖！那些傢伙的血是什麼顏色的啊！我們只是想看女人的裸體啊……』
『小子們，可別停下來了————！』
有人像是某個團長那樣，出聲鼓舞眾人。
一邊是硬想偷窺的變態入侵軍，一邊是爭取撤退時間的女性防衛軍。
就這樣，在山間的小鎮裡，一場賭上性慾與貞節的笨蛋戰爭開打了。

飛行在法芙蘭大深綠地帶上空的小小影子。
從露背設計的哥德蘿莉風洋裝後方張開了翅膀，高速穿越天空。
宛如一道流星。
那是過去作為邪神遭到封印，在這個世界重新復活的女神，阿爾菲雅·梅加斯。
「嗯……地脈的魔力停滯了。儘管吾已事先從阿卡夏紀錄得知此事，但這還真是嚴重。莫怪生物會出現異常進化，這個世界所有的魔力都以那個宗教國家的首都『瑪哈·魯塔特』為中心聚集了起來。要讓這復原，似乎得花上不少時間吶……」
她在進行所謂的實地調查。
法芙蘭大深綠地帶是許多生物的棲息之處，然而由於魔力濃度過高，使生態系發生了變異。
由於擁有超常力量的變異生物在弱肉強食的法則中不是吞噬強者，便是未遭到捕食地存活下來，其中甚至出現了光憑一隻就能輕易毀滅一個國家等級的生物。

現在她眼前也有隻生物從口中發射出粗大的雷射光線，燒毀廣大的森林。

可是這裡的植物也有著非比尋常的強韌生命力，被燒毀的森林轉眼間又被綠意所覆蓋。

『魔力枯竭之處沒那麼容易復原。他們是藉由強制改變龍脈的流向來凝聚魔力的，地下的龍道已經堵塞，要開闢新的得花上數百年。問題是……』

現在用來召喚勇者的魔法陣已經消失了，囤積在這座森林裡的膨大魔力便會流向他處。到時候不僅人類居住的區域會被森林所覆蓋，生物也會持續出現異常進化吧。

雖然人類滅亡了對世界也不會產生任何影響，但是她無法坐視人類因為四神而滅亡，因為這並非自然造成的滅亡。

由於因果也扭曲了，天曉得死者會變質成怎樣的怪物。

得立刻將森羅萬象的法則恢復成正常的狀態才行。

『然而吾無法使用那力量。就算只有一個也好，能解開封印就輕鬆多了吶……』

儘管擁有，卻無法使用那份力量。

若是解開了屬於「地」之力的封印，就能讓這個領域恢復原狀了，不過要讓異常進化的生態系復原，得解開所有的封印才行。

『該如何是好呢……嗯？』

她感受到令人懷念的微弱力量波動。

儘管說懷念，卻也不是什麼難以忘懷的東西，反而是她極為厭惡的存在。

才以為年幼少女的臉上瞬間沒了表情，她便立刻露出了冰冷的笑意。

那是歡喜。

那是憎恨。

她多麼期盼這一刻的到來啊。

她的移動速度是音速——不，已經超越了物理法則。

發現那玩意兒只是一瞬間的事，然而她從未忘記過記憶裡的那個身影。

畢竟那是阿爾菲雅正在尋找的其中一位女神。

她在扭曲的空間中隨意地伸出手，抓住。

「抓到汝這傢伙了……」

阿爾菲雅的右手抓著綠色頭髮的少女白皙纖細的脖子。

看到扭曲空間突然現身的阿爾菲雅，少女露出了驚訝的表情。

從手上傳來的心跳讓阿爾菲雅知道少女心中帶著疑惑，同時感受到了恐懼。

「找到汝了……風之女神。不對，風之妖精王。」

「……妳、妳是……誰…………」

「爾等在封印吾之後還繼續召喚，是想毀滅世界嗎？然而爾等的愚蠢卻關係到了吾的復活，還真是諷刺啊。」

少女因為驚愕而瞪大了雙眼。

四神中速度最快，掌管大氣的風之女神「溫蒂雅」。

這至高無上的女神恐懼地變了臉。

「……難道妳真的是……邪神？」

阿爾菲雅沒有回答，臉上只浮現出殘忍的笑意。

幾個瞬間之後，溫蒂雅似乎注意到了什麼，繼續說了下去：

「……是轉生……者吧………那些傢伙，將妳……」

「汝知道了這些也毫無意義。好了，先從汝身上奪走管理權限，『火』和『水』……感到喜悅吧，汝是最初的犧牲者。就讓吾親自讓妳了解被封印起來的痛苦吧。哼哼哼……」

物質世界的時間流逝速度，對於高次元生命體而言等同於地獄。

對於原本超脫於時間概念之外的阿爾菲雅，受到時間束縛除了痛苦之外什麼也不是。在遭到封印的期間內，她不知道持續詛咒了四神多少次。

當然，進入時間之流中一次也不是什麼壞事。可是若那時間是以千年為單位來計算的話，那便是難以想像的感受了。這跟把分身送進物質世界裡是不同的。

所以她才沒意識到「Sword and Sorcery」的世界是異世界，順著當時的情緒採取了行動，不過這也都是過去的事了。

「沒有神器，爾等已經沒有方法可以阻止吾了。」

「……妳為什麼會知道！」

「就算沒有權限，吾仍是這個世界的管理者喔？查看過去的時間根本不算什麼。好了，聊就聊到這

裡。把管理權限還來吧。」

她右手依然抓著溫蒂雅，左手併成了手刀。

溫蒂雅雖然一臉恐懼地掙扎，阿爾菲雅卻完全不在意的樣子。

「哼哼哼……真不像樣。僭稱為神，卻只有這點程度……」

說完後，她依然面無表情地將手刀刺入了溫蒂雅的腹部。

同時將自身的力量流入溫蒂雅體內，活化部分的管理權限。

「啊啊啊啊啊啊啊啊啊啊啊啊啊啊啊啊啊！」

「別叫，煩死了。不過真虧創造主能做得這麼精巧。吾之創造主唯有能力是一流的嗎……吾實在無法理解他為何要將管理責任交給這一干無能之輩。」

將龐大的情報收在靈質球體內的力量，這就是管理權限的情報資料。

她解放了其中的內容，納入自己的體內。

這同時也解開了一部分她至今無法使用的力量，她清楚地了解到該如何管理世界了。而這還只是四分之一的程度。

由於其他能力的權限也被鎖住了，沒有全部湊齊，就無法以完全的管理者之姿來行使力量。她也還無法使出足以改變事象的能力。

『唉，能解放一個也是僥倖了。那麼……』

阿爾菲雅隨意地丟下了已經沒用的溫蒂雅。

她現在已經不是女神，只是普通的妖精王。力量也衰退了。

「汝就在黑暗中等待其他傢伙前來吧。永遠地……」

「……住、住手……」

「——墜入永恆的黑暗中吧！」

魔法陣瞬間展開，比深淵更深沉的漆黑暗影捕獲了溫蒂雅，讓大地吞沒了她。

剩下三神，阿爾菲雅完全復活為神的過程有了個幸運的開端。

「結束了啊……明明是吾引頸期盼的瞬間，真的動手之後卻意外的無趣吶。」

阿爾菲雅吐出感傷的話語。

剛剛她身上散發的冰冷緊繃氣息已經完全消失，也恢復了平常的語氣。

「嗯，雖然可以移動到聖域了，卻無法進去啊。設下這麼麻煩的防護措施，創造主是跟吾有什麼過節嗎？」

既然其他三神都在聖域，無法進入內部是個嚴重的問題。

那她就只能等待女神們自己傻呼呼的現身了。

既然如此，反正她也閒著沒事，便開始動起了歪腦筋。

「嗯，果然還是來整整她們好了。問題是要用什麼方法，有沒有什麼好東西呢……」

阿爾菲雅．梅加斯。她的個性也是滿惡劣的。

而這至高無上的女神大人，嘴裡叨唸著「得在晚餐前回去才行吶，不能讓路賽莉絲操心。最重要的是她做的飯很好吃」，又再度翱翔於天空。

雖然不是什麼重要的事，不過今晚的主菜好像是漢堡排。

阿爾菲雅對吃非常的執著……

◇◇◇◇◇◇◇

那個突然出現在她的眼前。

沒有任何前兆，掌管風與大氣的女神「溫蒂雅」的脖子突然被抓住，驚人的力量強制她停下了動作。

被頭上長有白銀色的角，背上有著十二片羽翼的存在……

「抓到汝這傢伙了……」

不管溫蒂雅是用人類憑肉眼無法觀測到的速度飛行，這個連空間都能扭曲的存在現身後輕易地封住了她的行動，讓溫蒂雅驚訝地沒辦法好好思考。

她知道的只有眼前的存在擁有非比尋常的力量。

「找到汝了……風之女神。不對，風之妖精王。」

「……妳、妳是……誰…………」

「爾等在封印吾之後還繼續召喚，是想毀滅世界嗎？然而爾等的愚蠢卻關係到了吾的復活，還真是諷刺啊。」

她無法理解。

不，正確來說是就算理解了，也不想承認。

要問為什麼的話，就是眼前的存在應該早就在異世界被消滅了。

然而對方釋放出的超常力量洪流以及沉重的壓迫感，讓她就算不願意，也察覺到了對方的真實身分。

「……難道妳真的是……邪神？」

她們是有想過這個可能性，卻從未想過這會成為現實。

這個世界的人是沒辦法喚醒邪神的。

畢竟她們在前往異世界時，把邪神丟進了「眾神的箱庭」之中。

這時候——溫蒂雅想到了邪神之所以復活的理由。

「……是轉生……者吧…………那些傢伙，將妳……」

「汝知道了這些也毫無意義。好了，先從汝身上奪走管理權限，『火』和『水』……感到喜悅吧，汝是最初的犧牲者。就讓吾親自讓妳了解被封印起來的痛苦吧。哼哼哼……」

事情發展至此，溫蒂雅終於發現外界的諸神在盤算些什麼了。

外界諸神的企圖是篡奪她們四神現在的地位，讓邪神復活，將這個世界交給邪神管理。

外界諸神原則上不能干涉其他神負責管理的世界。

然而邪神原本就是這個世界的神，送進來的轉生者在這個世界讓邪神復活，由邪神自行展開行動的話，就沒有問題了。外界諸神不會牴觸到既有的諸神法規，便能完成此事。

也就是說溫蒂雅她們四神已被視為無用之物，這毫不留情地實行的處刑計畫令她感到恐懼。

「沒有神器，爾等已經沒有方法可以阻止吾了。」

「……妳為什麼會知道！」

「就算沒有權限，吾仍是這個世界的管理者喔？查看過去的時間根本不算什麼。好了，聊就聊到這裡。把管理權限還來吧。」

溫蒂雅害怕的拚命掙扎，卻受困於邪神壓倒性的強大力量，動彈不得。

邪神似乎嘲笑、輕視著她的抵抗，將之視為塵芥。

「哼哼哼……真不像樣。僭稱為神，卻只有這點程度……」

在那之後──那一瞬間她還不知道自己身上發生了什麼事。

等她回過神來，只見邪神的手刀已經貫穿了溫蒂雅的腹部。

「啊啊啊啊啊啊啊啊啊啊啊啊啊啊啊啊啊！」

「別叫，煩死了。不過真虧創造主能做得這麼精巧。吾之創造主唯有能力是一流的嗎……吾實在無法理解他為何要將管理責任交給這一干無能之輩。」

力量迅速地從溫蒂雅的體內消失，正確來說是邪神奪去了她的力量。

她同時感覺到邪神釋放出的龐大力量所帶來的壓迫感急速地增加。

收在靈質球體內部的情報資料被奪走，溫蒂雅跌落神壇，降格為普通的妖精王。或許該說是變回了原樣吧。

邪神一副對她已經沒了興趣的樣子，隨意地拋下溫蒂雅。

現在虛弱無力的她連改變姿勢都做不到，就這樣撞上了地面。

「汝就在黑暗中等待其他傢伙前來吧。永遠地……」

「……住、住手……」

「——墜入永恆的黑暗中吧！」

魔法陣瞬間展開，比深淵更深沉的漆黑暗影捕獲了溫蒂雅。

『我不想死……』

儘管拚命掙扎，失去神力的溫蒂雅仍無法抵抗，絕望地墜入了黑暗之中。

同時望著高高在上，睥睨著自己的邪神的臉——

第十話　大叔在調查中，偷窺狂們則落得不幸的下場

由魂魄和灰構成的黑色霧氣在森林裡移動著。

勇者們的魂魄不知所措，相反的，某人的魂魄正喜悅地顫抖著。

『為什麼會無法控制……』

『主導權好像被這個大嬸搶走了！怎麼會？』

『唔……為什麼事情會變成這樣……』

他們是在襲擊魔物，吸走魔物的精氣和血液時感覺到不對勁的。

身體（？）忽然無視他們的意志行動起來，穿過森林，開始襲擊民宅。

等他們弄清楚這是某個人的魂魄造成的影響時，聚落的人已經全數罹難了。

『唔呵呵呵……你們不懂嗎？提示是你們至今為止殺害的盜賊們喔。』

『妳說盜賊？難、難道……』

『啊哈哈哈哈哈，終於搞懂了嗎？顧慮一般民眾，只挑盜賊下手正是你們的敗因，是他們協助了我呀！』

『『『『『！』』』』』

勇者們是在無關乎他們個人意志的情況下，被召喚到這個世界上來的。

由於初期時召喚了數量多到數也數不清的異世界人過來，他們大多都還沒搞清楚狀況，就突然死在邪神的攻擊之下。簡直沒天理。

在那之後勇者仍不斷受召喚來到這個世界，不僅在政治層面上遭人利用，最後還不為人知地被葬送在黑暗之中。

所以他們極度憎恨梅提斯聖法神國。

可是他們沒打算連無關的民眾都趕盡殺絕。

他們還留有這種程度的道德觀念。

除了一位與他們不同的異類……

『誰叫你們明明想要獲得力量，卻只挑惡人下手，對我來說沒有比這更好的事情了。拜此所賜，我終於自由了呢。』

『可惡……既然這樣就分離……』

『嘿嘿嘿……沒用的，小哥～我們就不客氣的收下這個身體跟你們的力量啦。』

『居然敢殺了我們啊……這次就換我們來利用你們嘍？』

這個霧狀的魔物基本上是靈體，沒有核心，所以是複數的靈體藉由同步來操控物質，才能接觸到靈體本應接觸不到的東西。

而要注意的就是同步的部分。

本為勇者的這些魂魄基本上都是善良的人。他們當然抱有憤怒和復仇心，不過依然是基於共同的意志攜手合作的。

那麼，惡人的魂魄也能做到一樣的事情吧？

為了獲取自由而觀察著狀況的莎蘭娜，每次襲擊盜賊後就會保住他們的魂魄，要他們和自己合作。而且負面的執念愈多，惡靈的力量也就愈強。

勇者們的憎恨也間接地給了惡靈們力量。

結果莎蘭娜他們便篡奪了前勇者組成的群靈的主導權。

『單純只是盜賊的魂魄數量比你們還多而已喔？你們的敗因就是想靠著自己膚淺的想法獲取力量。真是太不像樣了，啊哈哈哈哈哈哈哈。』

『這個臭老太婆……』

『怎麼會這樣……』

『不妙……這樣下去會造成更多無謂的犧牲……』

『殺人跟善惡根本就無關喔？只要殺了人，就只是普通的殺人犯，你們和我也是同類。既然一樣是怪物，我們就好好相處吧。』

『『『『開什麼玩笑！』』』』

『這樣啊？算了，反正就算你們不想也得陪著我就是了。哎呀，從那邊傳來了美味魂魄的氣息呢。附近好像有個小鎮，我們過去吧。』

『『『『『『是！大姊頭！』』』』』』

勇者們無話可說。

因為就算是為了達成目的，他們不斷奪走他人的性命也是不爭的事實。

可是這樣下去的話，過著普通生活的人們也會被這些惡人們吞噬。

這不是前勇者們希望看到的事。

然而由於勇者們獲得的技能，化為惡靈的群靈軍團獲得了一定程度的移動力。唯有因為沒有肉體，得耗費大量的魔力這點是唯一的救贖。

這個弱點大幅地拖慢了他們的長距離移動時間，不過他們依然踏出了索利斯提亞魔法王國。

『（拜託誰來……阻止他們吧。這樣下去的話……）』

他們知道這是很天真的想法。

也很清楚自己根本沒有資格拜託任何人。

儘管如此，前勇者的魂魄們仍忍不住祈禱著。

希望有人能阻止這些比自己更為邪惡的存在——

輕型高頂旅行車穿過森林後，來到了較為開闊的地方。

這裡顯然有人為開拓過的痕跡，有一些被砍倒的樹木和留下的樹樁。

「……從這邊開始用走的吧？」

「你用很亂來的方法硬是穿過了森林耶……車體上都傷痕累累了喔？」

「要是來得及趕上就好了吶……」

「你根本沒打算聽我說話吧……所以說那個非法移民的村子在哪個方向啊？」

「等我一下。我看看……」

大叔在現場攤開地圖，用指南針確認方向。

有不明的魔物襲擊人類，從體內吸乾受害者的血。

雖然他們大概有猜想到是怎樣的魔物，不過目前還無法確定任何推論，物證還太少了，妄下結論反而危險，所以他們把重點放在防範意外上，謹慎地行動。

「還要再往西走一點。不過啊，梅提斯聖法神國的內政狀況不太好吧？既然出現了難民，表示國家已經完蛋啦。」

「畢竟是有名無實的聖職人員和賄賂行為橫行的國家啊，根本不在乎國民，提高了稅金吧。而且跟獸人族之間的戰爭屢戰屢敗，也得支付慰問金給那些死亡士兵的親屬才行。」

「原來如此……至今為止明明都過得很爽，結果忽然吃了一記重拳就搖搖欲墜了嗎？唉，畢竟對手是布羅斯小弟啊～……」

「那個國家的物價好像也很高喔？鄉下地方受妖精侵擾的情況也很嚴重。」

妖精是種愛好享樂的半靈體生物。

因為會做些惡劣的惡作劇行為，對人類的生活造成威脅，在某方面來說是被視為是害蟲的種族。

畢竟妖精的惡作劇有時也是會鬧出人命，甚至還會把人們痛苦哀嘆的樣子當成搞笑短劇來看，咯咯地嘲笑人類。傑羅斯也覺得這種生物還是驅除掉比較好。

問題是梅提斯聖法神國主張要保護這些妖精。

「鄉下的農民應該受了不少苦吧……真可憐。」

「我也有同感。不過比起那些事情，我們趕快走吧。要是沒趕上的話怎麼辦？」

「不怎麼辦吧。難民是非法居留者，甚至非法侵占了土地喔？就算他們真的全數罹難了，我想索利斯提亞魔法王國也不會干預這件事吧。」

「真過分……」

「其實只要讓這些人歸化索利斯提亞魔法王國，取得國籍就好了，可是梅提斯聖法神國不會認同的吧。沒弄好的會變成外交問題啊。」

「真有夠慘的……」

他們邊聊著各式各樣的事情邊走在森林裡，走了大約三十分鐘後，終於發現了像是民宅的東西。

那是用四處撿來的廢棄材料拼搭成的房子，不過裡頭完全沒有人的氣息。

「……傑羅斯先生。」

「嗯……看來我們是來遲了。總之先分頭調查一下民宅內的狀況吧。別疏於防範了……」

「了解。」

無名的村子情況十分悽慘。

由於發現的對象不分男女老幼，所有人都化為了木乃伊，他們不認為有倖存者。

雖然有企圖逃進森林裡的人，不過看得出被追上後遭到殺害的痕跡。從現場的狀況來看，事件發生後至少已經過了一天。

「真的假的……該不會是遭到夜襲了吧？看起來有逃出去的受害者人數不多，難道遇襲之前都沒有人發現嗎？怎麼可能會有這種蠢事。」

幾乎所有房子都從內側上了鎖，也沒有任何人從屋外入侵的痕跡。

可是大多數的村人都是在自家中遇害的。這很不尋常。

『潛影術？不，這個狀況……該不會是沒有實體吧？如果是這樣的話，就能解釋眼前的情況了。』

雖然魔物中也有會使用「潛影術」的物種，但獵物遇襲時還是會掙扎吵鬧。

這種跟臨時搭造的兵營沒兩樣的聚落，只要一有騷動，所有人都會發現並逃跑吧。

可是幾乎所有的受害者都沒有發現村子遇襲的事情，在睡夢中死亡，成了木乃伊。

可以想見在森林裡遇害的人是偶然目擊了其他人受害的現場，才連忙逃出去的。

「果然應該視為是靈體下的手吧。光是能夠確認這點，就算是有不錯的成果了吧。對受害者們很過意不去就是了……」

每當他發現村民的遺體，他就會雙手合十，為他們祈禱。

就算信仰的宗教不同，他還是不會忘記表達哀悼之意。畢竟大叔是日本人。

「不行，沒有任何人倖存下來……那玩意兒連小孩子都毫不留情地殺死了。」

「果然……這是以奪取精氣為目的吧。之所以奪走血液，應該解釋為血液是靈體干涉生物時使用的媒介嗎？」

「光是能依據這些狀況做推測就不錯了嗎。既然這樣，表示那東西朝著梅提斯聖法神國前進了吧？這樣我們是該先回去報告一趟嗎？」

「這個嘛……該怎麼辦呢。」

過了這個村子再往前走下去就是梅提斯聖法神國的領地了。

雖然說是受了德魯薩西斯公爵的委託，但未經許可就侵入其他國家可不妙。

可是要是沒掌握到凶手的真面目，這個委託等於是失敗了。

「沒辦法了……就侵入鄰國吧。既然襲擊了民宅，表示那玩意兒很有可能會再襲擊這附近的村子或城鎮。」

「是啊……那我們從這裡要怎麼過去？我的輕型高頂旅行車開不過這前面的森林喔。要騎你重新改裝的漂浮機車嗎？」

「『驚天動地號』喔……那東西還不能拿出來騎啊。」

「為什麼？而且你幫車取了那什麼名字啊？」

「你的問題很多耶。名字就是我隨便想的，不能馬上拿出來騎是因為還沒改裝完啊。魔力槽是空的，也還沒做好細部調整。順帶一提，機車也一樣。」

「那我們該怎麼辦？」

「只能用跑的了吧。年輕人不多動動身體，動作會變遲鈍的。」

「要用跑的穿過森林嗎？真的假的啦……」

亞特已經習慣使用文明的利器了，一聽到要用跑的穿過魔物橫行的世界的森林，便顯得面有難色。

或許是懲罰他們在悽慘的事件現場說了蠢話吧，周遭的魔力突然異常的上升，溫度也同時下降了。

「亞特！」

「這該不會是……」

兩人進入備戰狀態。

化為木乃伊的村人們像是發現了這件事，全都動了起來。

「……是在電影裡面看過的發展呢。」

「畢竟不管是三流還是一流的恐怖片，屍體都一定要動起來啊……」

雖然屍體動起來在奇幻世界算是很常見的現象，不過亞特也是第一次親眼目睹這個景象。

傑羅斯因為在伊薩．蘭特城看過骷髏，所以沒太吃驚。

這種類型的魔物是靈體性質的存在附在屍體上成了殭屍，具有會受活體生物的魔力或魂魄吸引並襲擊對方，奪取其精氣（魔力）的性質。

在森林這種地方容易誕生出性質與幽靈類似的靈體，尤其愛聚集到留有魂魄殘渣的屍體附近，所以很容易達成變為不死系魔物的條件。

可是他們從未聽過這麼多屍體全都一起動起來的狀況。

「……真奇怪啊。不過現在的狀況也不容我說這種話吧～」

「火葬他們比較好吧？要是讓他們就這樣變成怪物四處徘徊，那些人也無法瞑目吧。」

「也是～趕快燒了他們，去下一個地方吧。」

沒過多久後，在接近國境的森林裡升起了白煙。

後來騎士團在得知這個異狀後也有前去確認，然而現場留下的只有空無一人的住宅。

騎士們抵達這裡的時候，傑羅斯已經越過國境，前去梅提斯聖法神國了。

當然，是靠他的雙腿——

◇◇◇◇◇◇

時間拉回稍早之前，在里沙克爾鎮的大眾湯。

那裡還是一樣，依然持續進行著明知不可為仍堅持要偷窺的男人們，以及一心防衛的女性們之間的熾烈戰爭。

「可惡！用冰凍魔法太卑鄙了！」

「閉嘴啦！我才不想被想趁人洗澡時偷窺的卑劣男人說卑鄙咧！」

「蘿莉……蘿莉在哪裡……」

「熟女……如果是有點胖胖的肉感美女那就更讚啦！」

「討厭啦啊啊啊啊啊啊啊！有性癖獨特的傢伙在！」

「我對美少女沒興趣，給我老太婆！」

「什麼……那個人長得那麼帥，卻有這種癖好……」

不僅小浴盆和肥皂，魔法也在兩方之間交錯飛舞著，有人展開了魔法屏障，讓溫泉結凍，吹起激烈的冷風，還不時有人以拳腳相向。

隔間牆有將近一半被打壞，已經失去了區隔男女湯的意義。

男人們擠向牆上開出的大洞，女性們則是拚命的防衛著。

這場面已經不像是要偷窺，就算視他們為想要襲擊女性的暴徒也不為過吧。

可是他們很堅持只是要偷窺，絕對沒有對女性們出手。以某方面來說也是相當紳士。

在這場大騷動之中，原本待在男湯三溫暖室裡的伊札特和薩加斯在開門出來的瞬間僵住了。

「……薩加斯閣下，這是？」

「這什麼情況啊？」

由於這不管怎麼看都是男人們破壞了隔間牆並企圖襲擊女性，已經不是單純想偷窺可以解釋的情況了。

而薩加斯是不會放過這種情況的。

「嗯，這個狀況下，有錯的應該是男人們吧？」

「是啊，畢竟女性們看起來正在拚命抵抗……」

「也就是說就算老夫動手揍他們也不要緊吧？」

「……咦？」

伊札特要轉頭看向薩迦斯時，老魔導士已經高高地跳了起來。驚人的跳躍力。

「呼哈哈哈哈哈，吃老夫這招吧！惡徒們！」

他就這樣順勢使出了踢擊。

意外遭到攻擊的男人們還來不及哀號就被踢飛出去，連發生了什麼事都不知道便暈了過去。

「這個滿身肌肉的老頭是怎樣啊！」

「他從天而降耶！」

「你是什麼人啊？」

「老夫只是個普通的魔導士。這不是一看就知道了嗎？」

「「「「誰知道啊！」」」」

薩加斯的身體與其說是魔導士，不如說怎麼看都像是個身經百戰的戰士。

不像老人的直挺背脊跟高壯身材，殘留在肉體上的無數傷痕，最重要的是那身歷經鍛鍊的肌肉，連戰士看了都不禁要讚嘆。

千錘百鍊。

精悍結實得無可挑剔。

在戰鬥中鍛鍊出來的結實肉體，美得令人陶醉。簡直是野生的猛獸！

實在很難讓人相信他是位魔導士。

「不好意思，老夫要解決你們所有人。這是為了照顧老夫的小姑娘，以及老夫的興趣。」

「最後那句話不太對吧！」

「興趣是怎樣？」

「那還用說。當然是拿你們這種笨蛋來場血祭啊。可以合法的打飛企圖襲擊毫無防備的女性的愚蠢之徒，有什麼比這還開心的事嗎？」

沒錯，這裡已經成了猛獸的狩獵場。被他盯上的時候就已經無路可退了。

「快、快逃……」

「太遲啦啊啊啊啊啊啊啊啊！」

「「「咕噗啊啊啊啊啊啊啊啊啊！」」」

健壯的長腿使出的迴旋踢掃倒了好幾個人，把他們踢飛到了牆邊。

而且踢擊產生的衝擊波讓周遭的男人們也飛上了天，直直掉進了浴池裡，接連揚起宛如間歇泉般的水柱。

「怎麼？真不像話啊。再讓老夫的肌肉更開心點啊。」

「「「「不要啊啊啊啊啊啊啊啊啊啊啊啊啊！」」」」

單方面的蹂躪劇就此開演。

互相推擠著想要逃跑的，是令世人都感到可恥的罪犯們。

處決笨蛋們的時間到了。

「別讓我老婆按那個穴道，那是經絡祕孔啊啊啊啊啊啊啊！」

「女體最棒啦——！」

「好想要……女朋友啊……」

愚蠢之徒最後看見的是自己飛舞在空中，以慢動作墜落的景象。

在那之後便完全沒有記憶了。

他們所有人暈倒後都被綁了起來，讓衛兵給帶走了。

做出這樣的事情卻只被唸了一頓而已，也算是走運了。不過在他們離開鎮上之前，鎮上的居民都用冰冷的眼神看著這些人。畢竟他們破壞了大眾湯的設施，這也是理所當然的報應。

題外話，好色村他們是用有如某個團長臨終時的姿勢倒下的。

「……嗯？沒有人在。」

另一邊，杏在這場愚蠢騷動的期間，一直躲在浴池裡鍛鍊水遁之術。

她浮出水面後，女湯裡已經沒有其他人在了，令她疑惑地歪著頭。真虧她沒有泡昏頭。

茨維特不知道那場愚蠢的騷動已經落幕了，正在品嚐從攤販上買來的小甜饅頭。

他不算喜歡吃甜食，可是他很中意這個叫做豆沙內餡的玩意兒。

『這味道是紅豆嗎？食材特有的甜味搭配砂糖……這個純樸的味道很合我胃口呢。』

在晚宴之類社交場合送上來的點心都太甜了，茨維特總是提不起食慾。

可是甜饅頭純樸的味道就不一樣了，他吃了不少個。

雖然身為貴族，他這樣邊走邊吃有些沒禮貌，不過他從以前就這麼做了，事到如今也沒什麼好在意的。他悠哉地把甜饅頭送入口中，走在街上。

「那些傢伙現在不知道怎麼……噗！」

「讓開、讓開！」

茨維特正想著朋友們現在不知道怎麼樣了的時候，看到衛兵們從他面前用擔架扛走的數個身影，忍不住噴出了嘴裡的食物。

畢竟被扛走的人是好色村，還有跟茨維特一樣同屬於惠斯勒派的伙伴們。

他不知道在大眾湯裡發生了什麼事，一個人茫然地站在原地。

「那些傢伙……真的幹了什麼蠢事嗎？」

還有一些他不認識的男人也躺在擔架上被扛走了，他的直覺告訴他出了什麼大事。

不過因為帶頭做蠢事的是好色村他們，他的腦中同時也閃過了「讓他們幾個好好學個教訓也不錯吧？」的念頭。犯錯就該受罰可是常識。

最重要的是偷窺是犯罪行為。

「唉，算了……」

茨維特乾脆地拋下了伙伴和護衛。

然後將小甜饅頭丟進嘴裡，用稀奇的眼光看著異國的建築物，走在返回旅館的路上。

走路沒看著前面的他，沒注意到前方靠近的一行人。

◇◇◇◇◇◇

在大眾湯的亂鬥結束後，克莉絲汀一行人走在滿是攤販的大街上爭執不休。

「老師你……為什麼要做那種事情啊！」

「嗯？對方是偷窺狂吧？那就算被人打倒也沒話好說啊。」

「你做的太過火了！拜託老師你手下留情一點。雖然沒有人受重傷，可是有一堆人都受傷了啊。我可是為此不得不去說明情況喔？」

「因為大小姐是事件的當事人之一，所以這也無可奈何吧。我也會陪著您的，之後一起去衛兵那裡，盡快完成審訊吧。」

「無所謂吧？像那種會企圖在澡堂偷窺的卑劣傢伙，死了也不會給人造成困擾。」

「老師！」

老魔導士也是個相當暴力的人。

他本來就是個奉行實戰至上主義的老翁，一點都不介意用罪犯來試驗自己的戰術。

要是有盜賊他就會喜孜孜地迎上前去；出現魔物就會一手拿著武器突擊；如果有下流的傢伙在，他就會當場揍飛那個人。

他光靠格鬥就夠強了，還會使用魔法，所以更是難以應付。

「克莉絲汀啊，要變強只能靠實戰。經過鍛鍊的肉體和基於經驗法則訂定的戰術。在適合的情況下使用魔法。建構一套不管是什麼對手都能夠擊倒的戰術，這就是老夫的研究啊。」

「比起魔導士，老師你更像是戰術教官呢。」

「老夫還是學生的時候，魔導士是當不成戰術教官的吶。最近情勢改變，魔導士也開始鍛鍊起身體了……讓老夫很是遺憾吶～」

薩加斯從以前就認為魔導士也該學習近身戰鬥的技術，和騎士一起上前線。

可是當時魔導士的人數不多，而且被視為防禦的要角，所以在前線邊揮劍邊使用魔法的戰鬥方式被視為是旁門左道。

而且魔導士本來就大多是貴族子弟，更是不願上前線。

不過他年輕時就是個非常怕麻煩的人，總是避免和他人交流，也沒有把自己的戰術理論提交給學院，所以才得到了白搭男這個別名。

他甚至沒去糾正這個丟臉的別名，不注重和他人的交流，持續鍛鍊身體和研究。結果別名就這樣定了下來，平常粗暴的態度也讓他被視為是問題人物，甚至逃避加入國軍，直到現在。

在那之後他在各地流浪，累積了許多經驗，不過隨著時代變化，後人已經證明了他的研究是對的，現在則是有許多的貴族或騎士團想要延攬他。

這雖然很令人高興，不過現在回頭想想，他當時應該還有其他更好的作法才對，所以很是遺憾。

「……現在變成一個好時代了吶。甚至讓老夫嫉妒得想要打壞一切。」

「老師！拜託你千萬別那麼做喔？」

「大小姐，走路要看前面……」

「呀啊！」

「唔！」

眼見克莉絲汀就要跌倒了。

然而有隻強而有力的手臂摟住了她的腰，讓她免於這一摔。

這時她終於發現自己撞到了人。

「對、對不起，我稍微看了一下別的地方……」

「不、不會……我才是……」

兩人相擁著，凝視著彼此。

各位應該已經知道了吧，她撞上的人正是茨維特。

在這瞬間，彷彿有一道雷打在兩人的頭頂上。

『如、如此惹人憐愛……』

『啊，多麼帥氣可靠啊……』

他們的臉頰發燙，有股至今為止未曾感受過的感情占據了心中，心臟劇烈的跳動著。

有某種粉紅色的氣息飄散在他們兩人之間。

「吶……你要抱到什麼時候？」

「你應該不是想對大小姐做什麼失禮的事情吧？如果是的話我就不客氣了。」

「唔哇！」

「啊……」

兩人同時拉開了距離。雙方都害羞得說不出話來。

在這奇妙的氣氛中，唯有薩加斯疑惑地看著茨維特。

他總覺得茨維特看起來有些面善。

『……這長相好像在哪裡看過，感覺有些懷念吶。到底……是在哪裡……嗯？莫非是！』

昔日對手的長相和茨維特的重疊，意識到這長相像誰之後，薩加斯便察覺到眼前的青年是什麼人了。

「你、你……該不會是克雷斯頓的孫子吧？」

「你認識我爺爺？你是……」

「說老夫是薩加斯你應該就知道了吧。老夫以前和他交手過不少次。」

「薩加斯？是薩加斯．瑟馮老師嗎！我也曾經拜讀過您的大作！我們甚至總是參考您的作品，當作惠斯勒派戰術基礎研究的重要資料！沒想到會在這種地方遇見您……」

在意料之外的地方遇見了自己敬重的魔導士之一，就算是茨維特也難掩興奮之情。

惠斯勒派總是在探討新的戰術，或是解析各種文獻及歷史上的戰役曾使用過的戰術，再配合時代加以改良，以創造出新的作戰方式為目的在活動。

主要是在集體作戰時，魔法戰術能怎樣讓戰況變得對我方有利，從整體的局勢到小規模的局地戰，

設想各種可能發生的情況，找出最有效的一步棋。

當然，戰場會隨著情勢變動，薩加斯的研究著作以此為前提，探索著各種可能性，在現在成了非常有價值的重要資料。

「克雷斯頓的研究是夾帶了內政的要塞都市防衛戰術論嘛。不是老夫這種沒經過組織改革就派不上用場的東西。時代真的變了啊……」

「啊，抱歉一直忘了自我介紹！我、我……不是，晚輩是索利斯提亞公爵家的長男，名叫茨維特．汎．索利斯提亞！很榮幸能見到您。」

「以那傢伙的孫子來說，你還真懂事啊……他有個不錯的繼承人嘛……」

「不敢當。」

茨維特難得的緊張了起來。

現在屬於惠斯勒派的魔導士都很重視鍛鍊身心，隨時做好戰鬥準備一事，並身體力行，而他們參考的正是記載了薩加斯研究成果的書籍。

其中能提昇基礎能力的訓練方法以及小規模的組織戰術論對學生來說非常實用，他們在拉瑪夫森林做實戰訓練時也曾實際運用在對付魔物上。

茨維特雖然是被傑羅斯強制性地提昇了實力，不過其他的學生們是利用薩加斯的著作中所記載的訓練法，有效地進行鍛鍊。

唉，畢竟忽然在有強大魔物棲息的土地上做野外求生訓練，已經超過亂來的程度了。

因為只要一個不小心，就算出現傷亡也不奇怪，所以不適合當成訓練。

「克雷斯頓那傢伙還好嗎？」

「爺爺很好喔。有活力到了會誇張的溺愛孫女的程度……」

「溺愛？那傢伙也會過度保護孫女嗎？他以前明明是個相當自律又固執的傢伙啊……」

人在各種意義上都是會改變的生物。

「薩加斯老師住在哪間旅館？有空的話晚輩想向您請教一些事情。」

「老夫這次是來休假的，也兼做那邊的克莉絲汀的護衛。休假期間不想談什麼艱澀的話題吶。」

「那麼方便請問您目前住在哪裡嗎？想請您務必給晚輩的研究一些意見。」

「學生的研究報告嗎？老夫年輕時都在偷懶，你還真是認真吶。老夫目前在艾維爾子爵家擔任家庭教師。當然是魔法方面的……」

「艾維爾子爵家……我記得當家在討伐盜賊時中了毒箭吧。父親也哀嘆著可惜喪失了一位人才。說他是位出色的騎士……啊，抱歉。我說這話太沒神經了。」

茨維特因為不小心提起了人家的傷心事而驚慌失措，但對克莉絲汀而言，這話反而很令她驕傲。

「不會，要是知道德魯薩西斯公爵很惋惜他，父親地下有知也會覺得很欣慰吧。遺憾的是我沒有父親那般的才能……」

「那真的是克雷斯頓的兒子嗎？老夫只覺得他是個可怕的男人……」

「父親的事情我也不清楚。不知道他私底下在做些什麼，也不知道除了我之外還有多少兄弟姊妹……」

「畢竟德魯薩西斯公爵閣下在外有許多傳聞呢。家人對此想必也有不少想法吧。我能理解。」

伊札特展現出了同理心。

雖然伊札特的說法可能會構成不敬罪，不過這種程度的事，德魯薩西斯是不會介意的。不如說他反而會笑著帶過，展現他游刃有餘的一面吧。

德魯薩西斯確實很優秀，然而也是個身上帶有許多謎團的男人。

「不，我也真的是搞不懂父親到底是何方神聖……真虧他能同時顧及領地的內政和經商，還順便跟黑社會的人大戰了一場。他擠出時間的能力實在太強了……」

「也是辛苦吶。」

薩加斯也曾見過德魯薩西斯，不過他只覺得德魯薩西斯散發出一股不明的詭異氣息，甚至讓人感受到一股深不見底的恐懼。薩加斯簡直覺得他是隻怪物。

對於茨維特作為下任公爵必須超越的對象而言，德魯薩西斯實在是一道太高的牆，都讓人不禁同情起茨維特來了。

「他是那麼厲害的人嗎？我曾經見過他一次，但我只覺得他是個很有器量的人……」

「我覺得問題就出在那個器量上。感覺深不可測，腦筋也動得飛快。感覺是一道絕對無法超越的高牆……」

「老夫認為你還是貫徹自己的想法比較好喔？隨便試著超越那男人，你的心靈總有一天會撐不住的。別把他視為必須超越的高牆。畢竟他是個怪物。」

「能讓薩加斯閣下說到這種地步，德魯薩西斯公爵究竟是……」

把他視為人形天災或許比較貼切。

不過既然有血緣關係，茨維特就無法忽視他的存在。

「唉，該怎麼說……在這裡遇到你也算是有緣吶，在哪裡一起悠哉地……」

「啊，是爺爺耶。」

「唔，居然是烏爾娜！妳怎會在這裡……」

「她是我妹妹的朋友，薩加斯老師你認識……不是，您認識她嗎？」

「她是老夫的養女。要當女兒實在說不過去，所以我是當孫女養大的。而且你說話不用那麼恭敬也無妨喔？」

所謂的緣分就是這麼奇妙。

人際關係在意外的地方產生了交集，所有人都很驚訝。

「烏爾娜，妳怎麼忽然就跑走了……咦？哥哥？」

「哎呀，這位不是薩加斯大人嗎？」

「嗯？是聖捷魯曼家的小姑娘啊，還有以前在克雷斯頓身邊的女僕，妳還是老樣子是個美人呢。」

「這話真是太讓人不敢當了，薩加斯大人……」

而緣分有時候是會互相吸引的。

在那之後他們一起吃了飯，開心地閒話家常，度過了今天這一天。

這是題外話了，不過被衛兵帶走的好色村和迪歐等人，則是在冰冷的牢房裡度過了一晚。

「放我出去……」

「為什麼連我都……救救我啊，茨維特……」

受到「激勵咆哮」影響的笨蛋們，整晚不停地哭著求救。

因為技能效果引發的事故非常可怕。

而且還有其他可怕的事……

◇◇◇◇◇◇

嘉內和伊莉絲抵達里沙克爾後，入住了一間小小的旅館。

伊莉絲去鎮上逛過了一圈，現在正在旅館房間裡和嘉內一起喝飯後茶。

「嘉內小姐，我聽說大眾湯那邊出現了一群偷窺狂耶。」

「那還真可怕，我們還是泡旅館裡附設的溫泉吧。還沒嫁人，我可不想讓其他男人看見我的身體。」

「嘉內小姐，妳真的很有少女心耶……不過吃太多甜饅頭會胖喔？」

「妳別管我。」

只有這兩人沒被捲入騷動中，度過了悠哉閒適的時光。

唯有她們真的處在和平之中。

第十一話　大叔再度踏上梅提斯聖法神國的土地

犯下集體偷窺的罪行，包含好色村在內的惠斯勒派學生們遭到嚴重警告以及拘留一晚後，隔天早上平安的被釋放出來了。

「辛苦各位受刑了。以後可別再幹蠢事啦。」

「「「「「……………………」」」」」

茨維特在外迎接眼神幾乎呆滯的伙伴們，不過他終於發現他們的樣子不太對勁。所有人臉上都帶著有些憂鬱的無神笑容。

集體性騷擾加上毀損罪照理來說要被關上個幾年，但這次只是嚴重警告，刑罰也只有在牢裡待上一晚，已經算他們走運了吧。

可是他們的眼中沒有到昨天還有的生氣，反而非常憔悴。

他們全都雙手抱頭蹲在地上，用聽不清楚的聲音喃喃唸著什麼，簡直就像是拚命地想忘記在地獄裡見過的景象。

『他們是被教訓到會怕成這個樣子嗎？唉，畢竟引發了那種程度的愚蠢騷動，是可以理解啦……』

茨維特雖然有點在意他們為什麼看起來會這麼奇怪，不過想想這也是他們自作自受，所以他決定不過問。這時他正好看到了克莉絲汀一行人。

「克莉絲汀，還有薩加斯老師。你們出來逛街嗎？」

「嗯？怎麼，這不是茨維特嗎？你在這裡做……啊，昨天那些偷窺狂裡有你的同伴啊。真是辛苦了。」

「這是他們自作自受，對笨蛋來說正好是一帖良藥。」

「呵呵呵，你還真是認真老實吶。這點很像克雷斯頓那傢伙。哎呀，神經別繃得太緊，稍微放鬆一下吧。輕鬆點比較適合你。」

「我有這麼僵硬死板嗎？我是覺得自己沒有刻意要那樣……」

「比以前的克雷斯頓像樣多了。那傢伙總是會找理由來叨唸老夫，然後每次都會打起來。真懷念吶。」

或許是在茨維特身上看到了年輕時的克雷斯頓的影子吧，薩加斯愉快的說著。

茨維特雖然很有興趣想了解老魔導士的過去，但還是自制的沒有深入追問。

「克莉絲汀，我近期內想去請教薩加斯老師，請他給我們的研究一些意見，能請妳幫我轉達這件事給子爵夫人知道嗎？」

「好、好的！身為一個立志當上騎士的人，我也對茨維特大人的研究很有興趣。我會事先告訴母親的，你隨時都可以過來。」

「哎呀，我也只有在學院放假的時候能過去就是了。而且這也不是什麼有趣的話題。」

「昨天你說的那些戰術相關的話題就很有趣喔？現在的學生們在學些什麼也能作為我的參考對象，還能聽聽薩加斯老師的意見，學到了很多呢。」

「是嗎？如果是這樣那就好了……啊，抱歉絆住了你們。你們有說今天打算要去買土產吧。」

「聽說這裡的紅酒很好喝，所以我想買一些回去送給平日很照顧我的人。茨為特大人要不要也買一些回去？」

「嗯～……我買一些自己喝好了。畢竟我家的母親們啊～她們只喜歡喝昂貴的酒……雖然我不是很想這樣說，但她們就是那種庸俗的人啊。」

「不可以這樣說家人喔。那麼茨維特大人，我們就先失陪了。」

茨維特目送克莉絲汀一行人消失在人群中。

然而此時他卻感到背後有一股殺氣。

回頭一看，在那裡的是眼中流下血淚，渾身受嫉妒之火焚燒著的偷窺狂們。

「……同志，你居然背叛我們！在我們被關在牢裡的時候，你居然跑去把妹！」

「茨維特……你啊，明明不願意幫我跟瑟雷絲緹娜小姐牽線，卻自己找到了可愛的女孩子？你的手腳還挺快的嘛。不愧是繼承了德魯薩西斯公爵血脈的人。」

「太狡猾了吧～……我們本來就沒什麼女人緣了，你卻只顧著自己……」

「做了嗎？你們已經做了嗎？」

「……受歡迎的傢伙必須死。」

這是非常不合理的怒氣吧。

追根究柢，他們會被關進牢裡也是自作自受，茨維特沒有做錯任何事。這完全是遷怒。

可是看到茨維特一個人獲得了幸福（至少在他們的眼裡看起來是這樣），就算知道這是遷怒，他們還是嫉妒到了極點，發自內心流下了血淚。

「不是，會被關進去那要怪你們自己吧。為什麼我要無端遭人怨恨啊。」

「……那是因為同志你不知道我們體驗到的那份恐懼。」

「沒錯……我們差點就要失去重要的東西了啊。茨維特……」

「那傢伙……在我們被痛罵一頓，只能睡在牢房裡的冰冷石板上的時候出現了……」

「然後……然後，唔！太可怕了……我沒辦法再說下去了。」

「我代替你說吧。那傢伙……突然脫了衣服，坐在牢房裡唯一的睡床上……」

「「「「然後用超有魅力的聲音問我們說：『你們幾個，看了我的這玩意兒，覺得怎麼樣？』啊！」」」」」

那是親身體驗過駭人恐怖滋味的人們，足以撼動靈魂的哀怨吶喊。

看來是有個正牌同性戀者隨後也被關進了他們所在的牢房。

偷窺狂們由於人身安全曾受到威脅的恐懼，以及已經脫離恐懼的安心感交雜之下所流出的淚水，簡直就像是瀑布。

「我不是很懂，這有哪裡恐怖的？就是個男人脫了衣服吧？你們可以揍暈他，或是用魔法讓他睡著吧。幹嘛不這麼做？」

「嘖……同志你無法理解嗎？那份恐懼！」

「我忘不了那傢伙的笑意……他已經盯上了我們。不在現場的茨維特是不可能會懂的。」

「我第一次體會到被蛇盯上的青蛙的心情……」

「我完全動不了……那傢伙明明就只是微笑著，但那是看著獵物的獵人的眼神！」

「那傢伙的外表看起來明明很受女生歡迎的樣子……」

搞不懂他們到底在說什麼。

從茨維特的角度來看，不過就是一個裸男，要怎麼應付他都行。

而且以人數來看是好色村他們占了上風，只要所有人一起上，應該可以輕鬆壓制住對方才對。可是他們卻怕成這樣，茨維特實在無法理解他們的心情。

「比起那些事，你們幹嘛怕成這樣？你們所受的訓練沒有輕鬆到會被一個男人怎麼樣的程度吧？」

「「「「「你能夠理解我們因為害怕過頭，不禁說出『非、非常的……大』的我們的心情嗎！」」」」」

「這是我個人單純的疑問……不過那傢伙為什麼會被關進牢裡啊？」

「「「「「絕對是因為他對直男出手了吧！」」」」」

茨維特果然還是無法理解。

既然人數上占優勢，應該只要冷靜處理就能應付得來了。

而且他不認為包含迪歐在內，經過嚴格訓練學會了格鬥術的學生，以及這之中等級最高的好色村會敗給對方。

因為那男人既然被關進了牢裡，手上就不會有武器。

雖然他擁有別種意義上的武器……

「所、所以說……後來怎麼樣了？」

「各位該不會都被那個人單方面的壓倒在地……」

「這讓人很在意後續的發展呢，大小姐。」

「……你們轉大人了嗎？升天了嗎？」

「甜饅頭好好吃喔～！」

瑟雷絲緹娜她們不知何時出現在旁邊。

卡洛絲緹、瑟雷絲緹娜、蜜絲卡、杏充滿期待的視線，看向了所有愚蠢又可悲的男性們。

對這件事完全沒興趣的只有烏爾娜。

「我們應該要視那位是個攻受自如的人吧，大小姐。」

「不是創作而是真正的……沒想到我會在這種地方……世界真是太廣闊了。」

「所以說各位……那一位已經對你們做了很不得了的事情嗎？我很在意！」

「杏妳要不要也吃個甜饅頭？」

「不用。比起那個，我比較在意對面那個像是加了大量豬背脂的拉麵的東西……」

瑟雷絲緹娜等人用純真無瑕的眼神看著男性們，她們的出現讓在場的所有男性臉上都失去了血色。

讓女孩子聽到了這件事是個大問題。

喜歡聊八卦的女孩子很多，如果這樁醜聞在學校裡傳開，難保不會遭人加油添醋。

放假後就先回老家去的人，知道來里沙克爾鎮的成員是哪些人，要是他們聽到八卦，說出「是那些傢伙吧？」的話，他們的人生就完蛋了。

沒錯，對他們來說，最糟糕的發展就是成為周遭人口中的「偷窺女湯失敗被關進牢裡，最後還被人吃乾抹淨的那些人」。

這個不等式的成立，使他們的情緒崩潰了。

「「「「「唔哇～～～～～～～～～～～～！」」」」」

他們痛哭失聲。為了人生的無常……

他們哀痛欲絕。為了這一連串發生的不幸，以及自己的惡運……

他們徹底絕望。為了往後將會感受到的疑惑眼光……

他們腦中充滿了各種負面的想像，淚流滿面的離去了。

而迪歐正是其中受到最大打擊的人。

「請問大家是怎麼了呢？」

「我怎麼會知道啊。幹嘛問我……」

「他們是哥哥的朋友吧？」

「……我現在認真的覺得跟他們斷絕往來比較好。」

這天，偷窺狂們連一步都沒有踏出旅館過。

然後隔天他們就這樣消沉地返回了桑特魯城。

另一方面，就在鬧出蠢事的這條路對面，嘉內和伊莉絲兩個人正悠哉地享受觀光之樂。

「嘉內小姐，這個像拉麵的東西很好吃耶。」

「很油就是了。是說拉麵是什麼啊？這種麵應該叫做米丁吧。」

所謂的「米丁」，是把獠牙魔豬的背脂搭配香草燉煮到湯汁收乾後，再淋在混入類似胡椒的香料揉製而成的麵條上來吃的料理。可以想像成是一種拌麵。

唯一不同的是他們會像湯一樣，在碗裡淋入大量的背脂。

說是油脂聽起來感覺好像很膩，但吃起來味道意外的清爽，很受歡迎，在位於高山上的寒冷地區是會被當成寶貴的蛋白質來源食用的料理。

不過涼掉之後就只是一團油脂了。

「是這樣嗎？無所謂啦，反正很好吃。」

「妳還真隨便……不過這個背脂吃了會上癮呢。」

「富含膠原蛋白，可能有助於恢復肌膚彈力喔。背脂本身也有個甜味，吃起來不會覺得油膩這點很棒呢。」

「啊～真好吃。」

隔天，兩人沒有被捲入任何的騷動中，心滿意足的踏上了返回桑特魯城的歸途。

溫泉旅行中有過各種光明與黑暗，然而沒有任何人注意到這件事……

◇◇◇◇◇◇◇

就在茨維特要去接遭到衛兵拘留的好色村等人的時候，正在調查神祕木乃伊化事件的傑羅斯他們正在布滿晨霧的森林裡準備早餐。

他們的早餐是用小鍋子燉煮的蔬菜、加了少許肉乾的湯，還有偏硬的麵包。

兩人昨天沒能抵達城鎮，最後只能搭帳篷過夜，不過冬天在外露營對兩人來說似乎太難熬了點。

「好冷……從山上吹下來的北風好冷……」

「光是有帳篷就不錯了啦。要是沒帳篷光睡在睡袋裡，有魔物來襲時也沒辦法對應，也難保不會有山賊出沒……」

「睡在輕型高頂旅行車裡就好了吧？」

「你那輛輕型高頂旅行車，座椅不是不能向後倒嗎？經濟艙症侯群可是比你想像中的還要危險喔？而且睡在車裡的話，被魔物包圍時很難應戰啊。」

「用魔法應戰就好啦。」

雖然沒有凍死，取而代之的卻是嚴重的睡眠不足。

他們的心情不太好。

「嗯，應該煮好了吧？吃這個暖暖身子之後就動身吧。畢竟我們得找出那個製造出木乃伊的原因才行吶。」

「啊～……為什麼我要接下這種委託啊～」

「亞特……你二話不說就接下委託了吧？因為想要自己的房子……」

「有什麼關係！因為傑羅斯先生你有一棟那麼大的房子啊～我也想要一棟能和唯一起生活的房子啊！」

「莉莎小姐跟夏克緹小姐要怎麼辦？你們也不可能一起住吧……真的一起住的話，那兩人會被刺殺的喔？犯人是唯小姐就是了……」

「……啊。」

亞特想要一間能和唯一起生活的新家。

可是亞特完全忘了考慮到莉莎跟夏克緹的存在。

她們現在雖然在克雷斯頓家當女僕，可是也不知道這份工作可以持續到什麼時候。畢竟他們三個以立場上來說算是隸屬於伊薩拉斯王國的客將。

實際上伊薩拉斯王國也很希望亞特能回去，不過三人利用在索利斯提亞公爵家作客為由，拿外交當擋箭牌才得以自由行動。

亞特又重新體認到自己所處的立場真的很尷尬。

「是說傑羅斯先生……這個菇是哪來的？我在鎮上沒看過有人在賣這種菇喔？」

「你放棄思考了啊……這個菇是長在這附近的玩意兒啊，有問題嗎？在這麼冷的地方也長得出來，這個世界的動植物生命力到底有多強啊……」

「這玩意兒能吃嗎？」

「不知道。我只是覺得這菇看起來很像蘑菇，感覺很好吃，就試著加進去煮了。」

「噗唔！」

這還真是想到什麼就做什麼。

因為大多數的異常狀態在大叔身上都無法發揮效用，所以也不會中毒。

追根究柢，傑羅斯剛來到這個世界的時候，在滿是凶惡魔物的法芙蘭大深綠地帶裡過著野外求生的生活，只要是能吃的東西他什麼都吃，把自己當成了實驗品，驗證了使異常狀態無效化技能的效果。

結果不僅造就了各種珍奇料理食譜，他會主動拿有毒的東西來當成食材也是個大問題。

大叔之所以毫不猶豫，也是因為他知道亞特身上有一樣的技能，不過對於實際上要吃的亞特來說，這可不是他能忍受的情況。

「喂喂喂！要是有毒的話怎麼辦！」

「放心吧，亞特……異常狀態在我們身上是不會生效的。」

「是這樣沒錯，雖然的確是這樣沒錯！但是沒有必要在這種時候冒險吧！在你忽然來這招之前跟我說一聲啊！」

「人啊……不知道什麼時候會沒有東西吃啊。所以還是把能吃的東西記下來吧。用自己的身體去記住……」

「就算我們吃了沒事，也不能保證其他人吃了不會出事啊！」

「等真的沒有東西可吃的時候，你還能說得出這種話嗎？那是沒有餓過的人才說得出的話啊，亞特……」

這時候亞特彷彿在大叔的眼底深處看見了無比混濁的黑暗。

而且亞特也察覺到「那是沒有餓過的人才說得出的話啊」這句話，暗喻了傑羅斯曾為飢餓所苦的事實。

『這個人……變得比在Sword and Sorcery裡的時候更危險了吧？』

在那之後，兩人默默無言的吃了早餐。

在上路之前，沉重又難受的沉默就這樣掌控著他們之間的氣氛……

「八坂學」是一位勇者。

他是梅提斯聖法神國召喚勇者時，受召喚前來的一人，他和「岩田定滿」、「姬島佳乃」、「笹木大地」、「川本龍臣」五個人合稱為聖騎士團五大將。

然而「岩田定滿」因為在魯達．伊魯路平原一戰所受的傷而死去（勇者們當然不知道真相為何），「姬島佳乃」在前往阿爾特姆皇國執行破壞任務後，就和其他的勇者一併失聯，下落不明。「笹木大地」則負責管理量產火繩槍的工廠。

現在勇者們奉命解決在各地發生的各種問題，「川本龍臣」和「八坂學」接下了討伐盜賊等犯罪者的任務。

而他正在追討遭到通緝的盜賊團，目前正布陣於接近索利斯提亞魔法王國的國境處。他在帳篷裡看完放在桌上的報告書之後，變得非常的鬱悶。

「唉～為什麼事情會變成這樣啊。神薙和坂本也都失蹤了，他們果然是死了嗎～」

老實說學不是很喜歡勇者的定位。他只是沒有像「姬島佳乃」那樣直接否定梅提斯聖法神國而已，心中是以懷疑的眼光來看待硬是把勇者之名冠在他們身上的祭司們。

他的想法基本上和「風間卓實」一樣，不過他沒有機會解開萌生於心底的疑惑，可是他也沒有勇氣反抗國家權力。

乖乖順從強權的他今天也很怠惰的活著。

「學大人。這也是為了執行正義。四神大人們現在也看著您喔?您不表現的更有霸氣一點那就傷腦筋了。這樣無法成為其他勇者的榜樣。」

「莉娜莉小姐，我也不希望心情變得這麼憂鬱啊。可是受召喚前來的勇者人數已經減少到只剩下四分之一了喔?就算把不適合戰鬥的人也算進去，實際上勇者這個組織也已經崩解了啊。」

「您這樣太不像話了。稍微學習一下龍臣大人吧。」

「那傢伙只是迷上了聖女大人吧。就算得意的說些根本不知道能不能實現的理想，做不出成果也是沒用的。」

「請您別抱怨，好好工作吧。」

從學被召喚到這個異世界之後，負責打理他身邊大小事的人就是莉娜莉祭司。

總是平淡地陳述事情的她現在依然輔佐著學，處理一些事務性工作。

有多少勇者就有多少這樣的神官，他們是相當可靠的隨從。

因為雙方之間的關係密切，所以也有不少人和隨侍的神官發展出男女關係，不過只有「風間卓實」身邊沒有安排這樣的隨從。理由是因為他是魔導士。

而對於此事，學也只是用事不關己的態度想著「唔哇~真慘耶~還好我不是魔導士」。

然而就算是選擇順從強權的學，看到過去的同學們接連消失，還是感受到了不少名為擔心的壓力。

他也注意到了梅提斯聖法神國只想徹底利用他們，不知道何時會被拋棄的不安感，讓他比平常更管不住自己的嘴。

「啊，姬島他們……該不會是叛逃了吧。」

「學大人，就算您心裡這樣想，也請您別把這種事情說出口。勇者是天選之人，必須廣為宣揚四神的信仰，才能回報神喔？」

「這很難說呢～我覺得姬島應該會毫不猶豫的叛逃吧。比起這個，我更想知道那些被稱為是轉生者的傢伙是為什麼來到這個世界的。畢竟我們人類不可能了解諸神行事的動機。」

「我也不想去了解那些邪神們這麼做的理由。」

「說不定是因為未經許可就擅自召喚異世界的人過來，惹怒了周遭世界的諸神們……而且啊，照莉娜莉小姐你們這些不認同四神以外神祇的神官的說法，生於異世界的我也是邪教徒吧，你們是以什麼為基準把勇者視為同胞的啊？因為是被召喚過來的嗎？」

「…………」

莉娜莉祭司閉口不語。

幾乎所有神官都無法回答這個問題吧。

因為正如學所說的，人類不可能了解諸神行事的動機，四神也不可能回答他們。

「真要說起來啊～既然可以從異世界召喚人過來，當然也能反向操作，把人送回去吧？再說四神是至高無上的神這到底是怎麼判斷的啊。說不定異世界的諸神位階還比較高啊。而且每隔三十年就會召喚一次勇者對吧？這未免也召喚得太頻繁了吧？如果我的猜測是對的，那周遭世界的諸神豈不是氣得半死，情況很不妙吧？」

「就算您對我說這些事情，我也不知道能說些什麼。」

「也是啦～不過要我一個以穿越了世界的當事人角度來說，我覺得四神的地位還滿不好說的耶～因為這個世界接受了轉生者吧，一般來說不是會覺得轉生者很可疑嗎？是因為四神無法拒絕才會放他們進來的吧？而且連岩田他們都被轉生者打得落花流水，這表示轉生者比我們這些勇者還要強吧？我不要啦。我不想跟那種傢伙交手～！」

魯達．伊魯路戰役成了一場大幅改變了梅提斯聖法神國對獸人族認知的戰役。敵人不僅捨棄了靠肉體作戰的堅持，借用了魔導士的力量，還建造了一座全是陷阱的要塞。

獸人們經常對神聖騎士團的騎士們說「你們沒有身為一個戰士的驕傲嗎！」這種話。可是騎士們總是說「對野獸不需要講什麼道義」，面對堂堂正正的要求一決勝負的獸人們，若無其事的設下卑鄙的陷阱，或是表面上假裝是一對一對決，再趁其不備，偷襲他們。

結果獸人們將神聖騎士團視為「魔物」，一樣採用卑鄙的手段，攻下了許多城砦。從奴隸身分獲得解放的獸人也加入了他們，現在獸人成了他們無法應付的強大勢力。

「為了世界和平，應該要更試著去了解獸人族才對。雖然現在已經太遲了。」

「您想說我們做錯了嗎？他們跟野生動物是一樣的喔。」

「看到家人在自己的面前遭人殺害，莉娜莉小姐還說得出這種話嗎？以他們的立場來看，梅提斯聖法神國就是擅自找理由，奪走他們平穩生活的惡徒啊……」

「我們這是為了讓野蠻人們理解文明的美好。所以說，學大人您打算做些什麼？」

「妳說我是能做些什麼啊。我才沒有那種光憑一個人就能摧毀國家的實力，跟轉生者不一樣。為了和獸人們談和……試著釋放那些被當成奴隸的獸人如何？」

「……………」

轉生者的存在是莫大的威脅。

加入了一個轉生者，獸人族便有了駭人的組織能力，再加上一個新出現的轉生者魔導士，魯達·伊魯路的戰線就徹底崩解了。

從獸人族的角度來看，完全是救世主降臨了吧。

更何況獸人族是會對強者表示敬意的種族。在轉生者的率領下，獸人族完全沒有要掩飾他們的恨意，展現出敵意與攻擊性，猛然轉守為攻。

梅提斯聖法神國到現在才終於注意到，除了阿爾特姆皇國的路菲伊爾族之外，他們又創造出了強大的敵人。

「外交很重要呢。要是好好溝通，用願意了解對方的態度來應對，事情就不會變成這樣了啊。在那裡使出大規模魔法的轉生者……真是的，我不想面對啦～」

「據說在平原上留下了巨大的坑洞……」

「跟索利斯提亞魔法王國結盟啦。現在已經不是可以在那邊說魔導士怎樣，神官又怎樣的狀況了吧？」

「不過對方似乎已經不想再仰賴神官的神聖魔法了。因為他們開發出了回復魔法，各國都同時開始販售了。」

「你們到底是讓周遭的國家多生氣啊！這樣立場就顛倒過來了喔？而且梅提斯聖法神國是不靠海的內陸國家，你們是打算怎麼解決鹽的進口問題？」

「這方面我們很期待勇者大人們的作為喔？」

「拜託你們不要有問題都丟給勇者啦。我們哪能處理政治問題啊！外交這種事我們根本碰都沒碰過啊～！這下根本走投無路了吧……完蛋了啦！」

因為是勇者就對他們有著過度的期待，這也讓人很是頭痛。

真要說起來，他們受召喚前來的時候還只是普通的國中生。

他們確實很嚮往奇幻世界，可是現實和想像有著巨大的落差。

和遊戲不一樣，死了一切就結束了。就算是神聖魔法，也無法讓死者復活，因為和魔法國家敵對，所以這個國家沒有回復藥之類的道具。有很高的風險會喪命。

學只想在安全的地方悠哉度日。

「而且話說回來啊～為什麼要把大量的內政相關文件送到我這裡來啊。我沒辦法啦，是對我有什麼期望啊？我的職業可是負責戰鬥的職業耶！」

「應該是想要一些能作為參考的意見吧？比方說異世界的政治是怎麼樣的，我想是為了今後的走向，期待勇者們的知識吧。」

「所以說已經走投無路了啦！沒救了！這個國家四周全是敵人喔？事到如今就算拿出友善的態度，也不可能博得其他國家的信賴。你們至今為止就是做了會導致這種情況的事吧？就算抓幾個高層人士處刑也來不及了啦。」

「目前還是我國的國力占上風，應該還是有什麼辦法的……」

「索利斯提亞魔法王國不是在製造車子了嗎！要發生技術革命了。我想戰爭的型態會一下子出現極大的轉變，像笹木的火繩槍那種東西馬上就要變成廢鐵了！要是對方製造了裝甲車，子彈這種玩意兒能派上什麼用場啊。絕對有轉生者在背後操控這些事吧！」

停滯的時代將會一口氣動起來的預感，只讓學感到焦躁不安。

汽車——正確來說是動力的存在，擁有能讓技術或產業瞬間發展起來的力量。

比方說將動力加進工業機器裡，或是利用這種動力來當成船隻的動力來源，便會帶來難以計算的經濟效果。

尤其是工業機械，連梅提斯聖法神國經由工匠之手打造的火繩槍，都有可能透過機械加工技術量產。

而且還有魔力這種環保能源。

利用火藥射出的子彈，若是靠魔法補強，就可以省去準備火藥材料的功夫，在量產上占有優勢。真有心想做，也能做出雷射兵器或磁軌砲吧。

事實上確實有類似那種兵器的魔法存在。

而車子這種機械產品也會在軍事上掀起巨大的革命。因為有了車輛後便能更輕易的輸送士兵或補給物資，或是比敵軍更快布好陣形。

技術的進步比人類所想的還要快速。學從地球的歷史已經足以預測得到，他們將要面臨的是無法再靠對神的信仰和精神論來解決問題的時代轉換期。

「為什麼要和那種技術大國為敵啊！是笨蛋嗎？法皇那個老爺爺身邊都是些笨蛋嗎？要是對方製造出戰車，那這個國家才真的是要滅亡了！」

「您說戰車……是指那種古代雙輪戰車嗎？我認為那種東西已經過時了。」

「不是喔？我說的是在我們原本的世界在使用的兵器。把重點放在能有效的給予敵人重大損傷這點來看，騎兵隊或方陣戰法根本派不上用場。重步兵騎士團也只是絕佳的標的。要是讓對方看到了火繩槍，他們一定會改造更有效率的兵器。如果是索利斯提亞魔法王國，他們絕對辦得到這種事。真的開戰，這個國家也只會單方面的遭到驅逐啦。完蛋啦～～！」

「也就是說……您的意思是有能夠做到這件事的轉生者在嗎？」

「就算沒有也只是遲早的問題吧。仔細想想往後該如何安身自處還比較有建設性。在不久之後，這個國家就會化為戰場。我所知的歷史是這樣告訴我的。」

帳篷中充斥著冰冷的沉默。

索利斯提亞魔法王國已經和伊薩拉斯王國結盟，確立了利用地底通道買賣礦物的交易路線。而且伊薩拉斯王國還接受了索利斯提亞魔法王國的資金援助，正急忙在國內建設工廠，經濟狀況也開始有了起色。

梅提斯聖法神國現在無法再靠著國力差距，對伊薩拉斯王國採行強勢的外交方針了。

就算現在想進攻，也沒有足夠的兵力和軍事費用。

這是他們以前太小看周遭小國的報應吧。

「唉～……真不該看這種資料的。光靠神聖魔法根本無能為力啊。真鬱悶……現在就先專心處理掉盜賊吧。畢竟這才是我原本的工作，這些政治問題全都丟給上面的傢伙去處理吧。」

「我想您是想說把這些文件送回去吧……但您都了解到這種程度了，卻不打算做些什麼嗎？太不負責任了吧。」

「我根本沒轍啊！是因為這個國家嫌棄魔導士，才會造就這個落差的喔？這又不是我該負責的事。」

就算被稱為勇者，學仍是一個普通的少年。

他沒有肩負起眾多人命的覺悟，也不打算只憑著義氣就衝去和敵人玉石俱焚。如果情勢真的危急起來，他會溜之大吉。

「這附近有個城鎮對吧？要是今天沒找到盜賊，就把據點移到那個城鎮去吧。畢竟大家也累了，需要稍微放鬆一下。」

「沒辦法，那我也順便提醒大家不要太過放縱了。」

「拜託妳了……」

在那之後，學所率領的部隊沒能找到盜賊，為了讓士兵們休息而撤退到了附近的城鎮。

第十二話　大叔前往梅提斯聖法神國～滅魔龍，衝擊誕生～

傑羅斯和亞特穿過森林後，走在平原上朝著能讓車子行走的道路前進。

他們使用了魔法符，用使魔從空中尋找城鎮，持續走了半天。

說實話，有夠閒。

而閒著沒事做的這兩個人——

「嘿嘿嘿，小哥，那這玩意兒怎麼樣啊～這可是把好槍喔。」

「64式自動步槍啊……雖然有股沉穩的魅力，但我偏好M16突擊步槍。」

「抱歉啊，M16突擊步槍我還沒做吶。M4卡賓槍倒是有啦，怎麼樣？」

「你的說話語氣能不能改一下啊？而且感覺會被哈〇曼士官長給狠狠的操練……你沒做小型手槍嗎？」

——正邊走邊假裝是軍火商人&殺手鬧著玩。

話雖如此，他們手上的槍並非普通的火藥式槍枝。

是以魔法產生的爆發力來擊出子彈，應該要之稱為「魔導槍」的東西。

構造可以設計得比普通的重型武器更簡略……不過問題是威力，而大叔到現在還沒有實際使用過。

「有喔～克拉克17手槍。也有華瑟PPK跟托卡列夫喔？小哥你也很喜歡這一味吧～？」

「不要用那種詭異的語氣說話啦。不過你居然……」

「我也覺得自己做得太過火了。但我並不後悔。是說莫斯伯格有兩把，一把是試製品，一把是我稍微改良過的玩意兒，給你一把如何？」

「你連散彈槍都……你幾乎全都做了一輪嘛，可別做太誇張的玩意兒出來啊。」

「嗯～開始動手做之後就做上癮了。不過我想就算是這樣，威力也比我在『Sword and Sorcery』製作的誇張改造武器來得低了啦……」

亞特也和傑羅斯有類似的嗜好，所以對眼前的槍械很有興趣。

然而這之中若是有任何一把落入了他人手中，他光是想像接下來可能會發生的事情，就擔心的要命。這個世界的技術力可能會一下子超越三劍客的時代，進展到第一次世界大戰時期。

就算技術力提昇，只要人心沒有改變，等待著他們的就是悲慘的下場。

「是說梅提斯聖法神國的火繩槍怎麼樣？傑羅斯先生你有實際看過吧？」

「喔，我手邊有啊。就是這個……」

大叔從道具欄裡拿出了梅提斯聖法神國製造的火繩槍。

因為是要從槍口裝填火藥的類型，數量不夠多就無法發揮功效，也有下雨這個弱點在，可是依然占有足以推動歷史的優越地位。除了運用在戰爭上，在技術層面上也將帶來長足的進步。

「勇者們是想改變戰爭的形式嗎？」

「我不知道勇者們是不是有這個意思，可是梅提斯聖法神國確實成了槍械社會。畢竟愈是方便的東西，人類愈會去用或是加以改良吧。真虧他們願意接受火藥的知識啊。」

梅提斯聖法神國基本上很排斥魔導士或科學家的存在。

由於不上不下的保留了順應自然的教義，就算有人受了重傷快死了，他們也嚴格禁止製作或使用屬於一種魔法藥的回復藥。

生產火藥也算在魔導士的專業領域，所以大叔有點在意他們願意跨出這一步的原因。

「應該是只要沒有用上魔力，他們就不要臉的堅稱『這是一種技術！』吧？只要沒用到魔法，他們不管是什麼都能接受吧。」

「這雖然是歪理，不過可能性很高呢。放棄堅持的話，實際上就等於是認可了魔導士的存在……唉，畢竟是走到了末期的宗教國家，這也沒辦法吧。」

大叔一手拿著豐和M1500步槍，批評著梅提斯聖法神國。

順帶一提，亞特的肩膀上則是扛著M60通用機槍。

「喔，前面有隻『布爾魔豬』。」

「那玩意兒的肉很好吃呢……要獵捕牠嗎？」

「叔叔我的豐和已經蓄勢待發啦！」

豐和M1500步槍主要用來狩獵。是有外銷到海外，值得信賴的日本製來福槍。日本警察也有配備這種槍械，用來驅除有害的野獸。

他至今還沒試用過這把仿照豐和M1500步槍的外型製作的魔導槍，大叔認為這是個試用手動供彈槍機式來福槍的好機會，立刻拿起了槍。

「布爾魔豬」是頭部長得像河馬，類似山豬的生物，是一種草食性魔物。

在「Sword and Sorcery」的遊戲序盤是寶貴的收入來源，所以玩家們經常會狩獵這種魔物，在玩家練功時也是很好的目標。大叔想起了這些令人感慨的回憶。

「雖然所有魔導槍都是這樣的，不過威力是看使用者輸入的魔力量呢～不知道會產生什麼副作用……」

「你要在這裡實驗喔？把魔力抑制在最小限度比較好吧？畢竟我們持有的魔力非同小可。」

「是啊……我可不想一擊就把目標打成絞肉。住附近的肉教信徒會罵我的。」

「那個小鬼啊……他有在城裡搶走我的肉串過喔？」

「哈哈哈，亞特你也有受害過啊。」

大叔悠哉地邊笑邊用狙擊鏡瞄準目標，盡可能的抑制魔力，用豐和M１５００步槍來了一發遠程狙擊。

子彈隨著「咚！」地一聲巨響射了出去，漂亮的打掉了布爾魔豬的頭。

「「……」」

兩人對這超乎想像的威力啞口無言。

「……喂，你有抑制魔力吧？」

「怕有什麼萬一，我只填充了最小限度的魔力量……不過這由我們來用很不妙啊～光是隨便射一發出去都會變成大爆炸吧……？」

「根本找不到機會用吧……這種兵器能用在哪裡啊……」

「我是覺得問題應該不是出在射出的子彈上啦～……」

這個魔導槍在使用者附加上魔法後，能夠發揮出各式各樣效果。可是給傑羅斯他們這種等級的人使用，會在子彈上附加過多魔力，發揮出不尋常的威力。

傑羅斯他們擁有誇張的魔力，所以就算只是微乎其微的魔力，也能發揮出這個世界的人無法比擬的強大威力。

而且他試製的眾多槍械幾乎都是會自動吸取使用者魔力的類型，使用者可以手動調整魔力的豐和已經算是比較好的了。

要是用了那種類型的槍，到底會造成什麼樣的結果呢……

『這威力超不妙的啦～～！』

大叔是不後悔製作了這些槍，可是還是有些罪惡感。

「該不會附加魔法的機能在非預期的方面發揮了作用吧？早知道就設計成普通的用魔力擊發的樣式就好了。」

「你還加了那種機能喔？唉，之後再驗證吧。我們不趕快支解布爾魔豬，找個城鎮落腳的話，天就要黑了喔。」

「是啊……稍微趕個路吧。」

兩人迅速支解完布爾魔豬後，繼續尋找城鎮。

在那之後，他們靠使魔發現了立在道路上的路標石柱，幸運的得知他們目前的所在地位於梅提斯聖法神國國境邊緣，同時也弄清楚了城鎮的方向。

兩個男人正用驚天動地的速度跑在梅提斯聖法神國的道路上。

他們靠著自己的肉體化為了風。雖然開著輕型高頂旅行車奔馳在異國的道路上也很引人注目，可是現在的他們看起來也夠異常了。

而後兩人平安的抵達了名為「路那．沙克」的城鎮。

路那．沙克是位於梅提斯聖法神國最南邊的一個城鎮，過去是個繁榮的貿易之都。

至於為什麼是過去式……

「這城鎮都荒廢了呢……主要幹道上的店幾乎都沒在營業。」

「因為和索利斯提亞魔法王國的貿易斷絕了啊。畢竟改去和伊薩拉斯王國做礦產資源的貿易，對商人們來說更好賺，來這個國家根本沒好處。」

「伊薩拉斯王國那裡暫時還是會用以物易物的形式來交易吧？雖然開始生產魔導式四輪汽車的零件之後，應該會帶來不錯的經濟效益就是了。」

「再說也可以去阿爾特姆皇國做生意，現在風向都往那邊吹啊。商人們比起付不合理的過路費，也覺得經由連關稅都不收的索利斯提亞比較好吧。」

「這個國家很不體貼人民呢。感覺很不適合人居住……」

這全都是因為連接索利斯提亞魔法王國和阿爾特姆皇國的地底通道開通了。還順帶宣布與梅提斯聖法神國斷交，造成了莫大的打擊。

和阿爾特姆皇國的戰爭消耗了大量的國家經費，硬是收稅重新編組聖騎士團後，這次又在魯達・伊魯路平原吃了敗仗。

這個國家的首都，聖都瑪哈・魯塔特的崩毀成了壓垮駱駝的最後一根稻草。

而且只顧私慾、有名無實的神職人員不是賄賂就是貪污，更加深了內憂外患的嚴重性。這些影響仍是現在進行式，甚至連國境附近的城鎮都受到了波及。

「那些事情是不重要啦……但這樣我們還有旅館能住嗎？」

「拜託你不要說那種話啦。會害我很擔心耶……」

「這國家從邊境地方也榨取了高額稅金吧？這樣下去無業遊民會變多，感覺連要普通的生活都會很辛苦啊。」

「應該不久後就會發生暴動了吧？」

在城裡各處都能看到流落街頭的人。

兩人進城後大概已經看到三個打算搶奪居民家當的人了，不過他們急忙丟了小石頭，打暈了所有的強盜。畢竟這裡是魔導士的敵營，他們還是盡量避免去使用魔法……

「治安也惡化了吶。唉，既然是沒了貿易往來的城鎮，這也無可奈何吧。」

「居民還真慘啊。我會建議他們移民到國外。」

「感覺不久後就會發生暴動了吶。別在我們離開這座城市前發生就好了。」

「嗯，畢竟這也不關我們的事。」

說穿了這全是別人家的事。

不過他們並不恨這個國家的居民，所以多少有些同情城裡的慘況。

城裡還是能看見一些商人的影子，可是根本不像桑特魯城那麼有活力，可以說是勉為其難才保住了一命的狀況。

「他們在倒閉的店前面擺攤耶。那樣沒問題嗎……」

「只要店主沒出來抱怨就無所謂吧？反正大叔我們是外國人啊～是只能給予拚命地活過今天的可憐人們一點同情的偽善人士。」

兩人在鎮上走著走著，來到了中央廣場。

那裡有一群不同於衛兵，打扮得光鮮亮麗的騎士們列隊站在那裡。

「各位，這是久違的假期。接下來三天，各位可以自由行動。可是務必要以誠摯的態度來盡情享受假期，切勿做出傷及聖騎士團的紀律與榮耀的行動。可千萬別給民眾添麻煩了！我的話就說到這裡，解散！」

「「「唔喔喔喔喔喔喔喔！」」」

聖騎士團的身影在寂寥的城鎮中顯得格外突兀。

根據傑羅斯他們所獲得的情報，聖騎士團是梅提斯聖法神國的精銳部隊，本來應該是不會出現在這種邊境地區的。

「為什麼聖騎士團會來這種邊境地區……」

「天曉得～可能是因為缺乏人手才被派到這裡來的吧？」

「不管怎樣，先找好旅館吧。反正目前也沒必要和聖騎士團有所牽扯。」

「只要拿出光明正大的態度就行了吧。畢竟也不是只有魔導士才會穿長袍，不會曝光的。」

他們裝成路過的傭兵，邊聊天邊找下榻的旅館。

兩人沒過多久就找到了旅館，然而……

『『這落差是怎樣啊……』』

看著兩間隔著一條路的旅館，兩人不禁啞口無言。

一邊是加上了非常豪華裝飾的高級旅館，一邊是荒廢寂寥得可憐的破爛旅館。

這兩間成了極端對比的旅館，體現了這個國家的社會兩極化有多無情。

「……不能去住高級旅館吧。以我們這身穿著，八成到了門口就會被趕出來了。」

「那我們必然得住這邊的破爛旅館了……可是這旅館感覺下一秒就會垮啊。」

那棟旅館實在太破爛、太髒，而且老舊到了根本不會有客人靠近的誇張程度。

講難聽點說是廢墟也不為過，不過旅館裡面飄出了美味的香氣。

看來好歹是有在營業。

「至少感覺可以期待他們的餐點……」

「反過來說就是除了餐點之外也沒什麼好期待的了吧。唉……因為勇者會去住高級旅館，所以說穿了我們也沒辦法去住啦。」

「你說勇者……咦？」

亞特回頭一看，只見有名黑髮的少年騎士在數名騎士及一名女性神官的陪同之下，正佇立在高級旅館前。

「他到剛剛為止都不在吧？」

「不，他就在我們後頭喔？還是別多看他比較好，我不想被當成可疑人物啊。」

「說得也是……那麼雖然百般不願，但我們進旅館去吧。一直在外面看著這間破爛旅館也沒用。」

為了保險起見，兩人彎著身子走進了旅館。

這是因為他們必須要裝成沒錢的傭兵。

從旁人的角度看來，應該會覺得他們對眼前的破爛旅館很失望吧。

不過他們察覺到背後有人的視線看了過來，有些擔心是不是讓勇者起了疑心。

◇◇◇◇◇◇

踏入旅館後，和破爛的外觀相反，內部裝潢有好好地打理過。

兼營酒館及餐廳的一樓走沉穩氣息的西部風格。看幾個男人在裡面用餐的樣子，讓傑羅斯他們覺得這裡意外的是個不為人知的好地方。

「……這算是我們走運嗎？」

「外面那個破爛的樣子到底是怎麼回事啊？弄漂亮點就會有客人上門了啊……」

儘管內部裝潢很漂亮，外觀卻很慘。這之間過大的落差令人不解。

「歡迎光臨。兩位是要住宿嗎？」

「是啊，就我們兩個大男人，有空房嗎？」

「我們有空房喔。是的……當然有空房。呵呵呵……」

看來像是旅館老闆的男人露出了哀愁的笑容，把登記入住用的名簿遞給了他們。

或許是正在記帳吧，他那陰沉的笑容很令人在意。

「住宿的客人……很少嗎？」

「亞特，你這問題很失禮喔。」

「變少了啊。畢竟跟索利斯提亞魔法王國間的貿易中斷了，拜此所賜，我們根本做不了生意啊。現在主要經營項目已經不是旅館，而是餐飲店了……哈哈哈。」

「比想像中的還慘啊。雖然跟我們這些生活漂泊不定的人無關就是了。」

「兩位是傭兵嗎？」

「是啊。商人的商隊少成這樣，我們也沒工作好做了。」

兩人邊和老闆閒聊邊填好入住名簿，先付清住宿費後拿到了鑰匙，走向房間。

住宿用的房間也打造的有模有樣的。

「真可惜啊。除了外觀之外，是間很像樣的旅館啊。」

「因為主要是以行商為對象的旅館，所以商人不來之後，客人也自然就少了。欠缺計畫性的政治帶來的影響還真過分啊。」

「不管怎樣，能好好休息就是萬幸了。雖然明天開始又得繼續調查。」

「今晚早點休息吧，能多睡一點比較好吧？」

「我贊成，吃飽後就趕快睡吧。我已經睏了。」

在野外紮營必須保持對周遭的警戒，自然會睡得比較淺。再加上寒冷也削減了他們的睡眠時間，結果就是無法消除疲勞。

「不過就是一兩天熬夜，算什麼啊？跟連續六天只能睡三小時左右相比好多了吧？」

「你待的公司到底是多黑心啊。我不是拿破崙，受不了那種日常生活啦。」

「喔，下町的革命家啊。」

「我不是在跟你說日本燒酒啦！而且你品名也說錯了，幹嘛不挑威士忌啊！」

「因為我是日本人啊☆」

兩人說著無聊的廢話，開始在房裡隨意休息起來。

此時就在他們正下方的旅館老闆正因為久違的客人而跳著吉他吉他舞，然而大叔他們完全沒注意到這件事。

◇◇◇◇◇◇

是魔獸的樂園，同時也是激鬥之處的法芙蘭大深綠地帶。

黑色野獸正在其中一隅傷透了腦筋。

那是因為——

『『『『『為什麼變得比之前更胖了啊————！』』』』』

——減肥失敗了。

不，正確來說不太對。

這隻野獸是勇者的靈魂依附在魔物身上，吞噬了其他魔物的因子後肥大化的樣貌。真要說的話是這野獸吸收的細胞失控了。

吸收了大量因子，結果就是各個細胞失控，有如癌細胞般不斷增殖。

因為完全脫離了生物的範疇，所以陷入了肉體構造無法穩定下來的狀態。

也就是說減肥根本是沒用的。

『偷吃東西的傢伙是誰！』

『我們的記憶是同步的，沒人做那種事啊！』

『討厭啦～～這樣有夠難看的！』

『救救我啊，小佳乃！』

『愈來愈動不了了……』

『簡直跟顆球沒兩樣。要在頭上加個砲管嗎？』

浮現在身體各處的人臉分別哀嘆著。

當初有如龍的身形，現在已經完全變成了一團圓滾滾的肥肉。這樣比起用走的，用滾的還比較快吧。

野獸不時會動動勉強還能看出的小小手臂，但除此之外沒有一個地方能動了。

光看這景象實在是令人發笑。

「……怎麼？有群可憐得不得了的傢伙們在這裡。」

『『『『『『！』』』』』』

這忽然響起一道帶著無奈與憐憫的聲音，讓勇者們的魂魄瞬間停止了思考。同時用複數的眼球確認了聲音的來源。

月亮高掛在其身後，漂浮在天空中的一位少女。

有著白銀色的角和金色的羽翼，散發出的氣息實在不像是生物會有的氣息，令人感受到強烈的畏懼與壓迫感。

本能敲響了警鐘，告訴野獸不能夠違背她。

「嗯，爾等是四神們召喚來的抗體……勇者最終的悽慘樣貌嗎？這外形還真是奇特啊……」

『不，我們也不是自己喜歡才變成這樣的……』

『請妳救救我們，我們動不了了～～～！』

『不是，這要人家怎麼救我們啊。這根本就沒救了吧？』

『比起那個……居然是哥德蘿莉服？』

『這是多麼地誘人……應該說多麼有領袖魅力啊！』

『好可愛……』

『好想帶回家……』

『想舔……』

『『『『警察先生————！就是這些人！』』』』

想解釋情況的人、拚命求救的人，或是發覺到自己有特殊性癖好的人紛紛開口。

其中也有不少散發出「要復仇」、「殺了四神」這種恨意的人在，讓阿爾菲雅大致掌握住了現況。也就是這悽慘的野獸和她是同類。

「吾大致上理解了。爾等想向四神及過去利用自己的人們復仇吧？然而那不像話的樣子連動都動不了。所以才會向吾求助……」

『妳能想點辦法嗎？』

『拜託妳了，幫忙搞定我們的身體吧！』

『讓我們復仇！不然我們死也不瞑目！』

『雖然是已經死了啦。』

『『『『『讓我們親手復仇雪恨吧！』』』』』

憎恨的情緒完美的同步了。

阿爾菲雅是很同情他們，以個人立場而言，她也必須處理他們的靈魂。只是目前她還無能為力。

不過就某一點來說，他們算是有用的存在。

「那麼，要跟吾做個交易嗎？」

『『『『交易？』』』』

「沒錯，吾必須從四神手中取回力量。雖然封印了一隻，然而現在還不知道剩下三隻躲在何處。而吾的力量太強了，所以沒辦法順利找出她們。」

『既然妳說是交易，那這對我們有什麼好處？』

「汝腦筋動得挺快的啊。正是，若從四神手中取回力量，吾便能將爾等送回原本的世界。然而是會干涉現象讓爾等復活，還是讓爾等重新投胎，這就要由各世界的諸神決斷了。」

簡單來說就是要他們當引誘四神現身的誘餌。

再怎麼說她們都是被稱為神的存在，就算不到邪神的程度，還是具有必須除掉會威脅到世界安危的異物的本能。

阿爾菲雅打算反過來利用僅有在人類無法應付的情況下，四神必須出面防衛的系統機制。

『不過在管理世界上，她們的功能顯然不完善就是了。』

四神在系統機制上會出現功能不完善的現象，是因為她們根本不打算持續管理與維持世界。

解開了一個封印導致力量又再增強了的阿爾菲雅，絕對無法接近另外三神吧。

由於她們不跟贏不了的對手戰鬥，就逃進「聖域」並窩在裡頭不出來的可能性很高，所以想打倒剩下三神，無論如何都需要一個合適的誘餌。

以這點來說，這個勇者們的靈魂聚合體非常合適，也對四神教懷抱恨意。再加上他們也是阿爾菲雅必須回收的東西。

雙方的利害關係一致。

「就如同吾利用爾等，爾等也利用吾便行了。互利互惠。」

『……妳真的會救我們嗎？』

『那些傢伙可是徹底利用完，最後還殺了我們喔！妳也是一樣的吧？』

『怎麼辦？我是覺得可以相信她。』

『不管怎樣，照現在這樣下去我們也是走投無路。只能乾脆地做出決斷了。』

「若是吾成為了完全體，便能回收所有被召喚至這個世界的魂魄。接下來僅需分別送回原本的世界。若吾成為了完全體，這也不用費太多功夫。」

阿爾菲雅說的是事實。

不過她沒有辦法證明這件事，接下來只能看勇者們的意見了。

思考了一陣子之後——勇者們下定了決心。

『把妳的力量借給我們吧。我們想回到原本的世界。』

「好，契約成立。此為誓約，亦為聖約，吾將賜予爾等的魂魄力量。想像適合戰鬥的姿態，想像爾等心中強者的形象吧。」

手撫上巨大的肉團，阿爾菲雅將力量流入其中，開始干涉肉體。

肉塊發出擠壓變形的噁心聲音，骨骼變形，肌肉集聚成應有的姿態。

同時——

『『『『『嘎啊啊啊啊啊啊啊啊啊啊啊啊啊啊啊啊啊啊！』』』』』

——劇烈的疼痛感襲向勇者們。

因為要讓異常的肉體化為生物的形貌，並將無數的魂魄固定於肉體上。

以結果來說他們取回了五感，所以身體變形自然會伴隨著劇烈的疼痛感。

肉塊最後化為了一頭巨大的生物。

『『『『『吼喔喔喔喔喔喔喔喔喔喔喔喔喔喔喔喔喔！』』』』』

響徹大深綠地帶的強力咆哮。

那模樣與龍相似，手臂大大小小共計有四隻。身體像蛇一樣長，後腳有四隻。漆黑的鱗片覆蓋了全身。

給人不祥預感的駭人野獸張開兩對翅膀，強而有力地飛上了夜空。

「爾等乃復仇之魔獸，將給予僭稱為神的愚蠢之徒制裁的處刑之獸。這是世界的意志，吾，阿爾菲雅·梅加斯認可爾等的復仇。帶著吾的意向，制裁四神及其下爪牙吧。往後爾等便是『滅魔龍賈巴沃克』！」

滅魔龍賈巴沃克再度狂嘯。

強而有力的巨大肢體在天空上舞動著，強大的壓迫感令周遭的魔物們畏懼不已。

『力量……湧了上來。』

『辦得到……我們能幹掉那些傢伙！』

『復仇的時刻到了……』

『為了習慣這身體，找個厲害的傢伙打一場吧。』

『也是，得知道我們能發揮出多少力量才行。』

『這裡沒有貝希摩斯或是龍嗎？』

浮現在鱗片上的人臉討論起接下來的行動。

而後勇者們認為必須了解目前的身體能力，便開始移動，尋找凶惡的魔物。

「走了啊……哦，看來是想習慣新的身體。腦袋還滿冷靜的嘛，真可靠啊。嗯，今天的吾做了件善事。」

目送飛走的魔龍離去，小邪神非常滿意的點了點頭。

確定離自己成為完全體的日子愈來愈近，她的心也變得更從容了些。

儘管那同時也表示離四神的忌日愈來愈近了——

滅魔龍賈巴沃克襲擊梅提斯聖法神國，是從這天算起約三個月後的事情。

第十三話　大叔被警鐘給吵醒

靠經商過活的商人反覆在野外紮營，朝著下一個城鎮前進。

主要是由二～五組商人組成商隊，分別僱用傭兵當護衛，在互助合作的情況下持續著伴隨危險的旅程。

這天也有三組商人組成了商隊，在沒有月光照耀的夜空下搭起了帳篷，準備度過這一晚。

「……真是個討厭的夜晚啊。」

「怎麼了？你怕啦？」

「不是……我有種奇怪的感覺。我的直覺從沒出錯過。」

「哦～這還真不得了啊。去賭博的話應該可以大撈一筆吧。」

「我不是在說那種事。只是我有這種直覺時，絕對會發生什麼不妙的事。還是保持警戒比較好。」

「所以說你果然是怕了嘛？」

「不是！你不相信也無所謂，總之我要逃離這裡了。」

商人們各自僱用的傭兵們會合作輪流守夜，然而其中一位傭兵卻忽然有一股令人打從身體深處感到戰慄，難以言喻的不安感。

負責護衛其他商人的傭兵們雖然潑了他冷水，但仰賴這份直覺超過二十年的男人沒把他們的話放在心上，出聲叫醒睡在身旁的伙伴。

「喂，起來了！」

「好痛！你、你幹嘛啊？要換班了嗎？真是的……叫人起來的時候再溫柔一點嘛。」

「不是，把其他的傢伙也叫起來！我說不出理由，不過我們現在要立刻逃離這裡。」

「嗯？啊……又是你的直覺嗎？」

「對……非常不好的感覺。繼續待在這裡的話一定會死。」

「我知道了。我去叫其他傢伙起來，你先做好警戒。」

長年和他一起行動的傭兵伙伴立刻開始行動。

他們的動作相當迅速，叫醒了委託他們的商人一家後，便和其他的小隊成員一起把馬繫上馬車，準備撤離現場。

這是因為除了在睡覺的商人之外，所有伙伴都知道他的直覺有多準。

長久相處下來，他們已經親身體驗過他的直覺有多可靠了。

「幹嘛啊？這麼大半夜的……」

「別說那麼多了，趕快準備動身，這裡有危險！」

「其他人看起來完全沒反應啊？」

「你還想活命的話，就別在意其他傢伙的反應！」

基於傭兵們的氣勢，商人心不甘情不願的答應了。

他們雖然也有出聲警告其他傭兵，然而負責護衛其他商人的傭兵們只冷笑了幾聲，無視他們的忠告。

沒人想到這將會決定他們的生死，相信直覺的男人無視他們，急忙準備撤離。

「準備好了！」

「好，立刻動身！」

「又是你的直覺啊……雖然因此得救了好幾次，但說實話，熬夜對皮膚很不好呢。」

「死了就沒機會管皮膚好不好了喔？」

「我知道啦。」

真是一群了解狀況又可靠的伙伴。

他們加上委託的商人，駕著兩台馬車離開了現場。

在此同時，他們在平原上發現了某個蠢動的玩意兒。

「喂、喂……那個……」

「……是殭屍嗎？」

乾癟的身體，可是眼中卻閃著異樣的光芒。

如果是普通的殭屍，應該會像走不穩的夢遊症患者那樣四處徘徊，但這些殭屍的動作異常的快。

殭屍立刻湧向了他們剛剛還在的露營地。

「唔啊啊啊啊啊啊啊啊！」

「別、別過來……嘎啊啊啊啊啊啊啊啊！」

「救、救命……」

沒把男人的忠告聽進去的傭兵們遭受襲擊，委託他們的商人家族也死在殭屍的手裡。

不，他們成了殭屍的一員。

對危機不夠敏感的人是活不久的。

他們主動放棄了生存的可能性。

「……這、這什麼數量啊。」

「這……騙人的吧。那什麼啊…………」

「我的直覺又猜中了啊……這可不妙啊……」

除了握著韁繩的車夫，其他人看到露營地的慘況後都驚愕得說不出話。

然而事情還沒結束。殭屍這種不死系魔物會感應並襲擊活人。

也就是說他們就是殭屍的下一個目標。

「丟掉沉重的行李比較好。」

「這、這怎麼行……不賣掉這些東西，我的商會就……」

「人一旦沒命就沒戲唱了吧！等事情過了之後再來撿回這些貨物就好了。」

「唔……可是這樣我會付不出委託費的喔。」

「沒辦法。畢竟我們也還不想死。就把這消息拿去告訴城裡的人，賺情報費吧。」

在沒空顧及外在事物的情況下，他們為了保命而捨棄了行李。

或許是這樣做有了成效吧，商人一家和傭兵們隔天早上平安的抵達了城鎮。

抵達了路那・沙克城——

◇◇◇◇◇◇◇

莎蘭娜等一干依附在屍體上的惡靈面臨了一個重大的問題。

他們本來是想教唆殭屍，佯裝成受害者入侵城鎮的，可是殭屍們不聽他們的指示。不僅如此，甚至還順從本能，帶頭襲擊生物。

一天內就襲擊了三個村落，擅自朝著充滿生命的地方移動。而且數量還增加了。行進速度也快得嚇人。

『大姊頭……該怎麼辦啊？』

『這我們也應付不來了，去其他城鎮吧。』

『要放著那些傢伙不管喔？』

『我們也拿他們沒辦法啊。更重要的是我們也有我們的目的吧，跟那種殭屍一起行動，獵物會逃走的啊！』

『沒錯，那我們沿著道路移動，去襲擊其他城鎮吧。』

莎蘭娜這群惡靈決定前往其他城鎮。

然而莎蘭娜他們此時忽略了一件重要的事。

那就是他們自己的人格也出現轉變，逐漸化為魔物——

明明是想得到肉體復活，目的卻逐漸變成了襲擊生物。他們卻完全沒有意識到這一點。

而且這時又發生了另一個問題。

『嘿，不好意思，但我們就此分道揚鑣吧。你們逃你們的，我們要去爽我們的啦。』

『等等，你們幾個！你們打算背叛我嗎？』

『我們為什麼得跟在女人的屁股後面啊。我比較喜歡騎在女人身上啦，而且既然知道了復活的方法，我們也沒必要再繼續陪妳玩了。』

『給我站住！』

意料之外的叛變。

有一部分的靈魂違抗莎蘭娜的想法，分離出去，依附在其他殭屍身上。

惡靈群說穿了也就是魂魄的集合體，所以在其他魂魄不肯順應身為首腦的魂魄意見並反抗時，偶爾會出現這種分離現象。

結果惡靈群現有的力量僅剩下一半。

分離的惡靈們也混在不斷前進的殭屍群裡，消失在黑暗中。

『被他們搶先一步了啊，居然耍這種小聰明。』

『嘖，沒辦法。等下次機會吧。』

『趕快去襲擊哪個城鎮吧。』

『你們幾個……給我記住！』

莎蘭娜毫無人望。

◇　◇　◇　◇　◇　◇　◇

一大清早。

路那．沙克的衛兵前來叫醒了睡在旅館裡的學。

他揉著惺忪的睡眼下到旅館一樓後，有個看來像是守衛隊團長的男人恭敬的行了個禮。

「發生什麼事了嗎？呼啊～……」

「是的，就在剛剛，有個商人的馬車逃進了這座城裡。」

「是路上被魔物還是什麼東西襲擊了嗎？」

「……是殭屍大軍。」

「……咦？殭屍？」

學所知的殭屍不是那麼強的怪物。

在迷宮裡也是小兵中的小兵，不具有能組成大軍襲來的智慧。

動作也很緩慢，他對殭屍的認知就是很適合拿來賺經驗值的對象。

然而他的認知是錯的。

不死系魔物也有特殊變異等個體能力差距在。

「殭屍應該不是那麼強的怪物吧？」

「關於這點，照逃進來的傭兵們的說法，那些殭屍的動作快得嚇人。甚至能逼近馬車。」

「馬車？嗯～……要用常見的模式來比喻的話，感覺像是解放了身體的限制嗎？」

「根據我們問出的情報，有兩組商人及負責護衛的傭兵們已經遇害，提前發現到危險而逃出去的他們也遭到殭屍大軍一路追趕。」

「那些不是食屍鬼嗎？」

「食屍鬼的身體就算有損傷，也不會變得乾癟啊。而且……殭屍中似乎有損傷特別嚴重的個體。」

「……該不會已經有其他村落或城鎮遇害了吧。」

殭屍這一類的不死系魔物是惡靈附在死者身上形成的魔物，不過他們的數量本來是不會增加的。

不，正確來說是無法增加才對。

畢竟是惡靈附身在屍體上形成的魔物，想要增加數量，不管怎樣都需要有更多的惡靈。儘管如此還是增加了的原因，是不死系魔物特有的瘴氣喚來了周遭的惡靈，污染了受害者的魂魄，再讓這些魂魄依附在屍體上，成為他們的同類。

神官或祭司的「淨化」魔法可以有效的對付這種魔物，不過他們原本就是沒了魔力便會隨時間經過自行消滅的魔物，事實上不是那麼的具有威脅性。

「殭屍因為大腦已經腐爛了，所以沒那麼強吧？」

「既然他們會成群移動，就表示他們顯然跟迷宮裡出現的殭屍不同。」

「簡直像是電影裡會看到的那種玩意兒……難道是有哪間公司亂灑了病毒出來嗎？引發了生化危機什麼的……」

「啥？」

這些殭屍的行動明顯的有別於迷宮裡或是自然出現的殭屍。

會跑著追趕搭馬車逃走的目標。至少在學的所知範圍內，他從未遇過這種殭屍。

「派人集中監視那些傭兵們逃來的方向。還有，要是反方向有城鎮或村落的話，我認為應該要盡快派人過去，勸當地居民先行避難。」

「的確……那麼就照您的指示。」

「嗯，我希望能在出現損害前就提早行動。就算我們在這座城鎮展開防衛，也難保不會有失散的殭屍跑去襲擊其他聚落。依據實際狀況，說不定會演變為守城戰喔。」

「我了解了。那麼我會吩咐大家要做好守城戰的準備。我們接下來將遵從勇者閣下的指示行動。」

「我希望你們也能將此事轉達這座城鎮的領主，拜託你了。」

衛兵離開旅館後，立刻跑向士兵待命的休息處。

既然有勇者在場，身為勇者的學就擁有優先於當地領主的所有命令權。

這是梅提斯聖法神國的規定。

『不過……』

能夠用逼近奔跑的馬車車速追上來的殭屍。

那聽起來就像是他在電影裡看過的殭屍，讓他心中充滿了不祥的預感。

他同時想起了電影裡的畫面，身體顫抖起來。虛構的電影就已經夠恐怖了，知道那是現實更加深了他的恐懼。

『這該不會是轉生者搞的鬼吧？』

雖然不知其目的為何的轉生者確實很可疑，但是他不願去想這世上有會製造不死系魔物的人類存在。畢竟若不是人格異常，人是不可能會去製造殭屍的吧。

而且也沒有證據顯示這是轉生者做的，他想到途中就發現，就現況而言這不過是臆測。

『既然這樣，那不是人為的，是自然出現的殭屍嗎？啊啊～為什麼麻煩事會這樣接二連三的發生啊！』

以聖都瑪哈·魯塔特的崩毀為開端，從拯救民眾、維持治安，一直到討伐魔物及盜賊，最近勇者們實在忙得不可開交。

上層要勇者們幾乎沒得休息的東奔西走，最後連整理內政相關文件這種事都派給他們去做。

老實說他真想離開這個黑心國家。

勇者的人數已經只剩下當初召喚來的四分之一了，失蹤的人實際上都被視為是戰死。前去其他國家調查的勇者們也都分別找理由，不肯回到梅提斯聖法神國。

說白了就是人手不足。

『田邊也好一条也好，能不能快點回來啊～……唉。』

不管消極無力，還是出言抱怨，狀況都不會改變。

學親身感受著世間的不合理，回房間去換衣服了。

而此時大叔等人還在對面的旅館裡呼呼大睡。

◇　◇　◇　◇　◇　◇　◇

城門緊閉，路那．沙克城即刻進入了警戒狀態。

衛兵和守衛騎士隊忙碌地四處奔走，開始做防衛戰的準備。

同時也聯絡了傭兵公會，有如突然開戰了。

「弓箭的補給是怎麼了！」

「只有我們原先儲備的量而已！那就是最後一批了。」

「可惡，削減預算的負面影響在這個時候生效了嗎！得叫上層的傢伙負責啊。」

瑪哈．魯塔特崩毀使得政治情勢變得相當不穩定，還有魯達．伊魯路平原的敗仗在扯後腿。

在各處人手不足的情況下，預算也被大幅削減，而首當其衝的就是軍備。

此外由於魔法藥被視為禁忌，神官和祭司在這種時候大多會在後方待命。

會用神聖魔法的騎士也隸屬於聖騎士團，所以守衛隊的是騎士們很難解決回復的問題。

既然不知道成群的殭屍數量有多少，他們就無法主動出擊。

「唉，還好對手是殭屍。反正就是會動的屍體，也沒多強。」

「是啊。這個『種子島』也是，要是能再多配給我們一些那就輕鬆了。」

「聽說火藥的製造不太順利啊，這點實在是無可奈何。」

「這對殭屍有用嗎？」

「不知道。不過有總比沒有好。」

這時候衛兵跟守衛騎士們還樂觀的想著對手不過是殭屍。

他們也都認為殭屍是一種弱小魔物，就算數量多，也不至於陷入苦戰。他們的想法基本上是對的。

至少到昨天為止還是。

「傭兵們準備得如何了？」

「今天早上就開始召集了，但人數不多呢。大概只有一百五十人上下吧。」

「嗯……算了，面對殭屍時還是能派他們去打頭陣吧。畢竟是一個人可以輕鬆處理掉十隻的玩意兒。」

「有需要做守城戰嗎？」

「畢竟這是勇者大人的命令，我們也不能說些什麼。唉，應該能輕鬆搞定吧。」

召集來的傭兵們在城門前待命，期待著上場的機會。

自從與鄰國的貿易斷絕後，他們就一直閒著沒事做。若是不能趁這機會賺點收入，生活會很難過下去的。

商人只會僱用信任的傭兵當護衛，所以很有可能變成小混混的傭兵們總是很貧困。今天這些人當中還有連喝酒的錢都拿不出來的人。

「看見了！第一波正從東邊過來。」

看守發現了第一波殭屍的身影。

報告立刻傳到了指揮官耳中。

「來了嗎？先鋒的數量大概有多少？」

「大約二十，照目前看來殭屍的數量並不多。」

「嗯……先派傭兵們去看看狀況吧。」

路那．沙克城周遭是草木叢生的蓊鬱平原。

附近也有幾座森林，難保不會有其他分隊從那裡過來。

此外還有一個問題。

那就是——

『不過是區區殭屍，就謹慎成這樣。就算說是勇者，果然還是小鬼啊，在此時立功的話，或許我就能往上爬了。』

——統率守衛騎士隊的隊長想要出人頭地。

本來以他的立場，他必須要遵從身為總指揮官的勇者，也就是學的指示。然而他想要往上爬的欲望卻惹了禍，讓他擅自做了決策。

「派傭兵們出去！趁現在減少敵人的數量。」

「這樣好嗎？現在應該要請勇者大人下指示吧……」

「別勞煩勇者了。他最近忙於討伐盜賊等事務也累了，多少讓他休息一下吧。」

「遵、遵命……」

於是他們打開了關上的城門，讓傭兵們作為先發部隊出陣了。

負責看守的士兵將狀況全都看在眼裡，卻在下一瞬間看見了驚人的景象。

傭兵們踏出城門後便直直朝著殭屍們前進。

可是突然從草叢裡冒出了其他的殭屍，同時朝著傭兵們衝去。

「什麼！」

那數量超過上千。

仔細一看，其中也有動物形的殭屍，甚至有哥布林或獸人的身影。

那些殭屍瞬間襲向傭兵們，血液飛濺四射。

「嘎啊啊啊啊啊啊啊啊啊啊！」

「救、救救……咕噗！」

「咿！這些傢伙是什麼玩意兒啊！」

「別過來，別過來！」

傭兵組成的先發部隊瞬間全滅。

成群的殭屍則湧向了路那·沙克。

「傭兵隊全滅！殭屍開始向這裡進攻了！」

「不行！立刻關上城門！」

殭屍的動作異常的迅速。

他們勉強關上了城門，但外頭已經全是殭屍了。

而且剛剛遇害的傭兵屍體也站了起來，加入了殭屍群中成了新的敵人，導致敵人的數量又增加了。

「騙人的吧……化為殭屍的速度也太快了。」

「這些傢伙到底是什麼啊……這不可能啊。」

完全脫離了他們所知的常識。

大多數住在這個世界的人並不知道。

創造出這些殭屍的元凶也一樣。

現在襲來的殭屍會確實的讓犧牲者化為殭屍。

而且力量強得連傭兵們都無法抗衡，其中還有能夠巧妙的使劍的個體。

這顯然不對勁。

「放、放箭！用火箭！」

「了解！」

衛兵和騎士們慌張的嘗試對殭屍有效的火葬法。

他們從城牆上對殭屍射出火箭。

然而——

「他們為什麼沒被燒掉……」

「不僅如此……」

「是啊……居然將火焰纏繞在身上？這不可能啊！」

儘管全身被烈焰包覆，殭屍們也沒有因此燃燒殆盡。

不，雖然也有燒起來的殭屍，但反過來接受了火焰，將火焰化為自身力量的殭屍還比較多。

「哎呀～已經開始交戰了啊。為什麼沒有通知我？」

「是、是勇者……」

「勇者大人來了！」

勇者率領的聖騎士團。

他們是梅提斯聖法神國最強的部隊，是所有人都會使用神聖魔法的菁英。他們讓在場的人產生了希望。

「狀況……看起來不太好啊。弱點的火攻也沒用，這下只能靠淨化了吧……準備淨化，畢竟射程距離不長，你們要好好瞄準。」

「「「「「遵命！」」」」」

勇者慢了一步的加入了對殭屍戰。

◇　◇　◇　◇　◇　◇

——鏘！鏘！鏘！

路那・沙克城裡響起了警鐘。

「…………是什麼事啊？」

「吵死了……人家睡得正香啊。」

「亞特，你是會有起床氣的那種類型嗎？你看起來心情超差的。」

「我好不容易脫離野營生活，總算可以好好睡一覺，卻從美夢中被吵醒耶？心情不好也是難免的吧。」

「不過就是在外野營兩天，你也太誇張了。」

正在旅館裡睡覺的傑羅斯他們從睡夢中被吵醒。

其實他們還想再多睡一下，但是外面吵成這樣，讓他們連睡回籠覺的心情都沒有。

「是發生什麼事了啊……嗯？」

「嗯～……昨天那個勇者小弟急著跑出去了呢。應該是發生什麼大事了吧？」

大叔打開窗簾觀察鎮上的情況，正好目睹了昨天看到的勇者小弟全副武裝跑出旅館的場面。

「是創造出那些不知道該說是木乃伊還是殭屍的製造器嗎？」

「我是不知道是不是製造器啦，不過有可能。怎麼辦？要去看看狀況嗎？」

「雖然不想去，但也不能不去吧。這畢竟是工作……」

「是啊～……」

完全沒有幹勁，懶洋洋的大叔和亞特。

可是這是工作。

他們好歹也是接了公爵家的委託，現在拋下工作不管，之後就有得瞧了。

最重要的是他們不知道哪裡藏著德魯薩西斯公爵手下的間諜。

德魯薩西斯公爵連黑社會的情報都能弄到手，不可能會放過傑羅斯他們的怠惰行為。

而且就算沒人監視他們，公爵也很有可能會從其他管道獲得情報。

「我可不想跟那個人為敵啊～就算嫌麻煩，我們也得去找點線索才行。」

「因為他變成敵人的話實在太可怕了啊，只能認命了……」

「雖然很睏吶～」

「好想睡……」

「「…………」」

柔軟又溫暖的被窩徹底的奪走了兩人的幹勁。

儘管兩人賴在床上放空了一下，還是不得已的開始換起衣服。

途中因為太想睡，兩人連一句話都沒說。

「……啊，這麼說來我有教你要怎麼用槍嗎？」

「啥？不是輸入魔力，解開保險，扣下板機，子彈就會自己射出去了嗎？」

「雖然外觀看起來是槍，但是裡面的構造不太一樣喔。因為是利用啟動膛室內的魔法術式來擊發子彈的，基本上不需要彈殼。所以裡頭裝的子彈的數量也比較多。散彈槍又另當別論就是了。」

「嗯～……我是有聽你說過使用時會消耗使用者的魔力。我記得輸入太多魔力進去也會有危險？」

「我還說了可以順便把魔法附加在子彈上。我把魔石的粉末混入了鐵鉛合金裡，魔法應該會在子彈著彈的同時發動。」

「那樣不是很糟糕嗎？說起我們的魔法……」

無關乎魔法的威力，一顆子彈上就能附加一個魔法。而且從單發魔法到廣範圍魔法都行，沒有種類上的限制。

以威力而言是比地球上的槍更危險的東西。

「哎呀，因為做不出太多混了魔石的子彈，基本上是以普通的子彈為主啦。儘管如此，威力還是會隨著魔力提昇，所以亞特你用的時候也要小心點。」

兩人慢吞吞的聊著天，走下旅館的階梯。

接著只見旅館老闆不管現在還是營業時間，正急急忙忙的動手關上門窗。

「兩位客人，不得了了！」

「怎麼了？」

「現在整個城鎮都進入了警戒狀態，衛兵傳令叫我們這些居民都不要外出……」

「喂喂喂，難道是開戰了嗎？」

「詳細情形我也不清楚，好像是說有大批殭屍正在逼近這座城鎮，要我們為了保險起見確實地關緊門窗，不要到外頭去。這下根本沒辦法做生意了啊。」

「「比起殭屍，你還比較重視生意啊……」」

明明是緊急狀況，旅館老闆擔心的重點卻不太對。

比起那個，他們在意的是老闆所說的「大批殭屍」。這個說詞簡單來說，就是有多到足以成群的殭屍在襲擊人類。

「老闆，這座城鎮附近有其他村落或城鎮嗎？」

「銅山的城鎮和村落大概有九處……難道！」

「那些城鎮和村落恐怕是全滅了……那些殭屍一定是一路襲擊路上的聚落，擴張了勢力吧。真是的，是哪來的生化危機啊。」

「搞不好是每七天就會來一次的殭屍祭喔?雖然也要看那些地方的人口數,不過問題就出在他們的規模擴大到了什麼程度呢。也還不知道原因為何,只知道又被捲進麻煩事裡了吶~……」

傑羅斯和亞特昨天才面對過變成了殭屍的木乃伊,親身體驗過那些殭屍有多不尋常。

果然應該將現在襲來的殭屍群視為他們當時火葬的殭屍的同類吧。

「……要去看看狀況嗎?要是騎士跟衛兵輸了,這裡感覺也會出事啊。」

「既然都到這裡來了,不可能不去吧。」

兩人都是會好好完成工作的那種人。

「兩位客人,你們要出去嗎?」

「唉,畢竟騎士們落敗的話這裡也會有危險,看看狀況也好。」

「兩位要小心點喔?而且我有準備餐點給兩位。」

「就去大鬧一場,當作早餐前的運動吧。」

這時間說是早餐也太晚了。

再過兩小時就到中午了。

「那我們去去就回。」

傑羅斯和亞特長袍一甩,走出了旅館。

◇　◇　◇　◇　◇　◇　◇

兩人抵達城門前時，戰鬥已經開始了。

雖然衛兵有從上方射火箭來抵禦殭屍們，不過依現場的狀況來看似乎不太有效。

顯然已經有大批的殭屍殺到城門附近了。

「……還真是努力呢。」

「既然是賭上性命的一戰，無論是誰都會拚命起來的。而且這是他們的工作啊。」

「這比從軍還要危險吧？」

「以某方面來說是這樣沒錯。雖然兩者的月薪都不高啦。」

「我是覺得這裡的衛兵士氣應該不如東邊或北邊國境的衛兵啦，傑羅斯先生你怎麼看？」

「南邊就算接近國境，也很久沒有戰爭了。雖然有受訓，不過危機意識不高吧。演變為長期戰的話，他們或許會逃跑吶～」

衛士和衛兵的薪水不高，可是騎士的薪水比衛兵高，相當於衛兵的指揮官。

至於為什麼要在這時候提起薪水，是因為這關係到士氣。

衛士、衛兵是透過一般管道，從人民中招募而來的兵力，而騎士或聖騎士則大多是神職人員家系出身的子弟。一般人想要當上騎士必須立下相應的功績，通過一年一度的測驗才行。

騎士中是有基於想要守衛國家的正義感而立志當上騎士的人，然而大多數的人都只是想多少爭取到更高的薪水才成為騎士的，這種人怎麼想都不會死守城鎮到最後一刻。

此外，路那．沙克城雖然面對索利斯提亞魔法王國，但是他們自負的認為不會有小國來攻打大國，兵力差距帶來的安心感反而讓他們大意了。

勇者率領的聖騎士團正好駐留於此算是不幸中的大幸，不過也因為敵人是殭屍，讓這座城的衛兵和騎士們完全不把這當一回事。

「在外牆上指揮的是我們昨天看到的勇者小弟吧？看他一副不知道該怎麼應付的樣子。」

「我們昨天打倒的那些殭屍不強啊。」

「是三流恐怖遊戲或是電影會出現的那種殭屍啊。雖然要應付起來很麻煩，所以我們立刻就火葬處理掉了。」

「你覺得勇者他們打得贏嗎？我是不覺得他們那種程度的淨化魔法會有效啦。」

在進入梅提斯聖法神國前，傑羅斯他們曾和化為木乃伊的非法移民殭屍交戰。

不過那對他們這兩個作弊級高手來說也只是不過爾爾，強過頭的兩人實在無法掌握這些殭屍作為勇者和聖騎士的對手而言到底算是多強。

而且傑羅斯他們現在等於是身處於敵陣之中。

老實說兩人是想盡量別做出太醒目的行動。

「換個裝備再出去比較好吧？畢竟我也是有套最強的裝備啦。」

「臉要戴個面具遮起來就是了。順便瞧瞧勇者他們是怎麼作戰的吧。我們忽然現身也太無趣了。」

「那樣會出現傷亡吧？」

「要怎樣解決傷亡問題是他們的工作啊。我們只要做好我們的工作就是了。」

「看勇者他們表現啊……那等殭屍攻進城裡，我們再出手就好了吧？」

「那樣就行了。就讓我們好好瞧瞧梅提斯聖法神國的勇者有多少實力吧。」

「你應該不是單純想說這句台詞而已吧？你是不是用話在誘導我的思路啊？一般來說讓敵人攻進城裡就糟了吧……」

亞特疑惑的眼神非常刺人。

就算是大叔，也不會只因為想說說某句台詞而犧牲他人的。

這只是巧合。

可是正因為有在「Sword and Sorcery」裡的前例在，亞特擺明了就不相信他。

大叔有些感傷地點燃了香菸。

第十四話　大叔遠觀防衛戰

大量的殭屍擠在路那．沙克城的城牆外。

殭屍們明明全身乾癟不堪，卻有著驚人的臂力，甚至能夠徒手爬上城牆。

衛兵們拚命的擊落爬上來的殭屍，從上方射出無數的箭矢。

然而這些攻擊對原本就是死屍的殭屍無效，他們又再度回歸戰線，渴求著獵物。

「他們又爬上來了！」

「聖騎士和神官們，使用神聖魔法！」

「以您偉大之名，將慈悲之治癒與靈魂的安息，賜予逆天悖理的可悲污穢靈魂。『淨化』！」

籠罩在淨化之光中的殭屍身上冒出了像是黑霧的東西，從城牆上墜落。

然而倒在地面上一段時間後，殭屍又站了起來，無視身體的損傷，再度爬上城牆。

「還是不行嗎……為什麼淨化沒有用！」

「箭不夠了！」

「火繩槍也完全派不上用場，到底該怎麼辦啊！」

這些殭屍異常的強韌。

在他們所知的範圍內，殭屍是惡靈附身在屍體上形成的魔物，用「淨化」的神聖魔法就足以對應了。

衛兵們以前也有和殭屍交手的經驗，卻還是找不到辦法對付這異常的殭屍。

『淨化沒有用……也就是說他們不是遭到惡靈附身嗎？單純是屍體自己動了起來，襲擊人類？』

學快瘋了。

他至今從未聽說過有這種怪物存在。

出現在迷宮等處的殭屍光靠回復魔法就能打倒了，不是這麼棘手的敵人。就算是類似的食屍鬼，也是憑神聖魔法就能輕鬆應付的對手。

『是魔法抗性特別高嗎？而且就算用火燒他們也沒有用……』

就算潑了油再射上火箭，也無法打倒這些殭屍。

試了多少次都沒用。

雖然可以多少拖慢他們的動作，但不管怎樣都無法徹底打倒他們。

這樣下去他們遲早會被逼入絕境的。

「唔哇啊啊啊啊啊啊啊啊！」

一位聖騎士被殭屍抓住，墜落到城牆外側。

殭屍們集體撲向那位聖騎士。

「救、救命……咕啊啊啊啊啊啊啊啊！好痛！好痛啊啊啊！」

殭屍們咬上了聖騎士。

簡直像是要填飽肚子似地啃食，撕裂他的肉，啜飲他的血。

過於駭人的景象使騎士和衛兵們震驚得說不出話。

「難、難道……那些殭屍不是屍體嗎？如果不是不死系魔物，而是活著的人類，那淨化當然不會生效。」

「怎麼可能有這種事！您要說那是活著的人類嗎！」

「不這樣想就說不通啊！淨化是能有效對付不死系魔物的神聖魔法。既然淨化沒有效果，就表示他們必然還沒死。」

學所導出的假設很遺憾的並非正確答案。

實際上這些殭屍比較像是用有機材料製作的機器人。

之所以誕生出這種東西的原因，追根究柢就是前勇者的魂魄以莎蘭娜的骨灰為媒介活動，襲擊了盜賊們。

群靈會因為靈體的數量增加，獲得更多能力和力量，有時能力本身也會產生變化。

而包含莎蘭娜在內的盜賊們的魂魄篡奪了群靈的主導權，也由於主導權轉移到了她的手上，群靈轉變成了完全不同的存在。

同時獲得了讓屍體變成機器人的能力。

從受害者身上連同血液一併吸取魔力時，他們會先混入受害者體內的血液裡，藉此掌控屍體，在這時候會留下少許的殘渣，就是這些殘渣使屍體化為了機器人。

這些化為機器人的屍體當然也需要能源才能行動。

而他們的能源就是魔力——也正因為如此，留在屍體中的殘渣為了獲取活動能源便擅自行動起來，尋找人或是其他生物。

而且讓人頭痛的是，這些留在屍體裡的群靈殘渣帶有少許勇者的技能。可以說是劣化的拷貝版吧。火箭跟淨化起不了作用，都是因為勇者的抗性技能在作祟。

此外這些可以說是促使屍體行動意志的群靈殘渣，有著不從生物身上奪取魔力便會消滅的缺陷。雖然不知這是否能算是生物的自我保存本能，但是群靈殘渣必然會受到生物的魔力吸引，失去控制。也就是現在發生的殭屍大軍襲擊城鎮事件。

然而在緊急狀況下一片混亂的現場，不可能調查得這麼詳細。

他們只能以自己擁有的知識和經驗去對照，做出推論。

可是學也不可能意識到這件事。

「仔、仔細一看……那些傢伙的身體好像在重生。」

「不僅和外觀相反，非常強韌，還具有重生能力……不，應該說是自我修復嗎？而且又很凶暴……我還真是抽到了下下籤啊～……」

「您還在悠哉的說些什麼啊！」

學是勇者，所以遠比其他騎士們來得更強。

可是他也沒有無敵到能一個人對付成群的殭屍。

『真要說起來，那些玩意兒真的能稱作是殭屍嗎？根本是別的玩意兒吧！我為什麼會被捲入這種電影情節裡啊！』

老實說他超想哭的。

要跟這種生化危機創造出的幻想怪物為敵，才真的需要有地球上那些具有破壞力的武器。畢竟被咬的受害者也會成為殭屍的一員。

如果不一擊就把他們破壞到失去原形的程度，我方的受害人數只會不斷增加。

「這種玩意兒到底要我怎麼解決啊……」

魔法抗性、火焰抗性，強大的增殖能力，身體強化並解除了限制。

還有怪力、敏捷、探查等麻煩的附加能力。

「他們又爬上城牆了！」

「快點應戰！別讓任何一隻跑進城裡！」

有幾隻殭屍從別的方向爬上了城牆，襲向衛兵們。

衛兵們正在擊落從下方徒手攀爬上來的殭屍，而這些爬上來的殭屍是從他們的側面襲來，使得城牆上逐漸陷入混戰。

「我出去一下。」

「那誰來負責指揮？」

「我去把爬上來的傢伙打下去。馬上就會回來了……」

學跑了起來。

他在正中央的位置負責指揮，所以和爬上城牆的殭屍間有一段距離。

在他抵達之前或許會出現受害者，儘管如此他還是以救人為優先，全力奔跑著。

那是在地球上根本不可能達成，一般人絕對跑不出的速度。

『畢竟只要等級提昇上去，就會擁有超人般的體能啊～雖然速度太快不好臨機應變，但情況緊急……這樣應該勉強可以趕上吧？』

等級481的學，來到這個世界之後就專注在如何活下來這件事上。

他在梅提斯聖法神國的迷宮──「考驗之迷宮」裡拚命的練等級，也每天和騎士們一起鍛鍊劍術，同時也不做任何違抗四神教的行為。

不知道該不該說幸好，但是長期和騎士一同鍛鍊的他在騎士們之間的評價很好。

在緊要關頭也會挺身站在前線的學，在他們看來正是理想中的勇者。

他也跟不少部下建立起了互信關係，不忍心對他們見死不救。他想必不夠格當一個指揮官吧。

明明一路走來都很謹慎行動的，卻因為無法徹底狠下心來的個性作祟，一直到了今天。

學說不出要部下們「去送死吧」這種話。

『為什麼事情會變成這樣啊……真痛恨我自己的天真。』

面對異常的殭屍，他的心裡只有不祥的預感。

而學親眼目擊了這預感成真的場面。

「咕啊啊啊啊啊啊啊啊！」

城牆上是狹窄的通道，不適合集體進攻。

大多數的衛兵和騎士身上裝備的都是劍和長槍，而不想讓對手靠近的話，長槍是比較有效的武器。

可是那是對手是人類的情況。

其中一個衛兵用長槍貫穿了殭屍，可是殭屍沒有停下腳步，咬上了衛兵的喉嚨，吸食著他的血液。

其他衛兵伙伴也使出各種攻擊，想把殭屍從他身上弄走，然而殭屍用非比尋常的力量緊抓著衛兵不放，完全弄不走。

被殭屍撲倒在地的衛兵體內的血液被吸乾，瞬間變成了乾癟的屍體。

「可惡！這傢伙！」

「啊～……咕哇……」

其中一個衛兵在殭屍離開伙伴屍體的瞬間砍斷了殭屍的腿。

就在這個衛兵逼近殭屍，打算給殭屍致命一擊時，忽然有什麼東西抓住了他的腳，害他跌倒在地。而抓住他的是原本是他伙伴的衛兵。就在剛剛才被殭屍殺害的男人。

「啊唔～……」

「已經……變成殭屍了？」

「放開他！」

其他衛兵踹了那個剛剛還是他們伙伴的殭屍好幾腳。

然而殭屍就算被踹，還是咬上了衛兵的腿，咬碎鎧甲，吸食著從傷口溢出的血。對血液有著強烈的執著。

「乖乖去死吧！」

學拔出劍，砍向原本是衛兵的殭屍。

殭屍的頭滾落在石板地上。

可是就算沒有了頭，殭屍的身體依然在動，緩緩站了起來，邁出步伐尋找活人。

不，殭屍在尋找的是血液——是魔力。

「『光刃斬擊』。」

學揮出的劍在殭屍身上化為無數的軌跡。

過去曾經是人的物體當場被支解成成碎塊，悽慘地散落在石板地上。

按部位被斬斷的人體流出黑色的霧氣，卻依然在動。

「……都變成這樣了還會動啊。這玩意兒到底有多難纏。」

「勇者大人！那些傢伙又……」

「真是的……到底要怎樣才殺掉這種怪物啊……」

不管已經散落在地的殭屍屍塊，學又動手砍向其他殭屍。

◇◇◇◇◇◇

「嗯~……勇者小弟很努力呢。」

「我們這樣袖手旁觀好嗎？」

傑羅斯等人用魔法張設了結界避人耳目，在一旁觀察包含聖騎士團在內，正在和敵人交手的防衛軍。

勇者在城牆上勇猛奮戰，擊倒殭屍，逐漸提昇了防衛軍的士氣。

可是傑羅斯心中有股不好的預感。

「喂，傑羅斯先生……那個被砍倒的殭屍身上是不是冒出了像是黑霧的東西啊？」

「有呢～Sword and Sorcery裡雖然也有殭屍，可是沒這麼難纏，用淨化就能輕鬆搞定了。」

「淨化看起來沒效耶？既然有抗性，是突變種嗎？」

「我沒有確切的證據，不過八成是吧。不如說那搞不好不是殭屍，黑霧才是他們的本體。」

「這樣的話，死靈系……是惡靈嗎？有會操縱屍體的惡靈吧。」

「很難說啊。說不定是未知的病毒……」

「喂喂喂，別亂開玩笑啦。真的是生化危機可就笑不出來了喔？」

「真要說的話應該是瘟疫吧？」

意外導致的誘發性疾病，或是自然發生的傳染病擴散。

無論如何目前仍未能判明原因為何，但他們似乎掌握到木乃伊化以及出現殭屍的線索了。

不過話說回來，這兩個人實在是太悠哉了。

情況不斷惡化，負責防衛的勇者一行人正逐漸被逼到城牆的中央。

要是殭屍大軍推進到階梯的所在位置，將會危及到城內吧。

「先不管那個黑霧狀的東西是死靈還是病毒，那玩意兒就是原因這應該是毋庸置疑了吧。」

「畢竟那一看就很可疑啊。所以說接下來怎麼辦？我們要參戰嗎？」

「嗯～……再觀察一下狀況吧。」

「不管再怎麼說這都太過分了吧？」

「討厭啦，我們的身分可是不能曝光的喔？就算全副武裝又戴了面具，還是不能放心啊。」

傑羅斯的裝備一如往常，是那套身為殲滅者相當出名，一身黑的神官風套裝。

亞特則是穿著平常的裝備，兩人站在一起的畫面實在讓人的中二心搔癢難耐，非常突出。

在遊戲裡是沒什麼好奇怪的，但是在現實中這樣的打扮就顯得很丟臉了。

「雖然都事到如今了，可是我們這樣穿反而更顯眼吧？感覺超級引人注目的……」

「所以我們才戴了面具不是嗎？也用魔法匿蹤了。」

「為什麼傑羅斯先生是戴鬼造型的眼罩式面具，我的卻是非法居住在某個歌劇院裡的可疑人物面具啊。是想叫我去跟蹤女演員嗎？」

「到那時候亞特就會被唯小姐捅了呢。好啦，玩笑話先放一邊……我沒其他面具了啊。魅影還是年輕一點比較好吧。」

「不如說我很在意你為什麼會有這種面具啊……喔，衛兵朝這邊過來了喔？」

「看來是在搬運傷兵。」

他們有張設結界所以應該不至於被發現，不過兩人還是想盡量降低風險。

衛兵用肩膀支撐著受傷的同僚，正朝著負責治療的神官那裡走去。

「喂，你是怎麼了！振作點，我們就快到神官那裡了！」

「唔……唔……」

看起來是小腿上的脛甲遭受攻擊毀損，從那裡流出了鮮血。

這種程度的傷是可以繼續作戰的。

可是被人扛著的衛兵卻像是得了重病那樣痛苦不堪，額頭上流出了大量的汗水。

「你不覺得有點奇怪嗎？如果是那種程度的傷，應該還能繼續作戰吧……」

「說不定他是被殭屍咬了。如果那個黑霧才是本體，他有可能受到了什麼影響。」

「既然是像病毒的魔物……只有我認為這情況很糟嗎？」

「感覺很不妙耶？要是他變成了殭屍……」

「咕啊啊啊啊啊啊啊啊！」

「喂，你怎麼了？振作點啊！唔！」

或許是兩人的預感猜中了吧，傷兵突然發出怪聲，抓住了同僚的衛兵。

他們互相勾住彼此，跌倒在地。

「什麼……你到底是怎麼了啊！」

「吼喔喔喔喔喔喔喔……」

「你……你該不會……」

衛兵發現同僚成為殭屍的一員了。

光是被咬到也會讓人化為魔物，開始襲擊周遭的人類。

衛兵雖然想試著打倒對方，可是要殺害不久前還是伙伴的人，難免有些遲疑。

『唉～沒辦法了。畢竟是情況危急……』

大叔立刻從道具欄中拿出溫徹斯特M73步槍並拿穩後，將魔力輸入握把上的水晶裡，利用準星和照門瞄準目標。

然後把目標鎖定在正好會擊中殭屍脖子的位置，輕鬆地扣下板機。

——砰轟隆隆隆隆！

響徹城內，大到不知道該不該說是槍聲的巨響。

其威力把化為殭屍的男人胸口以上的部分轟得一乾二淨，子彈不僅擊中了直線上某間店鋪的磚牆，還誇張的擊穿了牆壁。

大量的瓦礫和粉塵飄散在大街上。

「…………………」

「呵……幹掉嘍☆」

「還說什麼『幹掉嘍☆』，你幹嘛突然開槍啊！要是沒打中那不就糟了嗎！」

「嗯～畢竟情況危急嘛，這也沒辦法啊？要是出現受害者，殭屍就會像老鼠會那樣一個咬一個，一直增加啊。而且我是從暗處狙擊，所以臉應該沒被人看見吧。」

「你做事情也太隨便了吧……比起這個，你這把槍的威力感覺比昨天那把還強耶？」

「說真的，魔導槍在城裡拿出來用實在太危險了。光是溫徹斯特M73步槍就有這種威力了，用散彈槍會怎樣啊？」

「你為什麼會想在這裡用那種玩意兒啊！」

「我就想試用一下嘛……那我們也差不多該出手介入戰局了。」

兩位可疑人物朝著城牆跑去。

幸好魔導槍溫徹斯特M73步槍沒有造成傷亡。

畢竟有那麼誇張的威力，光是沒鬧出人命就該謝天謝地了。

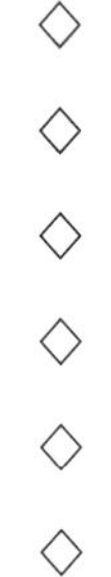

城牆上陷入了一片混戰。

理由是因為他們沒辦法徹底打倒殭屍，又有新的衛兵和騎士成了殭屍的一員，使得敵人數量增加了。

雖然衛兵和神聖騎士們相當信賴神聖魔法，可是神聖魔法「淨化」卻完全沒用。在這段期間內，仍有多數士兵犧牲，並成了新的敵人阻擋在他們面前。

「為什麼……為什麼打不倒這些傢伙啊！」

「淨化的神聖魔法沒有用……這些傢伙真的是殭屍嗎？」

「你們醒醒啊！為什麼要襲擊我們啊！」

包含衛兵、騎士、聖騎士在內，全都驚慌得不知所措。

既然這樣，背負著眾人期待的必然會是勇者，可是殭屍不僅數量眾多，還會一直增加，勇者實在沒辦法輕鬆解決所有的殭屍。

『糟糕……光是受傷就會變成殭屍，這怎麼想都是病毒造成的類型……感染後的增殖力也非同小可啊！』

學很焦躁。

已經有三分之一的衛兵成了殭屍手下的犧牲者，一般的騎士和聖騎士只能從殭屍的攻擊範圍外，用盾和長槍做一些不痛不癢的妨礙性攻擊，而這段期間內殭屍仍不斷的爬上城牆。

神聖魔法沒有用，只能提昇防禦力或是強化武器跟盾，儘管如此，殭屍仍毫不在意的靠著數量優勢攻了過來。

城牆上的通道狹窄，沒辦法讓騎士們擺出大範圍的陣形。

數人排在一起的情況下，後面的騎士也到不了前面。行動受限，能採用的攻擊手段也不多。

而且騎士們現在處於遭敵人前後夾攻，擠得像是沙丁魚罐頭的狀態下，學沒辦法上到最前線。

真要說起來，因為學身上沒有裝備盾牌，是為了降低被咬到的風險才退到後方去的，但這下問題反而變成沒空間能上前線了。

「不過……沒有攻出去是對的。要是全軍出陣迎敵，我們現在早就都變成殭屍的一員了……」

正因為城牆上的空間不大，才勉強擋下了湧入的殭屍。如果這裡是平原，殭屍應該早就攻破他們的防守了吧。這些殭屍就是如此強大的敵人。

「別讓他們靠近階梯！讓他們進到城裡，敵人只會變得更多！一定要拚死守住這裡！」

學一邊激勵伙伴，一邊確實地下令指揮。

配合著他的指令，衛兵和騎士們也勇敢地揮舞著武器。

他們將就算失去了一隻手腳仍襲擊過來的殭屍打落到城牆底下，下方的衛兵再用鎚子之類的武器集中攻擊手腳由於墜落的衝擊而骨折，動彈不得的殭屍，將敵人打成悽慘的肉片。

雖然是相當殘忍又噁心的景象，不過在這種緊急情況下也沒得選擇。畢竟骨頭是無法輕易重生的。

沒將折斷的位置接得剛剛好，骨頭就會用扭曲的形狀接在一起。

對生物來說骨骼是身體的基礎架構，只要有一點歪曲，行動就會受到影響。只憑著本能行動的殭屍不會產生出要把骨頭接回正確位置的念頭。

不，應該說他們做不到。這算是唯一的救贖了。

「就算用長槍刺他們，他們也會繼續攻過來……」

「而且……力氣還異常的大……」

「只要被那些傢伙咬到就完了！小心點！」

『不妙啊……爬上外牆的傢伙只要打下去就好了，問題是城門的門扉。照這力量來看，他們遲早會攻破的吧？』

這些殭屍具有會往活人最多的方向聚集過去的特性，不會大範圍的分散行動。自然會集中到騎士們這裡來。

若能給予這些殭屍致命一擊，就能將這個特性視為他們的弱點，利用這點來誘導他們了吧。

然而就算可以誘導殭屍，聖騎士團包含學在內，都沒有能夠給予他們致命一擊的攻擊手段。要是「風間卓實」在場，或許就能用魔法一舉殲滅他們了，然而排斥魔導士的這個國家是不可能採用這種作戰方式的。

『風間那傢伙已經不在了……要是有人會用「爆破」，或許還有辦法應付這局面的……』

攻入阿爾特姆皇國時的敗逃戰。

他想起了「風間卓實」使出的那招連敵將也捲入其中的範圍魔法。

爆破雖然不能隨便亂用，可是在這種敵人聚集於一處的狀況下，是非常有效的魔法，也是學現在求之不得的攻擊手段。

他知道自己在期望著無法實現的事，儘管如此，他還是不禁想仰賴記憶中的「風間卓實」。

「拜託趕快來支援我們這邊啊……他們正在用驚人的力量反推回來！」

「別強人所難了！我們也忙著對付爬上來的傢伙……勇者大人，請您先回這邊一趟！」

「我知道了！等等，你小心啊！」

「咦？唔啊啊啊啊啊啊啊啊啊啊啊！」

「又有人掉下去了，可惡！」

爬上牆來的殭屍數量非常多。

為了擊落這些殭屍，衛兵們會以身體往前彎的姿勢，使用長槍攻擊殭屍。

可是因為重心向前，只要殭屍抓住長槍一拉，他們就很容易失去平衡，掉到城牆下。

已經有好幾個人摔了下去，成了殭屍的一員。

「怎麼會這樣……那傢伙有個說好了要結婚的女朋友在啊！居然在這種地方……」

「我也有個生病的弟弟在家啊！哪能死在這種地方啊！」

「我可能無法守住我們之間的約定了，梅亞莉……」

「我等這場戰爭結束後……就要繼承家裡的旅館。」

「嘿嘿嘿……我已經想好孩子要叫什麼名字了。生男孩就叫喬納森，生女孩就叫艾莉莎。所以啊～我得活著從這裡回去才行呢。」

『這些傢伙為什麼全都開始說一些說完之後有八成會死的台詞了啊！住嘴啊，大家都會死的！這實在太觸霉頭了，拜託你們別再說了！』

騎士們也不是刻意要說這些電影或小說中常見的死前台詞的。只是為了逃離未知的恐懼，想多少說些話來轉移注意力而已。

學當然也非常能體會他們的心情，可是一直聽他們說這些好像在哪裡聽過的台詞，讓他湧上一股非常不祥的預感。

而就像是他的預感成真了一樣，底下負責守衛城門的騎士們喊道：

「不好了！城門被攻破了！」

「這座城為什麼沒設計雙城門啊！這樣下去敵人會攻進城裡的！」

「盾部隊，全軍架盾！一隻都別讓他們闖進來。槍兵隊從盾的縫隙間攻擊他們！神官們使用光之屏障跟強化魔法！」

「在偉大之神的名下，賜予勇於面對苦難的勇者們守護的屏障！『神聖護盾』。」

『真的假的……門要是被攻破就慘了啊！』

城門現在就快被撬開了。

殭屍們大舉湧入的話，底下的騎士們是防不住的。

要是城裡的居民成了受害者，那真的會演變成無可挽回的狀況。

「怎麼辦……我該怎麼做……」

「嗨，你好像很煩惱的樣子耶，勇者小弟。」

「是、是誰？」

學突然聽到背後有人搭話，轉頭一看，只見有個裝備造型像是漆黑神官的男人，還有個穿著深紅色和黑色裝備的男人站在那裡。

雖然兩人的造型看起來都有點像神官，可是從裝備著護胸甲和手甲這點來看，學不認為他們是神官。

兩人臉上戴著詭異的鬼面具和白色面具，而最令人驚訝的莫過於他們手上的武器。

「槍、槍？而且還是……突擊步槍。」

「是M4卡賓槍。是把名槍啊。雖然可以的話我是想用H&K G3自動步槍啦……」

「總比斯賓塞步槍好吧。拜託你別再挑三揀四了啦～我不是還拿了一把莫斯伯格M500給你嗎？」

「我倒是想問你為什麼還拿著溫徹斯特M73步槍咧……你自己打算用哪一把散彈槍？」

「一樣是莫斯伯格喔。反正對殭屍不用客氣，也試試其他的吧。」

眼見兩人沒有半點緊張感的自在談笑，學儘管愣住了，還是試著插話。

「等一下，聽我說……」

「那邊的殭屍就交給你了。我去解決反方向的殭屍。」

「知道了。」

「那就來大開殺戒吧。試著附加魔法上去好了，就算是一般的子彈好像也會能發揮一點效用，所以我想確認看看。那麼事不宜遲……附加『火炎爆破』。」

「是是是，你要控制好力道喔？附加『火炎爆破』。」

「「給我消失吧！」」

——砰轟隆隆隆隆隆隆隆隆隆隆隆隆隆隆隆隆！

從M4卡賓槍和溫徹斯特M73步槍的槍口射出了子彈。

從兩側攻來的幾隻殭屍的身體粉碎的瞬間，魔法陣也隨之展開。

「範、範圍魔法？」

學驚愕不已。

由於魔法陣內產生的熱能，一瞬間有大約十幾隻的殭屍受到波及，化為了焦炭，接著基於魔法本身的效果發生的爆破，也讓周遭的殭屍悽慘地破碎四散。

就算這些殭屍具有魔法和高溫抗性，也沒辦法抵抗瞬間溫度超過兩千度的高溫。就算是不怕魔法的殭屍，也被接連擊出的子彈給打掉了上半身。

「威力會明顯下降，不過就算不是特殊子彈也可以附加魔法上去吶。而且一般子彈連射起來也比較順暢。光是知道不換成特殊子彈也能發揮一定效果這點就算是挖到寶了。」

「實際試著用了之後……覺得這玩意兒比我想像中的還危險耶。一般子彈就有這種威力……雖然魔法的效果大概只剩下三成，但這也夠有威脅性了吧。你真的不能把這玩意兒拿去賣喔？」

「這我也不可能拿去賣啦。好了，實驗就到此為止吧。現在得以救人為優先。」

「只有你一個人在玩吧？都已經出現受害者了……」

「要我說幾次，那是他們的工作啊。那我們走吧。」

「是是是，你還真隨便。總之趕快解決這件事吧。」

兩人無視學的存在，自顧自的講下去。

「聽我說話啦！」

「幹嘛？我們可是很忙的，有話要說的話，希望你能在十個字以內說完。」

「那樣根本什麼都說不了吧！更重要的是，你們……是轉生者嗎？」

「這個嘛，不好說喔～？我沒必要好心的告訴你我們是什麼人，我沒有義務也沒有道義，而且也沒有時間這麼做。」

「就算你沒有，我有啊！」

「這種時候你還這麼從容啊～不過這事情再繼續說下去也是不會有交集的，所以我勸你還是死心吧。我們沒有什麼好跟你說的，而且也說了沒時間。」

「等一下！」

學想問的事情有一大堆。

可是這兩個奇怪的闖入者就在學的面前若無其事的從城牆上跳了下去。

跳入了滿滿的殭屍大軍之中——

不時輕聲地以俄語遮羞的鄰座艾莉同學 1 待續

作者：燦燦SUN　插畫：ももこ

嬌羞美少女以俄語傳情
異國風校園戀愛喜劇登場！

「И наменятоже обрати внимание.」我隔壁的絕世美少女艾莉剛才說的俄語是「理我一下啦」！其實我的俄語聽力達母語水準。毫不知情的她今天也以甜蜜的俄語遮羞？全校學生心目中的女神，才貌雙全俄羅斯美少女和我的青春戀愛喜劇！

NT$200/HK$67

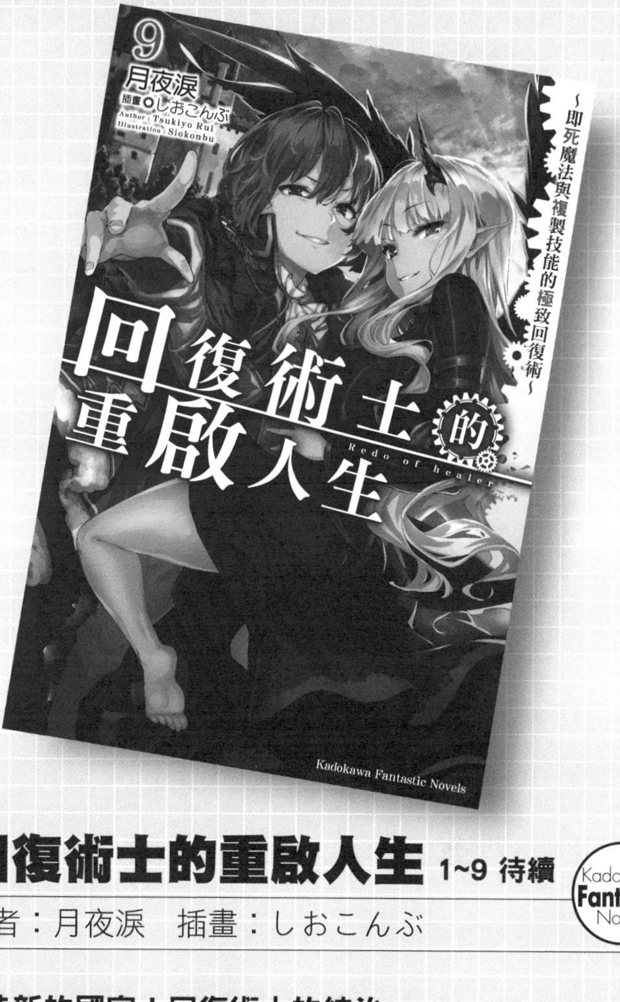

回復術士的重啟人生 1~9 待續

作者：月夜涙　插畫：しおこんぶ

創造新的國家！回復術士的統治
以及世界重組即將開始！

凱亞爾討伐了因緣的宿敵，成為新生吉歐拉爾王國的國王。他以國王的身分前往世界會議，然而在那裡的卻是串通好反對吉歐拉爾、專橫跋扈的一群妖魔鬼怪。在這四面楚歌的狀況之中，出現了意外的援軍——？

各 **NT$200~230/HK$67~75**

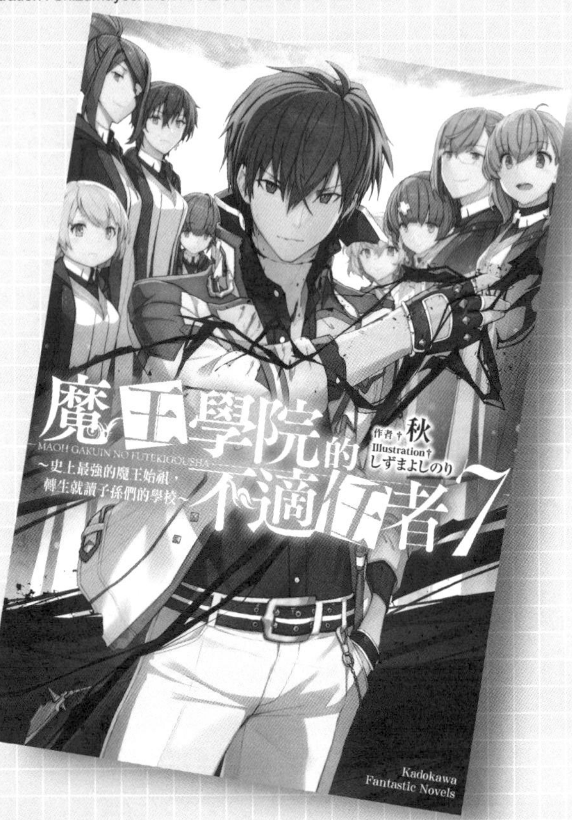

魔王學院的不適任者~史上最強的魔王始祖，轉生就讀子孫們的學校~ 1~7 待續

作者：秋　插畫：しずまよしのり

魔王學院第七章〈阿蓋哈的預言篇〉開幕！
阿諾斯遇見了一名沒有未來、即將成為祭品的龍人！

覆蓋地底世界的天蓋，經由全能者之劍變成不滅的存在了。脫離秩序的這個岩塊，最終注定會化為震雨落在地底世界全境上，將生活在那裡的一切生命壓死。為了得到阻止慘劇的線索，阿諾斯等人前往「預言者」所治理的騎士之國阿蓋哈——

各 **NT$250~320/HK$83~107**

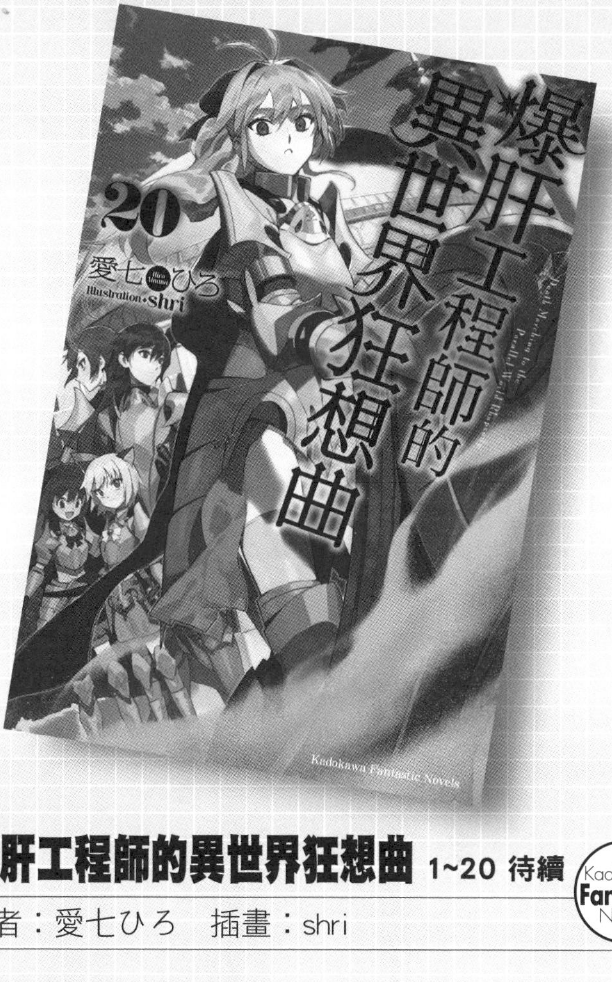

爆肝工程師的異世界狂想曲 1~20 待續

作者：愛七ひろ　插畫：shri

與勇者組成共同戰線！
眾人追擊神出鬼沒的魔王……

佐藤一行人前往巴里恩神國，並在那裡遇見受詛咒所苦的勇者隼人。佐藤救下他之後從他口中得知敵人是魔王，而且似乎還是個能在魔窟內自由轉移、神出鬼沒的麻煩對手。於是佐藤一行人決定參加魔王討伐作戰，對戰線提供強力的支援……！

各 **NT$220~280/HK$68~93**

國家圖書館出版品預行編目資料

賢者大叔的異世界生活日記/寿安清作 ; Demi譯. --
初版. -- 臺北市 : 臺灣角川股份有限公司, 2022.03-
冊 ; 公分. -- (Kadokawa fantastic novels)
譯自 : アラフォー賢者の異世界生活日記
ISBN 978-626-321-289-3(第11冊 : 平裝). --
ISBN 978-626-321-426-2(第12冊 : 平裝)

861.57 111000557

Kadokawa
Fantastic
Novels

賢者大叔的異世界生活日記 12

（原著名：アラフォー賢者の異世界生活日記 12）

2022年5月26日　初版第1刷發行

作者：寿安清
插畫：ジョンディー
譯者：Demi

發行人：岩崎剛人
總編輯：蔡佩芬
編輯：黎夢萍
美術設計：黃永漢
印務：李明修（主任）、張加恩（主任）、張凱棋

發行所：台灣角川股份有限公司
地址：104台北市中山區松江路223號3樓
電話：（02）2515-3000
傳真：（02）2515-0033
網址：www.kadokawa.com.tw
劃撥帳戶：台灣角川股份有限公司
劃撥帳號：19487412
法律顧問：有澤法律事務所
製版：巨茂科技印刷有限公司
ISBN：978-626-321-426-2